Invitation aux mathématiques

Michael Guillen

Invitation aux mathématiques

Des ponts vers l'infini

TRADUIT DE L'ANGLAIS
PAR GILLES MINOT

Éditions Albin Michel

La première édition de ce livre a été publiée
sous le titre *Des ponts vers l'infini*,
Des mathématiques à figure humaine
aux Éditions Albin Michel, en 1992.

La présente édition a été revue,
et la bibliographie actualisée, par le traducteur.

EN COUVERTURE :
Escher, *Bande de Möbius II*

Titre original : *Bridges to Infinity*
Éditeur original : Jeremy P. Tarcher Inc., Los Angeles

ISBN original : 0-87477-233-8

ISBN 2-02-022674-X
(ISBN 2-226-05841-9, 1re publication)

Introduction

L'ANGOISSE MATHÉMATIQUE

> *L'Homme est pour partie corps, esprit et imagination. Son corps est imparfait, son esprit faillible, mais son imagination le rend singulier entre tous. En quelques siècles, cette imagination a fait de la vie sur notre planète un théâtre où se jouent les énergies les plus sublimes.*
>
> John Masefield [1],
> *Shakespeare et la vie spirituelle*

Ce que l'on dit qu'il arriva, un beau jour du XVIIIe siècle, où le grand mathématicien Leonhard Euler mit le non moins célèbre savant français, et athée, Denis Diderot, en présence d'une contrefaçon de preuve mathématique de l'existence de Dieu, manifeste clairement les principales raisons pour lesquelles j'ai écrit ce livre. Euler, paraît-il, avait accepté une invitation à rencontrer Diderot, qui était alors à la cour de Catherine II de Russie. Le jour de son arrivée, à ce que l'on dit, Euler s'avança et déclara : « Monsieur $(a + b^n)/n = X$, donc Dieu existe, répondez [2]! » Dans le passé, le philosophe avait réfuté avec force et éloquence bon nombre d'habiles arguments sur ce sujet, mais à ce moment précis, en peine de comprendre le sens de cette équation mathématique, Diderot fut réduit au silence.

Cette anecdote est exemplaire car elle montre ce que sont les échanges entre mathématiciens et non-mathématiciens : tout, sauf des échanges. Je n'ai nulle intention de rendre qui que ce soit responsable de l'incompréhension des mathématiques, seulement de souligner qu'il y a incompréhension. Le mutisme de Diderot devant la déclaration d'Euler n'est pas original, c'est une réaction dans laquelle peuvent se reconnaître beaucoup de gens – y compris d'aussi intelligents que Diderot. C'est le premier symptôme de la séculaire épidémie connue sous le nom d'angoisse mathématique.

L'angoisse mathématique est cette épouvante pathologique, cette inébranlable humilité que les mathématiques suscitent chez des centaines de millions de personnes. À tout moment de l'Histoire, nombreux furent ceux qui ont réagi ainsi à l'égard des mathématiques. Mais si l'affection elle-même n'a guère changé, en être atteint aujourd'hui a des conséquences – dramatiquement – différentes.

Pour Diderot, être frappé d'angoisse mathématique signifiait être privé du pouvoir de penser personnellement les multiples, et singulières, voies par lesquelles les mathématiques touchent à l'ensemble de nos préoccupations humaines, y compris nos questions au sujet de Dieu. Bon nombre de ces relations seront débattues dans les essais qui suivent.

Aujourd'hui, être ainsi affligé signifie ce que cela signifiait pour Diderot, mais plus encore : cela veut dire être privé de toute intelligence approfondie de la complexité de notre monde technique. Celui à qui manque cette compréhension est réduit au rôle de simple spectateur du monde, au lieu d'y participer.

On ne peut pas plus contester l'importance qu'ont les nombres dans nos descriptions de la réalité physique et métaphysique, que mésestimer l'incapacité de celui que touche l'angoisse mathématique à pleinement apprécier ces mêmes descriptions. Galilée a autrefois fait ressortir cette importance des nombres pour les sciences physiques, en disant que le « Livre de la nature » était écrit en langage mathématique. La Kabbale du judaïsme n'est qu'un exemple de cette considérable signification mystique que beaucoup de religions attribuent aux nombres.

L'angoisse mathématique, comme la sénilité, n'est pas une maladie unique mais une pluralité d'affections, chacune ayant pour origine quelque défaut d'appréciation des mathématiques. J'espère que tout lecteur de ce livre identifiera aisément les plus importantes, celles qu'illustre l'incident Euler-Diderot.

Le terreau favorable à l'angoisse mathématique est principalement la méconnaissance des limites propres aux mathématiques. Sans nul doute, l'une des raisons pour lesquelles Diderot fut frappé de mutisme devant la stupéfiante assertion d'Euler était son ignorance de ce que les mathématiciens en étaient encore à l'époque à devoir composer avec l'infini, beaucoup plus qu'avec Dieu. Comme le montre l'essai « Au-delà de l'Infini », ce n'est guère que vers la fin du XIXe siècle que l'Allemand Georg Cantor élabora les outils mathématiques qui devaient nous aider à élucider la nature de l'infini, et de ce qui se trouve au-delà.

Cela a des airs d'exploit héroïque – et c'en fut un; ce fut aussi l'un des premiers maillons d'une chaîne d'événements (dont il est question dans le premier essai de ce livre : « Un trésor de certitude »), qui ouvrirent les yeux des mathématiciens sur certaines imperfections inhérentes à leur discipline. Jusque-là, ils avaient eu foi en la puissance, infaillible et illimitée, des mathématiques à établir logiquement la vérité. La découverte de ces imperfections a en fin de compte mis en lumière l'humanité des mathématiques, en révélant d'un côté leur faillibilité, et de l'autre la ténacité et l'optimisme des mathématiciens modernes dans le combat qu'ils livrent pour sortir du carcan de ces limites.

La révélation de ces imperfections permet également le découpage de l'histoire des mathématiques en périodes, que je désignerai dans ce livre sous le nom de « Le rêve à l'œuvre », « Compromis », et « Optimisations ». Ce qui correspond, respectivement, aux étapes qui ont précédé, accompagné et suivi les découvertes que le milieu du XIXe siècle et les premières années du XXe ont vu naître. Selon ce découpage, la partie « Le rêve à l'œuvre » renvoie à des sujets en grande partie élaborés à l'époque où les mathématiciens croyaient encore en l'infaillibilité de leur discipline. La partie « Compromis » contient un couple d'essais évoquant les deux incidents majeurs qui changèrent l'image que se faisaient les mathématiciens de leur objet. La partie « Optimisations » se compose d'essais sur des thèmes formulés pour la plus grande part au cours de ce siècle, alors que les mathématiciens étaient déjà bien au fait de la faillibilité de leur discipline et tâchaient d'en tirer le meilleur parti. J'invite le lecteur à voir s'il (ou elle) peut déceler, pour chaque essai, quel était alors l'état d'esprit des mathématiciens.

La méconnaissance de l'ensemble des limites des mathématiques n'est pas étrangère au malentendu sur ce qu'elles sont et ce qu'elles ne sont pas; malentendu qui contribue également à provoquer l'angoisse mathématique chez quelqu'un. Diderot aurait aisément pu se jouer d'Euler s'il avait eu à l'esprit que les mathématiques ne sont pas une science – elles ne peuvent pas plus prouver qu'infirmer l'existence de choses réelles. De fait, le souci majeur des mathématiciens est la conformité de leurs créations avec la logique, non avec la réalité.

Cela ne veut toutefois pas dire que les inventions mathématiques n'ont aucun rapport avec les choses réelles. Elles en ont dans la plupart des cas, peut-être même dans tous. La concordance entre les idées mathématiques et la réalité naturelle est même si vaste et fermement démontrée que cela demande quelque éclaircissement. Soyez bien convaincus que cette concordance n'est pas la conséquence des efforts des mathématiciens pour être réalistes; tout au contraire, leurs idées sont souvent très abstraites et semblent initialement n'avoir aucun rapport avec le monde réel. Et pourtant les idées mathématiques sont bien appliquées en fin de compte dans la description de phénomènes réels, comme on le voit en détail dans l'essai « Inventer la réalité ».

La plupart des observateurs tentant de rendre compte de cette singulière imbrication des mathématiques et du monde réel supposent, à l'instar de Galilée, que c'est un indice du fondement mathématique de la nature. Puisque les mathématiciens parlent pour ainsi dire le langage de la nature, il n'y aurait rien d'étonnant, selon cette conception, à ce que leurs énoncés aient régulièrement – bien que non délibérément – quelque rapport avec la réalité.

Mon explication personnelle de cette coïncidence part de la supposition que l'imagination humaine est, littéralement, un sixième sens. Selon cette explication, si les idées mathématiques ont aussi souvent un aboutissement réaliste, c'est tout simplement parce qu'elles ne sont pas uniquement des inventions; mais des observations. Nous percevons la réalité avec notre imagination, selon moi, de la même manière qu'avec nos cinq autres sens. La coïncidence entre le monde réel et les perceptions de ce sixième sens est analogue à celle qui existe entre ce même monde et nos perceptions sensorielles : vue, ouïe, toucher, goût et odorat.

À la différence des autres scientifiques, qui observent la nature avec l'ensemble des cinq sens, les mathématiciens ne se servent pour cela que de leur seule imagination, presque exclusivement. C'est-à-dire que les mathématiciens sont tout autant des spécialistes (et donc bien entraînés) de ce sixième sens, que les musiciens en matière de sons; les gastronomes, de goûts et de fumets; les photographes et les cinéastes, d'images. Cette comparaison suggère également que les mathématiciens sont des artistes de l'imagination, tout comme les musiciens, les gastronomes, les photographes et cinéastes le sont dans leurs domaines sensoriels respectifs. Par le truchement de leurs extraordinaires créations, les mathématiciens nous renseignent sur la réalité, sans dessein ni pouvoir, en vérité, de prouver ou d'infirmer l'existence de quoi que ce soit.

La dernière grave erreur d'appréciation touchant les mathématiques, et qu'illustre la réaction de Diderot devant l'injonction codée d'Euler, se rencontre aussi bien parmi les mathématiciens que chez les non-mathématiciens. Cette erreur tient dans l'idée que les mathématiques n'ont de pertinence qu'exprimées sous la forme de symboles. Cette conception erronée pousse de nombreux mathématiciens à rejeter comme vain tout effort visant à expliquer les résultats mathématiques dans la langue de tous les jours, et conduit les non-mathématiciens à rabattre leurs espérances d'être à même de comprendre les mathématiques. Et l'on en est arrivé depuis longtemps à ce stade où la plupart des gens s'attendent, machinalement, à ne rien comprendre aux mathématiques.

De tous les aspects de l'angoisse mathématique que j'ai décrits, en voilà un qui pourrait aisément être éliminé si les mathématiciens se voyaient encouragés à changer d'attitude. C'est pourtant triste à dire, mais il y en a un grand nombre pour penser comme le mathématicien anglais G.H. Hardy, qui, dans ses mémoires, *L'Apologie d'un mathématicien,* soutenait qu'écrire pour expliquer les mathématiques est le fait d'esprits de second ordre. Ceux qui *font* les mathématiques, écrit-il, méprisent ceux qui les *expliquent* aux autres [3] – présumant, semble-t-il que de tels efforts sont une ridicule perte de temps, par avance vouée à l'échec.

Au risque de passer aux yeux de mes collègues pour un esprit de second ordre, j'ai écrit ce livre parce que je crois possible, comme l'éminent mathématicien Bernhard Riemann, de transmettre le contenu conceptuel des mathématiques à un public de non-mathématiciens. À l'occasion de la séance publique d'habilitation à un poste d'enseignant dans la désormais célèbre université de Göttingen, en Allemagne, Riemann prononça une conférence sur un sujet des plus techniques – les fondements de la géométrie – sans avoir recours à une seule équation [4]. Il eut pour auditoire tout ce que l'université pouvait compter d'hommes et de femmes cultivés, et sa conférence fut un succès considérable.

C'est avec l'exemple de Riemann en tête que j'ai rédigé ces essais dans la langue de tous les jours [5], en n'utilisant pas d'équations. Cela ne veut pas dire qu'ils soient écrits avec condescendance. En aucune manière. Je les ai composés afin que mes efforts – si modestes soient-ils – pussent mériter l'approbation de Diderot, comme celle de Riemann.

Mon espoir est que ces essais vous donnent non seulement les moyens de surmonter l'angoisse mathématique, mais fassent également naître en vous un peu de cette émotion que depuis mon plus jeune âge j'ai toujours ressentie pour les mathématiques. Votre lecture vous ralliera peut-être à mon point de vue selon lequel il y a autant de profit à appliquer l'imagination mathématique aux problèmes de l'existence qu'aux questions d'arithmétique et de géométrie. S'il en est ainsi, j'aurai alors défié avec succès une autre erreur de jugement touchant les mathématiques.

C'est une erreur selon laquelle les mathématiques sont d'un rationnel aseptisé et n'ont, par conséquent, rien à voir avec l'irrationalité qui caractérise les actes et les jugements propres à l'espèce humaine. Telle était la conviction d'Aldous Huxley lorsqu'il écrivait dans *Vues de Hollande :* « Nous savons désormais que rien, à l'exception de ce que nous inventons nous-mêmes, n'est simple ni rationnel; que Dieu ne pense pas plus dans les termes d'Euclide que dans ceux de Riemann... » Comme on le verra notamment dans « Entre échecs et dames », « L'Appel de la forêt [6] », « Abstraire la symétrie » et « En dépit du bon sens », une intelligence des mathématiques peut être d'une infinie utilité à l'ensemble des disciplines qui cherchent à rendre compte de la nature humaine et de notre existence.

Huxley et ceux qui pensent comme lui ont négligé l'éventualité que les mathématiciens ne soient pas seulement ces créateurs d'idées aux antipodes de la vie et de sa complexité; qu'ils puissent en fait l'appréhender avec un sens plus aiguisé, capable de percevoir ce qui échappe aux cinq autres sens. Un sens que jamais Diderot, si brillant et perspicace qu'il fût, n'aiguisa, bien qu'il en eût le *pouvoir.* C'est à cette fin que l'on peut cultiver notre imagination; cela ne requiert aucune intelligence hors du commun : simplement le désir d'apprendre comment cheminent mathématiques et mathématiciens.

PREMIÈRE PARTIE

Le rêve à l'œuvre

La logique et la preuve

UN TRÉSOR DE CERTITUDE

La preuve est une idole aux pieds de laquelle le mathématicien se met lui-même au supplice.

Sir Arthur Eddington [1]

Rares sont ceux qui, dans la plupart des domaines, ne préfèrent pas la certitude au doute, mais plus rares encore sont ceux qui l'obtiennent. Comme si la certitude était quelque trésor caché, et que pour combler notre désir de la tenir, il ne nous restait plus qu'à trouver une carte qui puisse nous mener jusqu'à elle. Aux alentours de 300 av. J.-C., les mathématiciens crurent avoir trouvé une telle carte dans les principes directeurs de la logique d'Aristote. Euclide appliqua ces principes pour démontrer les théorèmes de la géométrie (l'étude des figures), et, pendant les deux mille ans qui suivirent, cela fut salué comme un modèle de certitude. Mais, dans les dernières années du XIXe siècle, quand les mathématiciens, guidés par ces mêmes principes, s'essayèrent à démontrer les théorèmes de l'arithmétique, au lieu de certitude, c'est un trésor de paradoxes qui les attendait. Il y avait une faille dans la logique d'Aristote.

Cette révélation divisa les mathématiciens en écoles de

pensée diverses, chacune prétendant détenir la seule carte susceptible de remettre les mathématiciens dans le droit chemin d'un infaillible modèle de preuve. Les dissensions qui en résultèrent devinrent sans objet quand, en 1931, une nouvelle révélation arrêta qu'aucune voie imaginable ne permettrait d'obtenir une complète certitude en mathématiques.

Le caractère définitif de cet arrêt découragea certains mathématiciens, mais fut l'aiguillon qui en poussa d'autres à tenter de trouver quelque issue de secours – jusqu'à présent sans succès. À l'instar du commun des mortels, la plupart des mathématiciens ont appris à accepter le doute comme partie intégrante de leur activité; acceptation accordée à contrecœur par ceux d'entre eux qui nourrissent encore l'espoir de recouvrer la certitude qui fut un temps tenue pour leur apanage.

La vague de certitude mathématique culmina vers 300 av. J.-C. avec l'*Organon* d'Aristote (un mot grec signifiant instrument, justifié par le rôle d'outil de raisonnement que tient la logique dans l'ouvrage) et les *Éléments* d'Euclide. À l'époque, la croyance était largement répandue que l'*Organon* donnait accès à la certitude logique et que les *Éléments* étaient un trésor où le doute n'avait aucune part.

Dans l'*Organon,* Aristote ramena le raisonnement déductif, jusque-là mal défini, à quatorze règles et à un petit nombre de principes permettant de dériver correctement des conclusions à partir de prémisses. Parmi les principes figuraient : la loi d'identité (chaque chose est identique à elle-même), la loi de contradiction (aucune chose ne peut à la fois être et ne pas être), et la loi du tiers exclu (quelque chose est soit vrai, soit faux, il n'y a pas de troisième possibilité). Les principes étaient censés exprimer des vérités que la plupart d'entre nous rangeraient dans le sens commun, tandis que les règles résultaient de l'analyse minutieuse qu'Aristote avait faite des syllogismes.

Un syllogisme est un exercice de raisonnement déductif en trois étapes, qui se présente ainsi :

(si) Tous les hommes sont mortels
(et si) Socrate est un homme
(alors) Socrate est mortel

Les deux premiers énoncés sont les prémisses et le troisième est la conclusion, qui, selon les termes d'Aristote, « découle par nécessité des prémisses ». Nous avons le droit de douter de la crédibilité des prémisses, selon lui, mais si les règles du raisonnement déductif ont bien été observées, il n'y a pas lieu de mettre en doute la conclusion. On pourrait par exemple contester des propositions telles que

Tous les gens heureux sont aimables

et

Bill est heureux

mais il n'est pas contestable que de ces prémisses découle nécessairement que

Bill est aimable

Voilà précisément ce que l'on entend par certitude logique. Du fait que chacune se présentait sous la forme d'un syllogisme archétype, les règles de la logique aristotélicienne furent essentiellement perçues comme des guides pour accéder à la certitude (plus tard les logiciens médiévaux ajoutèrent cinq nouvelles règles aux quatorze originelles).

Dans son chef-d'œuvre, les *Éléments,* Euclide, appliquant les règles du raisonnement déductif, fit dériver des centaines de théorèmes de dix propositions premières seulement. Les propositions en question étaient un mélange de sens commun. (Deux choses égales à une troisième sont égales entre elles) et d'assertions plausibles concernant les notions mathématiques de point, de droite et de plan. (On peut conduire une droite d'un point quelconque à un point quelconque.) Les mathématiciens pouvaient contester (et ils le firent) certaines des propositions d'Euclide, mais, ainsi qu'Aristote l'avait montré, le doute ne pouvait pas porter sur les conclusions. Les théorèmes d'Euclide étaient tous des arguments construits sous la forme *Si... alors,* selon les règles de la logique. Quiconque croyait en l'infaillibilité des règles d'Aristote se devait de considérer les théorèmes d'Euclide comme des modèles de certitude, quoi qu'il pût penser des propositions premières.

Durant plus de deux mille ans après que l'*Organon* et les *Éléments* eurent vu le jour, non seulement les mathématiciens, mais également les philosophes, les scientifiques et les écrivains crurent tenir dans la logique d'Aristote et dans le raisonnement déductif de quoi exclure le doute dans un large éventail de domaines. Au cours du XIIIe siècle, par exemple, le scolastique italien Thomas d'Aquin employa le raisonnement aristotélicien pour assurer la véracité de questions de foi. L'influence du thomisme (ainsi qu'on en vint à dénommer cette synthèse de l'aristotélisme et du christianisme) était telle que le pape Léon XIII lança une encyclique en 1879, où il le déclarait philosophie officielle de l'Église catholique romaine [2].

C'était encore une autre ardente profession de foi en l'infaillibilité du raisonnement déductif lorsque à la fin du XIXe siècle les mathématiciens s'embarquèrent *en masse* [3] dans un programme qui devait accomplir pour l'arithmétique ce qu'Euclide avait réalisé pour la géométrie. L'idée générale était de donner quelque forme logique au salmigondis de résultats arithmétiques accumulés au cours des siècles. Les mathématiciens en étaient arrivés à accepter nombre de ces résultats sans les démontrer, principalement parce qu'ils semblaient ressortir au sens commun. Personne n'avait jamais songé, par exemple, à sérieusement soumettre à la question la loi de trichotomie, selon laquelle tout nombre réel est soit nul, soit strictement positif, ou strictement négatif. Elle était considérée comme aussi indéniable que l'énoncé selon lequel tout moment du temps appartient soit au présent, soit au futur, ou au passé; ainsi, on ne pouvait imaginer qu'elle pût être fausse.

Il se trouve qu'elle *n'est pas* fausse, mais il aura fallu

attendre la fin du siècle dernier pour que les mathématiciens aillent y voir de plus près et le vérifient, de même que beaucoup d'autres vérités arithmétiques. C'est alors seulement qu'une nonchalance déjà séculaire céda la place à la soif d'acquérir une certitude logique en matière d'arithmétique. Nos mathématiciens pensaient avoir devant eux une quête brève et quasi routinière, pour laquelle il suffirait de se laisser guider par la carte qu'Euclide avait utilisée. C'était en réalité le départ pour une vaine chasse au trésor, car de trésor il n'y avait pas.

Bien que tout au long de la quête, le peloton de tête fût composé de plusieurs mathématiciens, l'Allemand Gottlob Frege fut l'un des tout premiers à annoncer qu'il l'avait achevée. De 1893 à 1902, il avait travaillé à la dérivation de centaines de théorèmes d'arithmétique à partir d'un petit nombre seulement de propositions premières, et le résultat tangible fut un monumental traité en deux volumes, intitulé *Grundgesetze der Arithmetik* (« Les lois fondamentales de l'arithmétique »). Comme celles d'Euclide, ses propositions de départ pouvaient être contestées, mais ses conclusions, tirées selon les principes du raisonnement déductif, étaient aussi cohérentes – bien que techniquement différentes – que celles d'Aristote. Ses contemporains comme lui-même avaient par conséquent tout lieu de croire que les *Grundgesetze* n'étaient pas moins un modèle de certitude que les *Éléments*.

Ils n'avaient aucune raison de penser autrement, du moins jusqu'en 1902, année où Frege mettait la dernière main à son ouvrage. Cette année-là, le mathématicien philosophe anglais Bertrand Russell fit savoir qu'il avait repéré, dans le manuscrit définitif du second volume de Frege, un paradoxe, une paille dans la logique. Le paradoxe n'était pas simplement imputable à une quelconque erreur d'inattention de Frege, facile à rectifier; aux dires de Russell, cela ressemblait plutôt à une tare affectant la logique déductive elle-même. Personne à l'époque n'était à même d'estimer sa gravité, ni ce que cela demanderait pour y remédier, mais c'était assez important pour que Frege reconnaisse que ses dix ans d'efforts avaient été vains. Avec quelque tristesse, il écrivit, dans un post-scriptum à son second volume : « Un scientifique peut difficilement se trouver confronté avec quelque chose de plus indésirable que de voir les fondations sapées alors que l'ouvrage est achevé. C'est dans cette position que m'a mis une lettre de M. Bertrand Russell, au moment même où le livre allait être mis sous presse. »

Russell faisait le procès des notions, apparemment anodines, de classe et de membre d'une classe, dont Frege se servait dans ses *Grundgesetze* pour décrire des collections de nombres. Selon la logique aristotélicienne, est une classe n'importe quel groupe d'objets – automobiles, oiseaux, ou nombres, par exemple – que relient des qualités semblables. Réciproquement, une classe est définie par les qualités semblables de ses membres, tout comme un voisinage est caractérisé par les individus qui le composent. La marche à suivre pour un candidat désireux d'acquérir le statut de membre d'une classe particulière consiste à faire montre de qualités semblables à celles des membres déjà existants, nonobstant l'incompatibilité qu'il pourrait présenter par ailleurs.

Tandis que les mathématiciens de l'époque considéraient tout bonnement ces idées comme allant de soi, Russell eut le souci de les tester. « Il me semblait, raconta-t-il des années plus tard dans *Histoire de mes idées philosophiques,* que quelquefois une classe est membre d'elle-même, et quelquefois non. La classe des cuillères à café, par exemple, n'est pas une cuillère à café de plus, mais la classe des choses qui ne sont pas des cuillères à café est une de ces choses qui ne sont pas des cuillères à café [4]. »

La plupart des classes auxquelles nous pouvons penser sont de l'espèce cuillère à café : les classes de chaussures, de maisons, de crayons... Aucune de celles-là n'est membre d'elle-même. Il existe néanmoins quelques bons exemples de classes qui *sont* membres d'elles-mêmes.

Prenez l'ensemble de toutes les choses imprimées sur cette page : il est lui-même imprimé sur cette page; et l'ensemble de toutes les idées est lui-même une idée. À chaque fois, la classe a elle-même qualité de membre car, en tant qu'entité singulière, elle arbore les qualités mêmes qui distinguent ses membres.

Russell se souvient d'avoir, dans un deuxième temps, médité sur la gigantesque et inimaginable classe contenant toutes « les classes qui ne sont pas membres d'elles-mêmes [5] ». Appelons-la N M pour « non-membre ». La classe N M inclut toutes les classes familières (les classes de cuillères à café, de chaussures, etc.). Et Russell poursuit : « Je me demandais si cette classe est membre d'elle-même ou non [5]. »

C'est en essayant de répondre à cette question qu'il débusqua le paradoxe. Supposons, raisonnait-il, que N M est un membre de N M, nous devons alors supposer que N M est un membre d'elle-même. Mais, selon la définition originelle de N M, cette même supposition interdit à N M d'être membre de N M (souvenez-vous : par définition, N M inclut seulement les classes qui ne sont pas membres d'elles-mêmes). Inversement, si nous faisons l'hypothèse que N M n'est pas membre de N M, nous supposons alors que N M n'est pas membre d'elle-même. Or, toujours selon la définition originelle de N M, c'est là une supposition qui nous condamne à accorder à N M la qualité de membre de N M. Ainsi, « chaque branche de l'alternative conduit à son contraire (logique) [6] ». Et Russell d'avouer : « Cela mit un terme à la lune de miel que je connaissais alors avec la logique [7]. »

Le paradoxe de Russell mettait en lumière que suivre les lois de la logique pouvait nous mener à des résultats contradictoires. On pouvait en tirer sur-le-champ deux conclusions concernant la logique aristotélicienne : il fallait ou bien la réparer de quelque manière afin que disparaisse le scandaleux paradoxe, ou bien lui substituer un instrument radicalement neuf qui assurerait une absolue certitude en mathématiques. Les trois premières décennies de ce siècle virent les mathématiciens en désaccord sur le meilleur moyen de tout ramener en bon ordre (dans l'ignorance qu'une découverte imprévue allait réduire l'ensemble de leurs divergences au rang d'arguties). Parmi toutes les écoles de pensée surgies au cours de cette trentaine d'années, deux s'étaient donné comme but précis la rénovation de la logique aristotélicienne. C'étaient les logicistes et les formalistes, et les programmes dont ils s'étaient faits les champions furent le centre d'intérêt des mathématiciens d'alors.

Les logicistes, Russell en personne à leur tête, pensaient éviter le paradoxe de Russell en modifiant les règles d'appartenance à une classe. Ils voulaient de fait exclure *a priori* la possibilité pour une classe d'être membre d'elle-même. Pour ce faire, ils proposaient que soit ajouté après coup aux principes de la logique aristotélicienne ce qu'ils appelaient « le principe du cercle vicieux », en vertu duquel : « Tout ce qui implique la totalité d'un ensemble ne peut faire partie de cet ensemble. » L'application de ce principe réglait par décret la question de savoir si la classe hypothétique de Russell était ou non membre d'elle-même, et le cercle vicieux était par là même évité.

Au contraire des logicistes, les formalistes pensaient que les défauts révélés par le paradoxe n'étaient pas intrinsèques à la logique, mais tenaient au contenu sémantique du langage employé pour l'exprimer. Ils trouvaient notamment l'origine de nombreux paradoxes, y compris celui de Russell, dans la signification ambiguë du mot « tout ». Des énoncés tels que : « Toutes les règles ont des exceptions », nous laissant le choix d'interpréter le mot « toutes » comme incluant ou excluant l'énoncé dont il fait partie, sont soit dépourvus de signification, soit paradoxaux. Les formalistes soutenaient que les incertitudes de cette sorte sont plutôt d'ordre sémantique que logique, et que l'on pourrait en expurger la logique par un blanchiment lui ôtant sa coloration sémantique. Ils entreprirent donc de reformuler les arguments logiques ressortissant aux mathématiques en n'utilisant, au lieu des mots du langage naturel, que des symboles rigoureusement définis et vides de sens.

Chacun des chemins tracés par ces deux écoles – et par d'autres – devait, c'était promis, permettre aux mathématiciens de retrouver le trésor de certitude, et, jusqu'en 1931, chacune des factions persévéra dans la voie de son choix. Mais, cette année-là, tous les mathématiciens furent stoppés net dans leur élan quand le logicien américain Kurt Gödel publia sa découverte : jamais aucune des voies de la logique traditionnelle ne mènerait à une complète certitude en mathématiques. La preuve avait ceci d'ironique que Gödel s'était servi avec brio de la logique elle-même pour en démontrer les insuffisances.

L'essentiel de sa découverte tenait en ce que tout modèle de preuve se fondant sur les principes autoconsistants du raisonnement déductif est impropre à établir la vérité ou la fausseté de n'importe quel théorème mathématique concevable, tout comme la logique d'Aristote s'est montrée incapable de trancher la question du paradoxe de Russell (à savoir : « Est-ce que la classe N M est membre d'elle-même? »). Bref, il se présentera toujours en mathématiques des questions qu'on ne pourra pas résoudre avec certitude logique. Qui plus est, Gödel avait découvert que quel que soit le remède que l'on imaginerait pour un modèle inadéquat, il ferait preuve de la même inadéquation. Les logicistes, les formalistes, et leurs programmes étaient donc par avance voués à l'échec.

Les résultats de Gödel poussèrent à l'invention de systèmes logiques non aristotéliciens, dans lesquels un énoncé pourrait être autre chose que seulement vrai ou faux. Le plus simple d'entre eux porte bien son nom de système logique trivalent : un énoncé peut y être soit vrai, soit faux, ou seulement possible. Un tel système se fonde sur le mépris de la loi aristotélicienne du tiers exclu (à savoir : quelque chose est soit vrai, soit faux; il n'y a pas de troisième possibilité), et puisqu'il admet la possibilité pour un théorème d'être logiquement incertain, il est compatible avec la découverte de Gödel.

C'est pour cela, et aussi parce que les systèmes logiques non aristotéliciens présentent un intérêt mathématique propre, que de nos jours des mathématiciens consacrent tout leur temps à leur étude et à leur développement. Les efforts des autres mathématiciens visent moins à dégager les mathématiques de l'incertitude de Gödel qu'à tenter de s'en accommoder. C'est une tendance en net contraste avec le ci-devant combat qui devait délivrer la certitude des affres du paradoxe de Russell.

À la suite des découvertes révolutionnaires de Gödel, la plupart des mathématiciens se résignèrent à ne plus penser aux mathématiques comme à une forteresse de certitude. Parmi eux, le mathématicien-philosophe hongrois Imre Lakatos, disparu en 1974, élabora une philosophie des mathématiques qui conciliait les incertitudes gödéliennes. Largement inspiré par la conception de la science de son maître, Karl Popper, Lakatos décrivait les mathématiques comme ayant toujours le statut de conjectures, susceptibles d'être révisées, même profondément, en cas de découvertes nouvelles. Il écrivait : « (...) les mathématiques (...) ne se développent pas dans un accroissement continu du nombre de théorèmes indubitablement établis, mais dans l'amélioration incessante des conjectures grâce à la spéculation et à la critique (...) [8] ».

C'est également ce que soulignait en 1981 l'historien des mathématiques Morris Kline dans son livre *Mathématiques : la fin de la certitude* [9], quand il comparait le mathématicien à un fermier qui « nettoie et déblaie une partie du sol, mais remarque (...) des bêtes sauvages dans une surface boisée entourant la clairière (...) [10] ». Pour accroître son sentiment de sécurité, le fermier déboise une surface de plus en plus vaste, sans jamais pouvoir se sentir en parfaite sécurité. « Les animaux sont toujours là et un jour ils pourront le surprendre et le dévorer (...) [11]. » De la même manière, écrit Kline, le mathématicien se sert de la logique pour faire des coupes claires dans la forêt vierge de l'ignorance mathématique, mais il doit s'attendre à ce qu'à tout moment soient mises à découvert des insuffisances logiques qui, à l'instar de bêtes sauvages, lui raviront ses espérances de complète sécurité à l'abri du doute.

De nos jours, pourtant, les mathématiciens ne sont pas tout à fait disposés à s'accommoder de l'incertitude gödélienne. Peut-être est-ce parce que les mathématiciens ont du mal à vivre en cohabitation avec l'incertitude qu'ils vaquent à leur travail quotidien comme si les événements de ce siècle n'avaient jamais eu lieu. Ou peut-être est-ce, comme le suggère Kline, parce qu'« ils trouvent difficile de croire qu'on puisse (y) trouver un quelconque intérêt (...) pour ce qui relève de leur propre activité mathématique [12] ». – Chaque mathématicien fait comme si l'incertitude gödélienne affectait le voisin, mais pas lui.

Quelle qu'en soit la raison, les mathématiciens d'aujourd'hui « écrivent et publient comme si les incertitudes étaient inexistantes [13] », dit Kline. En pratique, sinon par principe, ils s'en tiennent à la conviction prégödélienne selon laquelle, ainsi que l'énonçait le formaliste allemand David Hilbert : « Pour tout problème mathématiquement défini, on doit pouvoir, par nécessité, statuer avec exactitude, soit sous la forme d'une réponse à la question qu'il pose, soit par la preuve que sa solution est impossible [14]. »

Cette adhésion à une conviction dont a été prouvée l'absence totale de crédibilité est la part d'humanité des mathématiques. Elle est en contradiction avec l'image d'Épinal du mathématicien, mais en parfaite cohérence avec la nature humaine. En se comportant comme si la certitude existait, ou pouvait être obtenue en mathématiques, les mathématiciens contemporains s'apparentent à tous ces inventeurs qui croient, contre toute évidence, qu'une machine à mouvement perpétuel est réalisable. Leur foi a trouvé, et trouve encore, sa source dans la nature du progrès humain qui pousse chaque génération à faire la preuve qu'est possible ce dont la précédente avait démontré l'impossibilité. Pour les mathématiciens, comme pour tant d'autres, « cette conviction... est un puissant aiguillon », écrivait Hilbert; « (...) nous entendons toujours en nous cet appel : voilà le problème, il faut trouver la solution; vous pouvez la trouver à l'aide de la pensée pure, car en mathématiques il n'existe aucun *ignorabimus* [15] ».

En 1958, ses illusions perdues, Russell se lamentait : « Je désirais la certitude à peu près comme les gens désirent la foi religieuse. Je pensais qu'il était plus probable de la trouver en mathématiques que partout ailleurs. (...) Mais (...) après quelque vingt ans de labeur très ardu, j'en vins à la conclusion que rien de ce que je pourrais faire de plus ne rendrait la connaissance mathématique indubitable [16]. »

Nul doute qu'il y a et qu'il y aura encore beaucoup d'autres mathématiciens pour vouer, comme Russell, des dizaines d'années de leur vie à la quête du trésor de certitude. Tant qu'il en sera ainsi, subsistera toujours la possibilité pour l'un d'entre eux de réussir là où ses prédécesseurs ont échoué : découvrir – et par conséquent léguer aux générations futures – un infaillible modèle de preuve.

Consulter aussi les chapitres :
« Beaucoup de bruit pour rien »
« Un article de foi »

Calcul et limite

EN QUÊTE DU POINT DE FUITE

Le vouloir est infini et l'exécution restreinte,
le désir sans bornes et l'acte esclave de la limite [17].
William Shakespeare

Nous sommes une espèce singulièrement rétive, que quelque inclination naturelle pousse à toujours vouloir se surpasser. Peut-être n'est-ce rien d'autre que l'expression de cette tendance universelle qu'évoquait Darwin quand il écrivait : « Comme la sélection naturelle travaille uniquement par et pour le bien de chaque être vivant, tout milieu, matériel comme mental, tendra vers la perfection »; ou bien, comme le suggérait le philosophe français Jean-Baptiste Robinet, une tendance propre à l'esprit humain seulement, dont « la destinée ne peut être rien d'autre qu'exercice de l'imagination, invention, et perfection ». Dans l'un et l'autre cas, ce vers quoi nous tendons – appelez-le perfection, si vous le souhaitez – est un but inaccessible. Du moins il n'est pas *vraisemblable* que nous atteignions quelque jour la perfection (encore faudrait-il que nous sachions la reconnaître) et que cessent ainsi nos efforts. En ce qui concerne notre psychologie, la perfection est plutôt comme le point de fuite en peinture, un point imaginaire à l'infini, vers lequel convergent les grandes lignes d'un tableau. Plus précise encore est la comparaison avec la limite asymptotique des mathématiciens : un idéal que l'on peut dénommer, éternellement approcher, mais jamais atteindre.

En mathématiques la limite asymptotique est un concept important. Et un concept qui continue à susciter mon incrédulité, même après une fréquentation de tant d'années. Je ne devrais pourtant pas m'étonner d'en être embarrassé car l'idée d'une limite asymptotique forme un nœud inextricable avec cette autre énigme tenace : l'infini.

C'est particulièrement apparent en géométrie, où le concept de limite asymptotique est représenté par une droite frontière de longueur infinie appelée asymptote. Par définition, une autre ligne peut approcher une asymptote avec une proximité sans cesse croissante, mais jamais la rencontrer réellement, comme un avion approcherait d'une piste sans jamais vraiment atterrir. Je persiste à vouloir imaginer qu'une telle ligne finira par combler l'écart qui la sépare de l'asymptote, cela n'arrive pourtant jamais. À mesure que cette ligne et l'asymptote convergent, la distance qui les sépare est continuellement divisée de moitié, mais, quel que soit le point atteint, il y aura toujours une moitié de reste – même à l'infini.

C'est précisément ce qu'il y a d'incroyable, à mon sens, avec les limites asymptotiques. Lorsqu'ils en discutent, les mathématiciens sont capables de nous raconter par le menu comment se comportent certaines choses à l'infini. À dire vrai, il y a quelques cas où ce n'est réellement pas de l'ordre de l'exploit; dans certaines occasions, les limites asymptotiques sont aisées à deviner. Imaginez, par exemple, une figure à plusieurs côtés – un polygone – inscrite dans un cercle. Faites ensuite croître systématiquement le nombre des côtés du polygone; je pense qu'il tombe vite sous le sens que ledit polygone tend à devenir un cercle : sa limite asymptotique. De la même manière, je crois qu'il est clair que la limite asymptotique de la suite numérique 0,9; 0,99; 0,999 : 0,9999, et ainsi de suite, est tout simplement le nombre 1. Ce n'est jamais réellement 1, mais c'est un nombre éternellement en train de devenir de plus en plus proche de 1.

Dans la majorité des cas, cependant, le comportement à l'infini est loin d'être aussi évident; mais là encore, pourtant, les mathématiciens ont découvert des moyens pour déterminer quelle est la limite asymptotique. Ces méthodes reposent pour leur plus grande part sur la capacité de faire la somme d'une suite infinie de nombres. Voilà qui pourrait sembler impossible, mais en quoi les mathématiciens sont passés maîtres au cours des trois derniers siècles. L'habileté ainsi acquise leur permet de savoir que le résultat de la somme 1 plus 1/2 plus 1/4 plus 1/8 plus 1/16 plus 1/32, et ainsi de suite, *ad infinitum,* est, en fin de compte, 2; non pas approximativement 2, notez-le bien, mais 2 *exactement.*

C'est très commode pour connaître à l'avance ce que seront des limites asymptotiques, puisqu'elles résultent, par définition, de progressions infinies. Prenez, par exemple, un polygone à trois côtés, un triangle, inscrit dans un cercle d'un pouce [18]. Inscrivez ensuite un cercle à l'intérieur du polygone à trois côtés, puis un polygone à quatre côtés dans ce cercle, puis encore un autre cercle à l'intérieur de ce polygone à quatre côtés, et ainsi de suite. Imaginez que vous continuez la procédure indéfiniment, en faisant toujours suivre un cercle inscrit par un polygone inscrit qui aura à chaque fois un côté de plus que le polygone précédemment inscrit. De toute évidence, à mesure que vous progresserez, les figures vont devenir de plus en plus petites.

Peut-être vous attendez-vous à ce que la limite de cet interminable processus soit un point en plein centre de tous les cercles et polygones – mais il n'en est rien. Rappelez-vous que les polygones dont le nombre de côtés croît de plus en plus vont tendre à devenir eux-mêmes des cercles; ce qui signifie qu'en un certain point, le processus d'emboîtement revient quasiment à faire se superposer deux cercles. Plus précisément, à partir d'un certain point en aval la différence entre les formes et les dimensions des cercles et des polygones devient évanescente. Il en résulte que l'emboîtement interminable des figures tend vers un petit cercle qui sera concentrique au cercle originel. Leur savoir-faire avec les limites infinies donne même aux mathématiciens le pouvoir de prédire que le diamètre de ce cercle – cet idéal inaccessible, pour ainsi dire – sera d'environ 1/12 de pouce [19]. Une technique analogue nous donnerait moyen de deviner avec précision vers quel stade de perfection (ou d'imperfection) les êtres humains tendent à perpétuité, ou quel temps record de la course du *mile* [20] approchera-t-on toujours sans l'atteindre jamais.

L'une des plus belles récompenses reçues par les mathématiciens pour prix de leur maîtrise des limites asymptotiques fut une prodigieuse théorie, dite du calcul différentiel, qu'Isaac Newton et Gottfried Leibniz inventèrent au XVIIe siècle. Cette théorie est utile pour la description dans le moindre détail de presque toute sorte de changement d'allure régulière. Par « dans le moindre détail », on entend qu'au moyen du calcul différentiel il est possible de codifier chacun des instants d'un processus dynamique. Les scientifiques de la NASA s'en servent pour calculer la progression, moment après moment, d'un satellite à destination de Saturne, et les économistes pour surveiller chaque instant de la progression des tendances du marché.

Avant le XVIIe siècle, les mathématiciens et les savants devaient se contenter de descriptions du changement fondées sur des moyennes établies à partir d'intervalles de temps mesurables. Des descriptions de cet ordre sont vraiment loin d'être idéales. Supposez, par exemple, que vous vouliez déterminer le régime annuel des pluies pour l'endroit le plus humide des États-Unis, le mont Waialeake, de l'île de Kauai, dans l'archipel d'Hawaii. Votre almanach vous dit qu'il pleut là, chaque année, une moyenne de

486,1 pouces [21]. La moyenne annuelle seule ne vous dit rien de précis sur le régime effectif des pluies, avec toutes ses fluctuations à court et à long terme. Il est évident que vous en sauriez plus sur ce régime si vous saviez combien il pleut d'un jour à l'autre, ou mieux encore, d'une heure, d'une minute ou d'une seconde à l'autre. Dans l'idéal, vous sauriez tout ce qu'il y a à savoir quant au régime des précipitations sur le mont Waialeake si vous pouviez seulement déterminer combien il pleut de l'instant le plus infime à l'autre – et c'est le calcul différentiel qui pourrait vous donner les moyens techniques de le faire.

L'invention du calcul différentiel supposait que l'on reconnaisse qu'un taux de progression instantané est la limite asymptotique d'une série de moyennes où l'intervalle de temps considéré diminue systématiquement. C'est une notion que les mathématiciens avaient identifiée bien avant d'avoir la capacité de réellement calculer ce type de limite asymptotique. Ils pouvaient, par exemple, calculer le salaire horaire d'un employé : il leur suffisait de diviser le salaire hebdomadaire par le nombre d'heures contenues dans une semaine de travail. Pour calculer le salaire de l'employé à la minute, ils n'avaient qu'à diviser le salaire hebdomadaire par le nombre de minutes d'une semaine de travail. Ils pouvaient procéder de cette manière indéfiniment et produire une suite de moyennes avec des intervalles de temps à chaque fois plus petits. Mais ils ne savaient pas, de fait, comment calculer la limite asymptotique d'une telle suite. Selon le sens commun, la limite de la suite est tout simplement le salaire hebdomadaire divisé par le nombre d'infiniment petites bribes de temps que contient une semaine de travail. Mais ce nombre est infini; or, une somme divisée par l'infini est égale à zéro, ce qui est un résultat absurde. Cela implique, en effet, qu'un employé qui touche 200 dollars par semaine le fait en ne gagnant *rien* à quelque moment que ce soit de son activité. Sans une claire compréhension des suites infinies, les mathématiciens de ce temps d'avant le calcul différentiel avaient autant de chances de résoudre le paradoxe qu'un non-mathématicien d'évaluer correctement la limite asymptotique de l'emboîtement infini des cercles et des polygones. Avec le calcul différentiel ils acquirent technique et moyen de déterminer avec justesse la limite asymptotique d'un taux moyen – c'est-à-dire le taux de progression dans l'instant – et, par conséquent, la capacité de décrire des formes de changement avec une précision parfaite.

Le spectacle des mathématiciens accédant avec aisance à la perfection me fait me souvenir d'une carte postale que j'ai reçue un jour. L'image montrait deux rails de chemin de fer en perspective, avec un groupe de joyeux drilles scrutant à la loupe le point sur l'horizon où paraissent converger les rails. La carte s'intitulait « En quête du point de fuite ». Avec la maîtrise technique du calcul des limites asymptotiques, il semble que les mathématiciens aient la capacité de localiser les points de fuite. Si nous ne disposions pas de ces méthodes, de telles idéalités resteraient à jamais hors de notre atteinte, comme ces chaînes de montagnes qui, apparemment, restent à l'horizon quelle que soit la distance que nous parcourions en leur direction.

Pour l'heure, on ne peut que rêver à ce que cela serait, pour les plus nobles de nos efforts, sociaux autant qu'individuels, que de déterminer la perfection avec une aisance analogue à celle qui nous permet désormais de calculer les taux de progression dans l'instant, ou n'importe quelle autre limite asymptotique en mathématiques. Une des difficultés vient de ce que la progression de ces efforts à caractère non mathématique n'a ordinairement rien de commun avec une suite dotée d'une forme logique interne, au contraire de tous les exemples de type mathématique. Même si chacun d'entre nous a une idée claire de la signification du progrès et de la perfection, il est peu probable que toutes nos idées réunies puissent converger vers une limite asymptotique unique. En ce sens, on ne peut assimiler nos tendances naturelles à des lignes droites orientées vers un seul et même point de fuite. À dire vrai, ces lignes sont tortueuses; certaines n'ont pas de but, et le point serait plutôt comme une tache étendue et diffuse.

Il y a pourtant, en dehors des mathématiques, des exemples pour lesquels il semblerait que la limite asymptotique soit susceptible d'être aussi bien définie que – disons – pour la suite 0,9; 0,99; 0,999; etc. Il s'agit d'exemples de comportements relativement déterministes, où chacun des sujets impliqués tend vers un même but, et où leur progrès commun est aussi assuré et continu qu'une suite de nombres. C'est vrai pour la plupart des compétitions athlétiques. On pourrait par exemple s'attendre à ce qu'il y ait un temps record absolu pour la course du *mile*.

Il y a bien des années, tout un chacun estimait que la limite asymptotique de la course du *mile* était de 4 minutes. C'était avant 1954, l'année où l'Anglais Roger Bannister fut le premier au monde à courir le *mile* en moins de 4 minutes, dans le temps record de 3 min 59,4 s. Après cela, l'opinion générale fut que jamais l'on ne descendrait au-dessous du seuil des 3 min 55 s. Mais l'Australien Herbert Elliot y réussit en 1958, courant le *mile* en 3 min 54,4 s. En vérité, j'ai fait le diagramme de la progression des records du monde du *mile* établis depuis 1865, et j'ai trouvé que le taux d'amélioration d'aujourd'hui est en gros le même que celui des quarante dernières années; il ne semble pas que les temps records du *mile* atteignent quelque palier et tendent vers une quelconque asymptote prévisible. Le dernier en date, établi en 1981 par l'Anglais Sebastian Coe, est de 3 min 47,33 s. – bien au-dessous des quatre minutes [22].

À moins d'être prêts à croire qu'un jour quelque athlète établira un record absolument imbattable, nous devons admettre que la limite de notre progrès est ici une limite asymptotique. Prendre connaissance de cela fait naître la question de la nature exacte de la force ou de la résistance capables de nous empêcher d'atteindre quelque limite absolue, alors qu'elle nous en permet une approche sans cesse croissante. Il est vraisemblable que l'origine de cette résistance est, d'une manière ou d'une autre, en rapport avec les limites effectives de la force et de l'énergie propres du corps humain réduit à ses seules possibilités.

Pour vous faire une idée de la façon dont doit se dérouler ce processus, imaginez pour le moment que la limite asymptotique en question n'est autre que la « barrière » de la vitesse de la lumière (un *miler* [23] courant à cette vitesse ne mettrait que 5,37 millionièmes de seconde pour achever sa course – juste le temps qu'il nous faut pour réagir à un stimulus inattendu). Dans ce cas, le mécanisme de résistance est expliqué par la théorie de la relativité restreinte.

Selon cette théorie, dès qu'un objet de matière atteint une vitesse proche des 9/10 de celle de la lumière, il lui faut une énorme quantité d'énergie supplémentaire pour accroître sa vitesse, ne serait-ce que de manière infime. L'explication physique est qu'à mesure que l'objet approche de la vitesse de la lumière, une part de plus en plus grande de l'énergie vouée à sa propulsion est inévitablement convertie en masse, ce qui rend l'objet d'autant plus lourd; il lui faut donc plus d'énergie de propulsion pour continuer sa progression, mais l'énergie ainsi ajoutée subit à son tour la même conversion, ce qui augmente encore la masse; et ainsi de suite. Le pourquoi et le comment ne sont pas parfaitement clairs, mais nous sommes certains qu'il en va bien ainsi. (Les électrons circulent dans un cyclotron à des vitesses approchant les 0,999 de celle de la lumière, et il y a déjà des années que les physiciens ont observé que ces électrons semblent paresser en chemin, comme si leur masse était de plusieurs fois la normale – ainsi que le prédit la théorie.) La masse croissante d'un objet matériel accéléré se conjugue à l'efficacité décroissante de sa propulsion pour lui rendre physiquement impossible d'atteindre la vitesse de la lumière – encore qu'au prix d'un effort extraordinaire, il est dit qu'il peut s'en approcher de très près. Il est en outre évident que, même dans des conditions de course idéales, irréalistes (pas de résistance de l'air, par exemple), le corps n'aurait pas assez de sa seule énergie pour approcher de quelque manière les vitesses à partir desquelles sont sensibles ces effets relativistes, et pas assez de résistance pour endurer la rigueur de vitesses aussi élevées. Chacun de nous consomme ordinairement moins de 4 000 calories d'énergie par jour, et il nous en coûterait quelque chose comme 6 000 rien que pour nous permettre d'atteindre la vitesse de soixante *miles* [24] à l'heure. Si donc la vitesse à laquelle nous pouvons courir le *mile* – ou n'importe quelle autre course, pour ce qui nous occupe – a une limite asymptotique, elle est loin en deçà de la vitesse de la lumière, mais obéit pareillement au principe d'un mécanisme de résistance singulier.

Il est probable que le plus sûr moyen pour avoir une idée de cette limite est d'attendre que la suite des records du monde commence à se niveler. Jusqu'à présent rien de tel ne s'est produit, mais lorsque cela arrivera, nous le saurons, car il y aura de moins en moins souvent de nouveaux records établis, et les précédents records seront à chaque fois améliorés de façon de plus en plus infime. À ce moment deviendra plus évident quel temps record nos athlètes ont probablement pris comme cible.

Toutefois, en l'absence d'une connaissance certaine de cette limite, nous continuerons, selon toute vraisemblance, à nous conduire demain tout comme aujourd'hui : comme s'il n'y avait pas de limite. C'est précisément l'attitude que l'on serait en droit d'attendre d'une espèce dont la progression tire sa forme d'une limite asymptotique. Des traits paradoxaux que présente toute approche orientée vers une limite asymptotique, le moindre n'est pas que le futur soit la promesse d'une suite interminable d'améliorations. L'apparence est que toujours sera suivi d'un autre chacun des horizons que nous aurons atteints. Seule pourrait ruiner cette illusion la connaissance certaine – donnée par je ne sais quelle prescience – de la limite asymptotique; mais il n'est pas encore temps pour l'indocile espèce que nous sommes de se préoccuper de cette éventualité. Le moment est encore loin où nous tiendrons un moyen analogue au calcul différentiel, qui nous mettrait à même de localiser les points de fuite de l'humanité en progrès.

Nombres et continuité

PENSER L'IRRATIONNEL

Cette armée nombreuse et idéale qui, dans l'infini des siècles, Jamais ne révélera la totalité de Son œuvre.

Mark Akenside [25],
Les Plaisirs de l'imagination

Le monde, à ce qu'il semble, devient numérique. Il y a des enregistrements numériques, des images numériques, des calculateurs numériques, et des montres numériques. Ce dernier trait prend, à mon avis, un relief particulier si on le regarde dans la perspective de l'éternelle question de savoir si le temps coule de manière continue, ou bien s'il avance comme à petits bonds hésitants et discontinus, appelés chronons. Les montres numériques actuelles accréditent la seconde impression, mais la vérité est que nous ne sommes pas plus près de trancher la question que les Grecs de l'époque où le dernier chic horloger était la clepsydre, une horloge à eau donnant la faveur à l'idée d'un flot continu du temps. La seule différence est que la situation est plus décourageante aujourd'hui que jamais : tandis que les scientifiques allaient se demandant si le temps est continu ou non, leurs collègues mathématiciens changèrent la définition opératoire de la continuité; on pouvait scientifiquement appréhender la première, la seconde est, selon toute apparence, scientifiquement non quantifiable. Il n'y aura maintenant plus que le temps lui-même pour nous dire si les scientifiques s'en tiendront à la notion mathématique originelle de la continuité, ou si leur dessein d'étudier le temps leur fera adopter la nouvelle. La raison principale pour les scientifiques d'être concernés par ce qu'ont à dire les mathématiciens en la matière est que le modèle de la continuité est la droite numérique. C'est une ligne ordinaire le long de laquelle les mathématiciens disposent les nombres qu'une étude de l'arithmétique leur donne à connaître. Dans ce contexte, la notion quantitative de continuité est représentée par une ligne de nombres dont chacun des points sans exception est étiqueté au moyen d'un nombre, de telle sorte que n'y subsiste aucun espace intermédiaire non étiqueté. La plus rudimentaire des lignes que l'on puisse imaginer n'est pas continue. Elle n'est formée que des seuls nombres entiers : 1, 2, 3, 4, etc., qui, une fois répartis régulièrement sur toute sa longueur, laissent manifestement des espaces vacants. La première à être continue fut, dans l'Antiquité, celle des Grecs. Ils subdivisaient indéfiniment en fractions les intervalles séparant les nombres entiers, ne laissant, apparemment, aucun point sans étiquette. On lui donna le nom de suite des nombres rationnels, car les nombres entiers et les fractions formaient, réunis, ce que les Grecs appelaient les nombres rationnels. C'étaient des nombres qui pouvaient être exprimés comme un rapport [26] de nombres entiers (3 : 2, 2 : 7, 5 : 1). Un Grec en particulier croyait que la suite des nombres rationnels représentait un modèle idéal de continuité, non seulement en mathématiques, mais également sur le plan religieux : Pythagore de Samos. Il avait fondé une communauté religieuse (un culte de type « cabalistique ») qui voyait la divinité dans l'image de la continuité, et plus particulièrement dans les nombres employés pour la déterminer. Lui et ses coreligionnaires attachaient une grande importance, par exemple, à cette découverte (faite par les Grecs) qu'en musique les octaves sont produites lorsqu'on pince des cordes dont les longueurs ont entre elles un rapport de nombres entiers [27]. Pour les pythagoriciens c'était là un signe manifeste que toute chose dans l'Univers, ou à son propos – du ressort de la physique comme de la métaphysique – pouvait être appréhendée par les nombres rationnels. Leur adoration des nombres les conduisit à élaborer un symbolisme complexe (l'une des bases de la numérologie contemporaine) dans lequel le nombre 1 était le divin créateur (probablement parce que c'est le tout premier nombre différent de zéro). Les nombres 2 et 3, pour des raisons connues des seuls pythagoriciens, représentaient, respectivement, le Féminin et le Masculin. Cela admis, le nombre 5 (Féminin + Masculin) était alors supposé symboliser le mariage.

Sans raison évidente de douter de ce modèle de continuité qu'était la suite des nombres rationnels, les Grecs y adhérèrent pendant des années. Ce n'est que dans le courant du ve siècle av. J.-C. que les disciples de Pythagore, les premiers, découvrirent des trous dans leur modèle et, en conséquence, dans leur ordre divin. La révélation surgit inopinément au beau milieu de leurs efforts pour résoudre un problème sans originalité apparente, du même ordre que la question : « Quelle est la longueur d'une barrière qui coupe en diagonale un lopin de terre carré d'un *mile* de côté en deux triangles [28]? »

Habituellement les pythagoriciens résolvaient avec facilité ce genre de problème en utilisant le fameux théorème de Pythagore, « leur » théorème (ce même théorème que, dans *le Magicien d'Oz* [29], massacre l'Épouvantail après qu'il a reçu son diplôme universitaire). Selon ce théorème, on peut calculer la longueur du troisième côté d'un triangle rectangle si l'on connaît les longueurs respectives des deux autres côtés.

Auparavant, le théorème avait permis de trouver les longueurs exactes de nombreux triangles rectangles. Pourtant, à la grande consternation des pythagoriciens, dans ce cas, leur théorème se montrait incapable de fournir une valeur numérique exacte en réponse à la question. Tout ce que les pythagoriciens obtenaient de leurs calculs, c'était que la barrière avait presque (mais pas exactement) 3/2 *miles* de long. Le nombre exact ne faisait pas partie de leur vocabulaire. Il était dans les deux sens du terme *irrationnel :* littéralement, car il n'avait rien d'un rapport de nombres entiers, et au sens figuré parce qu'il n'avait aucune place dans la conception du monde des anciens Grecs. Comme les pythagoriciens allaient le découvrir, ce n'était cependant que le premier représentant de beaucoup d'autres de la même espèce.

La découverte des nombres irrationnels, que les pythagoriciens tenaient pour hérétiques (on pense que dans un premier temps ils tentèrent de la dissimuler), signifiait que la suite des nombres rationnels n'était après tout pas un modèle de continuité. Imaginez, par exemple, un bâton de même longueur que la diagonale du carré d'un *mile* de côté dans le problème de Pythagore. Le bâton a une longueur d'une réalité indéniable; pourtant si on le mesure en utilisant la suite des nombres rationnels comme une règle, son extrémité tombe au voisinage d'un point non étiqueté. Et les bâtons ne manquent pas dont les longueurs ne peuvent être exprimées ni en termes de nombres entiers, ni sous forme de fractions. En fin de compte, la découverte des pythagoriciens donnait à voir la suite des nombres rationnels comme criblée de trous qui, de manière indicible, existent entre les fractions, aussi infiniment proches qu'elles soient les unes des autres.

Dans les siècles qui suivirent cette découverte, les mathématiciens en vinrent à accepter les nombres irrationnels comme un mal nécessaire. Leur nécessité découlait de la manière – quelle qu'elle fût – qu'ils avaient de s'insérer dans les discontinuités de la suite des nombres rationnels, créant ainsi une suite de nombres plus authentiquement continue; mais ils restaient un mal tant que demeuraient obscures les voies de cette insertion dans la suite des nombres rationnels.

Ce n'était pas les exemples de nombres irrationnels qui manquaient, mais une définition mathématique acceptable. Ils semblaient sans aucun lien logique avec les nombres rationnels; c'est-à-dire qu'on ne connaissait aucune recette permettant d'obtenir un nombre irrationnel à partir d'un nombre rationnel. À l'opposé, les rationnels, eux, étaient bien reliés les uns aux autres, du seul fait que tous étaient des rapports de nombres entiers. Aussi longtemps que les mathématiciens restaient dans l'incapacité de réconcilier rationnels et irrationnels, le concept d'une suite des nombres irrationnels ne pouvait passer pour pleinement compris, encore moins pour posséder une validité mathématique.

Même au beau milieu du XIXe siècle, un mathématicien essayant de « rationaliser » les nombres irrationnels se retrouvait dans la position de quelqu'un qui, lors d'une réunion de famille, n'arrive pas à se faire une idée de la place que pourrait bien occuper sur l'arbre généalogique une personne d'allure étrange et singulière. En 1872, le mathématicien allemand Richard Dedekind trouva un moyen acceptable de relier les irrationnels aux rationnels, permettant du même coup que reçoive un nom ce qui depuis longtemps déjà avait été pressenti comme un « super »-modèle de continuité. Comme les mathématiciens avaient pris l'habitude, depuis le XVIe siècle, de réunir rationnels et irrationnels sous le nom de *réels,* on le baptisa *droite réelle.* Quelques années après l'exploit de Dedekind, le mathématicien allemand Georg Cantor fit une découverte qui allait réduire à néant l'opinion des sceptiques qui arguaient de l'apparente impossibilité à constituer l'ensemble des nombres réels. Il confirma que bien qu'il existe une infinité de nombres rationnels (ce qu'avaient soupçonné les Grecs), les nombres réels sont plus nombreux encore. Il était ainsi avéré que l'alignement des nombres réels est bien plus continu, plus densément tassé, que la suite des nombres rationnels, dont la continuité restait « modérée ».

Songez à ce que cela signifie : dans la suite des nombres rationnels, les nombres adjacents sont infiniment proches les uns des autres. Mais les nombres réels adjacents sont encore *plus proches* qu'infiniment proches les uns des autres. Même avec deux miroirs, il nous est impossible de produire l'illusion de cette proximité. Considérez, par exemple, deux miroirs se faisant face. En regardant dans l'un des miroirs, vous verriez une image répétée de l'autre miroir. Imaginez que chaque image est un repère sur une ligne de nombres. Si vous ameniez les deux miroirs l'un contre l'autre, vous obtiendriez un tassement de la figure de répétition des images, chacun des espaces qui les sépare rétrécissant. L'écart entre deux repères sur la suite des nombres rationnels correspondrait à l'écart qui sépare les images lorsque les deux miroirs sont infiniment proches l'un de l'autre – à se toucher, autrement dit. Mais pour les nombres réels, l'écart entre deux repères correspondrait à celui qui séparerait deux images si les miroirs étaient encore *plus proches* qu'à se toucher. La seule possibilité serait que les miroirs, littéralement, s'interpénètrent. Ainsi Alice passa-t-elle de l'autre côté du miroir.

Le caractère impondérable (non « mesurable ») [30] de la droite numérique réelle place les scientifiques que l'étude du temps intéresse devant une belle alternative. Ils peuvent la rejeter pour n'être pas un modèle scientifique de la réalité, sans autre forme de procès, parce que échappant à la mesure; auquel cas ils courent le risque que d'aucuns les accusent d'étroitesse d'esprit. Et s'ils l'acceptent comme un modèle possible, le risque est alors que d'autres les tiennent pour des mystiques.

Comme il ne semble pas qu'un choix unanime puisse jamais être fait, considérons pour le moment que la droite numérique réelle et la suite des nombres rationnels peuvent toutes deux, chacune à leur manière, passer pour des modèles viables de continuité. Dans ce cas, la question que nous devons examiner n'est plus seulement si le temps est continu ou non, mais également s'il est « rationnellement » continu ou bien « réellement » continu.

Si, pour la première de ces alternatives, nous choisissons de répondre que le temps n'est pas continu, cela veut dire que l'existence de toute chose dans l'Univers – et l'Univers lui-même – serait, de bout en bout, comme la projection d'un film : sur la pellicule, une image défile après l'autre. L'existence temporelle serait ainsi une succession d'instantanés, et sa semblance de continuité, une simple illusion, analogue à celle que produit le cinéma moderne. Lorsqu'un film est projeté à la vitesse de 24 images par seconde, chaque image persiste suffisamment longtemps sur notre rétine pour paraître doucement se fondre dans celle qui la suit; la discontinuité passe inaperçue. Si l'on ralentissait sensiblement la vitesse de projection, ou si nos yeux ne retenaient pas naturellement les images, les discontinuités seraient alors patentes et le film semblerait trembloter.

Pour revenir à l'Univers, les expériences où l'on utilise des instruments fonctionnant à la manière d'yeux dotés d'une très faible persistance rétinienne n'ont jusqu'à ce jour décelé aucun tremblotement de la réalité physique. À supposer que le temps soit bien discontinu, les résultats de ces expériences impliquent que la vitesse de projection de la réalité devrait dépasser quelque chose comme cent mille milliards de milliards (un 1 suivi de vingt-trois zéros) d'images-temps par seconde.

Si le temps est en revanche continu, reste à savoir si notre existence temporelle a la continuité des nombres réels ou bien celle des nombres rationnels. Les deux modèles sont également invérifiables par mesure directe puisque, pour le dire autrement, cela signifie soit une vitesse de projection d'un nombre infini d'images-temps par seconde, soit une vitesse plus rapide encore. Tout ce que pourra jamais faire une mesure directe, ce sera de montrer que la vitesse de projection doit être supérieure à tel ou tel nombre d'images-temps par seconde; jamais elle ne prouvera que la vitesse atteint réellement l'infini, à plus forte raison le dépasse.

Des expériences indirectes, cependant, pourraient nous mettre sur la voie. L'une des premières – des plus simples – qui vient à l'esprit est de dresser un inventaire de phénomènes naturels variés où le temps intervient, afin de vérifier si les nombres rationnels seuls suffisent pour en faire une description quantifiée. Si oui, cela pourrait être un indice que le temps et les nombres irrationnels n'ont rien à voir ensemble et que, par conséquent, la suite des nombres rationnels, seule, est un modèle adéquat et exact de la continuité temporelle. Sinon, cela pourrait également être un indice, mais – comme le découvrirent en d'autres temps et d'autres circonstances les pythagoriciens – que la suite des nombres rationnels n'est pas un modèle adéquat de la continuité temporelle.

À cette fin d'inventaire, il nous est nécessaire de distinguer un nombre rationnel d'un nombre irrationnel. Le trait le plus caractéristique d'un nombre irrationnel est de ne pouvoir être exprimé que sous la forme d'une infiniment longue séquence de chiffres, sans structure apparente. La racine carrée de deux (1,414213562...) et *pi,* le nombre obtenu à chaque fois que l'on divise la circonférence de n'importe quel cercle par son diamètre (3,14159265358...), en sont deux exemples. *Pi* est sans doute l'un des plus populaires parmi les nombres irrationnels; un de ceux que l'on a calculé jusqu'à des centaines de milliers de décimales sans que se manifeste – comme prévu – une quelconque structure dans les chiffres obtenus. (Il y a quelque chose dans un nombre irrationnel qui dépasse mon entendement : ses décimales sont disposées de façon aléatoire, mais non arbitrairement. Si je décidais d'intervertir ne serait-ce qu'une paire de chiffres dans l'infiniment longue séquence aléatoire de décimales, je n'aurais alors plus du tout le même nombre irrationnel. Tout nombre irrationnel présente un aléatoire qui lui est propre [comme tout individu a son caractère], et chacune de ses décimales a un rôle unique dans la production de cet aléatoire individualisé.) Les nombres rationnels, eux aussi, peuvent s'écrire sous forme décimale, comme des suites infiniment longues de chiffres, mais ils présenteront toujours une structure repérable

(2/35 peut s'écrire : 0,0571428571428 5714...,
1/99 : 0,0101010101..., et 6 : 6,0000000).

Beaucoup des phénomènes temporels que nous connaissons aujourd'hui sont à coup sûr parfaitement descriptibles au moyen des seuls nombres rationnels. L'électricité, le déplacement des charges électriques dans un fil métallique, me vient tout de suite à l'esprit. Nous savons en effet, depuis les expériences qui valurent le prix Nobel au physicien américain Robert Millikan [31], que les charges électriques n'existent que sous la forme de nombres entiers multiples d'une charge élémentaire indivisible. Il existe en fait deux sortes de charges élémentaires; elles ont la même force, mais l'une est négative (celle de l'électron) et l'autre positive (celle du positron) : les charges semblables, de mêmes signes, se repoussent; les charges opposées, de signes contraires, s'attirent. Des théories actuelles prévoient l'existence de particules subnucléaires, appelées *quarks* (on ne les a pas encore isolées), transportant des charges qui seraient, pour les unes le tiers, et pour les autres les deux tiers de la charge élémentaire, donc des fractions; mais on n'a jusqu'à présent trouvé ni preuve ni indice de l'existence de quoi que ce soit dont la charge serait un nombre irrationnel.

Puis vient la chimie, où les propriétés des éléments entrant dans une réaction en déterminent dans une large mesure les dynamiques. Or les propriétés de ces mêmes éléments sont à leur tour en relation étroite avec leur numéro atomique.

Le numéro atomique d'un élément est égal au nombre des électrons de chacun de ses atomes. C'est toujours un nombre rationnel, un nombre entier pour être précis. Par exemple, les éléments de numéro 2, 10, 18, 36, 54 et 86 [32] sont chimiquement inertes : dans des conditions naturelles, ils n'entrent pas du tout en réaction avec les autres éléments. En revanche, les éléments de numéro atomique 9, 17, 35, 53 et 85 [33], les halogènes, sont très réactifs et produisent notamment des sels. Quant au numéro 6, celui du carbone, il est d'une importance toute particulière, pour nous comme pour toute forme de vie organique. L'affinité unique du carbone avec les autres éléments le conduit en effet, par liaisons chimiques successives, à former de longues chaînes de molécules, comme celles des acides aminés, des protéines ou de l'A.D.N.

Il y a encore la biologie où de nombreux phénomènes peuvent être décrits en termes de nombres rationnels. Il semble par exemple que chaque espèce de plante ou d'animal soit caractérisée par un nombre spécifique de paires de chromosomes dans le noyau de ses cellules individuelles; ce nombre chromosomique étant, à l'instar du numéro atomique, toujours un nombre entier.

En dépit de tout cela, la science a un réel besoin des nombres irrationnels. Et cela fait déjà bien plus d'un siècle que les scientifiques ont noté qu'un nombre croissant de quantités assez particulières faisaient leur entrée dans presque chaque théorie scientifique, signifiant par là leur importance dans les descriptions modernes de l'espace-temps. Ces constantes naturelles peuvent être considérées comme les statistiques démographiques de la nature, et, d'emblée, tout se passe comme si chacune d'entre elles était un nombre irrationnel. Une de ces constantes, par exemple, la vitesse de la lumière, a été calculée jusqu'à neuf décimales, et aucune figure récurrente ne s'est encore manifestée dans la suite des chiffres. (Si on l'exprime en millions de mètres par seconde, la meilleure mesure que nous ayons pour la vitesse de la lumière est 0,299792458.) Une autre constante décrit des comportements dynamiques au niveau atomique – des interactions électromagnétiques –; on l'appelle la constante de structure fine, et on a pu la calculer jusqu'à dix décimales sans mettre en évidence aucune périodicité (c'est une quantité sans dimension, dont le calcul le plus précis à ce jour donne 0,0072973503). La physique à elle seule fournit plus d'une douzaine de ces constantes, dont on a calculé jusqu'à la onzième décimale sans qu'apparaisse la moindre régularité.

La place ainsi tenue par les nombres irrationnels dans les phénomènes naturels liés au temps viendrait ainsi répondre à notre expérience de la continuité temporelle, s'il ne subsistait pas une difficulté; et tout effort pour calculer un nombre irrationnel rencontre cette singulière difficulté : on ne peut en fait pas écrire toutes les décimales d'un tel nombre. S'agissant par exemple de la constante de structure fine, nous ne pourrons jamais totalement éliminer la possibilité qu'émerge, en quelque point de la chaîne croissante des décimales obtenues, une périodicité. D'ici une décennie, nous aurons peut-être trouvé que la constante de structure fine est, disons, 0,007297350372973...; ce motif récurrent nous avertissant qu'il se pourrait qu'elle ne fût après tout qu'un nombre rationnel. Cependant, pour que la constante soit déclarée nombre rationnel, il faudrait que le motif se répète à l'infini, et c'est là quelque chose que nous ne pourrons jamais vérifier.

Tout cela revient à dire qu'avec la découverte des nombres irrationnels, les mathématiciens ont fait surgir en science quelque chose dont aucune mesure, seule ou en série, ne peut décider. Et, bien qu'il y ait – mathématiquement – une distinction rationnelle entre un temps qui serait « réellement » continu et un temps qui serait « rationnellement » continu, aux yeux d'un empiriste, tout cela est complètement irrationnel.

Consulter aussi les chapitres :
« Au-delà de l'infini »
« Un article de foi »

La théorie cantorienne des ensembles et les nombres transfinis

AU-DELÀ DE L'INFINI

Du gleichst dem Geist, den du begreifst.
Goethe, *Faust* [34]

Étonnante imagination humaine! Si vivace que ses élans nous conduisent souvent à discuter les plus subtils détails de nos divagations. Il y eut dans le passé des hommes et des femmes avisés pour disputer du nombre d'anges qui pouvaient tenir sur la pointe d'une épingle; et voilà que nos experts militaires, supputant que nous pourrions subir un conflit nucléaire généralisé, et y survivre, se chicanent sur les mérites respectifs de scénarios d'après-guerre. C'est comme s'il y avait, par moments, du Walter Mitty [35] en nous et que, fascinés par nos constructions intellectuelles, faisant fi de la réalité, nous en abandonnions tout sens commun.

En mathématique, le pouvoir qu'a l'imagination humaine de nous entraîner dans des rêveries richement détaillées se donne libre cours jusqu'à pousser la rationalité dans ses derniers retranchements. Et les mathématiciens modernes, dans leurs efforts pour soumettre à la raison, en le spécifiant, un des concepts les plus ineffables de tous les temps : l'infini, se sont taillé un succès peu commun.

Pendant des millénaires, jusqu'en plein XIXe siècle, l'idée d'infini fut tout sauf un concept bien défini. Aux yeux de ceux qui inclinaient à la spiritualité, il avait de vagues connotations théologiques, et pour les autres, y compris les scientifiques et les mathématiciens, c'était un mot fourre-tout pour tout ce qui se trouve au-delà de la pensée rationnelle. Regarder l'infini avec la terreur dans les yeux nous mettait dans la position du Bochiman qu'évoque George Bernard Shaw dans *L'Homme et le Surhomme :* comme il ne sait pas compter plus que ses dix doigts, « onze lui paraît une myriade incalculable ».

Dès le XVIIe siècle, les propos des scientifiques et des mathématiciens dessinaient en perspective la possibilité pour l'infini d'acquérir un jour le statut de concept rationnel; il n'était pourtant encore qu'un terme générique utilisé pour décrire tout ce dont la grandeur défie la compréhension. Il n'y avait pas d'infinis différenciés. Galilée, par exemple, dans son *Discours concernant deux sciences nouvelles* (1638), s'affirme convaincu qu'une ligne d'une longueur de trois pouces [36] contient le même nombre de points – un nombre infini – qu'une autre deux fois plus longue. Il accepte le paradoxe comme quelqu'un pour qui l'Univers ne serait ni plus ni moins accessible que ses dimensions soient divisées ou multipliées par deux.

Un siècle après Galilée, les paradoxes de ce genre n'avaient fait que croître en nombre comme en difficulté. Dans un petit livre posthume, intitulé *Paradoxes de l'infini*, paru en 1851, le mathématicien tchèque Bernhard Bolzano (1781-1848) fut le premier à avoir tenté un traitement entièrement rationnel du sujet – avec comme effet, à dire vrai, de nous laisser après cela ni plus loin ni plus près de l'infini qu'auparavant.

Si de nos jours les mathématiciens sont plus avancés que personne ne l'a jamais été dans la compréhension de l'infini, ils le doivent en premier chef à l'imagination acérée de Georg Ferdinand Ludwig Philipp Cantor, un professeur de mathématiques allemand, au doux parler, âgé de six ans seulement lorsque parut l'ouvrage de Bolzano. Ce n'est peut-être pas de propos délibéré que Cantor se mit en chemin vers l'infini. Comme les autres mathématiciens de ce dernier quart du XIXe siècle, il était piqué au vif par les découvertes récentes qui venaient saper la véracité de la géométrie, sa légitimité à fonder les mathématiques. Une panique intellectuelle régnait alors parmi les mathématiciens en recherche de la nouvelle pierre angulaire qui remplacerait la géométrie euclidienne; beaucoup étaient d'avis que cette fois elle serait plutôt de nature arithmétique que géométrique : une charpente rationnelle dont les fondements conceptuels seraient les nombres entiers, les fractions et les nombres irrationnels (des nombres décimaux, tels que *pi,* qui ne sont pas des fractions), et non plus sur le point, la ligne ou le plan. C'était l'affirmation d'une vaste – sinon vague – ambition, et pour atteindre ce but les mathématiciens suivirent des pistes différentes, qui les menèrent dans des directions variées. La piste choisie par Cantor le mena à l'infini et, beaucoup plus inattendu encore, même au-delà.

Cantor commença ce vaste périple en imaginant « ... une réunion... d'objets de notre intuition ou de notre pensée, déterminés et bien distincts... [37] » à quoi il donna simplement le nom d'ensemble fini. Son dessein avoué étant de découvrir un fondement arithmétique aux mathématiques, il se proposait de réfléchir plus spécialement sur les ensembles de nombres, mais sa définition s'applique tout aussi bien à des ensembles de mois du calendrier, d'individus, ou de n'importe quoi d'autre.

Selon la construction logique de Cantor, un ensemble pouvait être dit équivalent (en taille) à un autre si les éléments de l'un pouvaient être appariés terme à terme avec ceux de l'autre [38]. En choisissant de définir l'équivalence par ce moyen précis, Cantor allait rendre aisée la comparaison d'ensembles vraiment très vastes, comme l'ensemble des places assises du *Coliseum* de Los Angeles [39] et celui des spectateurs s'y rendant pour assister à quelque événement. Suivant la définition de Cantor, nous pourrions savoir si ces deux ensembles sont équivalents en observant ce qui se passe lorsque les gens s'asseyent – ou tentent de le faire. Si certains spectateurs restent debout, ou certains sièges vacants, alors les deux ensembles ne sont pas équivalents; dans le cas contraire, ils le sont.

La définition de Cantor ne requiert de notre part ni calcul ni connaissance des individus (des éléments) de chacun des deux ensembles pour porter un jugement sur leur équivalence. Et c'est ce qui permit à Cantor d'établir des comparaisons et des distinctions entre plusieurs infinis, ou, plus précisément, entre des ensembles aux populations infiniment vastes.

Muni seulement de ces quelques idées élémentaires, Cantor franchit sa première étape en direction de l'infini. Il démontra comment on pouvait utiliser n'importe quel ensemble fini comme point d'appui, comme « marchepied », pour définir un autre ensemble fini, plus vaste; et ainsi de suite, *ad infinitum.* À chaque échelon, l'ensemble de degré supérieur serait formé de tous les sous-ensembles que l'on pourrait composer à partir de l'ensemble immédiatement précédent. Suivant le choix arbitraire que Cantor avait fait de la définition du terme, un sous-ensemble, expliquait-il, pouvait, soit n'être composé d'aucun élément, soit de quelques éléments, ou encore de tous les éléments d'un autre ensemble. Le sous-ensemble sans aucun élément portera toujours le nom *d'ensemble vide,* et celui qui comprendra tous les éléments de l'ensemble de départ sera dit sous-ensemble *impropre.* Les autres sous-ensembles d'un ensemble seront désignés comme *propres.*

N'importe quel ensemble d'un élément ou plus pourrait convenir comme point de départ à l'« argument-marchepied » de Cantor. Un ensemble de deux éléments (A, B), par exemple, détermine ainsi un ensemble de quatre éléments, composé des quatre sous-ensembles de (A, B) : (A, B, AB, et le sous-ensemble vide). Un ensemble de quatre éléments (A, B, C, D) détermine un ensemble de seize éléments : (A, B, C, D, AB, AC, AD, BC, BD, CD, ABC, ABD, ACD, BCD, ABCD, et le sous-ensemble vide); et ainsi de suite.

Nous pouvons même prédire de combien sera le saut à chaque fois que l'on franchira un palier dans la progression, au moyen d'une formule qui était déjà connue à l'époque. Selon cette formule, le nombre d'ensembles que nous pouvons créer en partant d'un ensemble fini composé d'un nombre x d'éléments est « 2 multiplié par lui-même x fois ». Lorsque l'on écrit la phrase entre guillemets sous forme de symboles, cela donne 2^x. Sous cette forme, un ensemble de deux éléments aura donc 2^2 (c'est-à-dire quatre) sous-ensembles, et un ensemble de quatre éléments 2^4 (seize) sous-ensembles.

Si Cantor s'en était tenu à la seule définition de ses points d'appui, il nous aurait pour ainsi dire rationnellement tracé un plan explicite et détaillé nous permettant de partir en direction d'un ensemble infini, mais pas nécessairement de l'atteindre. Son travail l'aurait rendu cher au cœur de ceux qui soutenaient alors – et de ceux qui soutiennent encore – que l'infini est plutôt comme un verbe que comme un nom, que c'est ce qu'implique un processus illimité plutôt que quelque chose « en acte », pouvant être identifié. En l'occurrence, ses points d'appui assurés, Cantor entreprit d'établir l'existence d'un ensemble réellement infini.

Pour en revenir à son dessein d'attribuer le rôle de protagonistes aux nombres dans sa construction logique, Cantor arrêta en définitive son choix sur les nombres entiers 1, 2, 3, 4, etc., comme exemple d'ensemble infini. En d'autres termes, dans sa théorie, les nombres entiers seraient considérés non comme une suite interminable, un verbe, mais comme un ensemble infini « en acte », un nom. Comme si Cantor avait trouvé l'inspiration de sa vision de l'infini dans l'image qu'évoque ce vers d'un poème de William Blake : « ...tenir l'infini dans la paume de la main [40]. »

Au fil de sa rêverie poétique sur le sujet, Cantor ne se contenta pas de mentionner l'existence d'un ensemble infini « en acte », il le décrivit également comme le seul ensemble concevable pouvant être équivalent à des parties de lui-même.

Pour le démontrer, Cantor se tourna de nouveau vers les nombres entiers. Notez, disait-il, qu'un nombre sur deux dans l'ensemble infini des nombres entiers est pair. Le premier mouvement de l'esprit nous pousserait à dire que l'ensemble des nombres pairs, bien qu'infini, est moitié moins grand que l'ensemble infini des nombres entiers. C'est une attente en accord avec la logique de tous les jours, avec le domaine du fini, où le tout est équivalent à la somme de ses parties. Pourtant, selon la définition de Cantor pour l'équivalence, l'ensemble infini des nombres pairs est exactement équivalent à l'ensemble infini des nombres entiers dans sa totalité.

Cantor ne pouvait évidemment pas prouver cette équivalence en associant, littéralement, chaque nombre pair à chaque nombre entier, puisque chacun des deux ensembles est « inépuisable », mais il démontra par une preuve indirecte l'impossibilité pour cette opération d'appariement de laisser comme reste un nombre d'une espèce ou de l'autre. Pour lui, sinon pour beaucoup de ses contemporains, on ne pouvait échapper au paradoxe qu'un tout pût être égal à l'une de ses parties; c'était un trait rationnel inhérent au domaine de l'infini. Du moins était-ce un paradoxe qui n'empêcha pas son imagination de poursuivre plus avant, au-delà des ensembles infinis.

De la même manière qu'il avait pris appui sur les ensembles finis pour partir vers l'infini, Cantor prit cette fois son élan pour l'au-delà de l'infini avec les ensembles infinis comme « marchepied ». Sa logique était exactement la même que précédemment : l'existence d'un ensemble infini implique l'existence d'un autre ensemble, plus vaste, qui, à son tour, implique l'existence d'un autre, plus vaste encore; et ainsi de suite, *ad infinitum.* À chaque échelon, l'ensemble infini de degré supérieur comprendra tous les sous-ensembles concevables à partir de l'ensemble infini immédiatement précédent. Et c'est la même formule qui nous permettra là aussi de dire avec précision de combien sera le saut à chaque fois que l'on franchira l'un des paliers infinis de Cantor. Nous n'aurons besoin que de quelques symboles nouveaux.

Pour noter le nombre d'éléments dans un ensemble infini « ordinaire », Cantor inventa le symbole $\aleph_0$ (qui se lit « aleph zéro »), composé de la première lettre de l'alphabet hébraïque et d'un zéro souscrit [41]. Selon notre formule, à partir d'un ensemble $\aleph_0$, tel que celui des nombres entiers, le nombre exact de sous-ensembles sera donc de $2^{\aleph_0}$. C'est un nombre – 2 multiplié par lui-même $\aleph_0$ fois – plus grand que $\aleph_0$ de la même manière que 2^4 (seize) est plus grand que 4. Et c'est le premier palier au-delà de l'infini, le premier nombre *transfini,* que Cantor nomma $\aleph_1$ (aleph un). Un ensemble de $\aleph_1$ éléments aura, à son tour, exactement $2^{\aleph_1}$ sous-ensembles concevables. Ce sera le deuxième palier, le deuxième nombre transfini $\aleph_2$. Et ainsi de suite.

Quoi que l'on prenne comme point de référence, un nombre transfini est d'une grandeur fantastique, absurde. Il y a environ dix milliards (10 000 000 000) d'étoiles dans la voie lactée, approximativement soixante billions (60 000 000 000 000) de cellules dans le corps humain, et l'âge de l'Univers est d'à peu près trois cent mille billions (300 000 000 000 000 000) de secondes [42]. Quant au nombre total des protons de l'Univers, l'un des plus grands nombres dans la nature, on l'estime à 10^{69}, un 1 suivi de soixante-neuf zéros. En comparaison, s'il était possible d'écrire explicitement la totalité du nombre transfini de degré zéro,

$\aleph_0$, ce serait un 1 suivi d'une infinité de zéros. Le nombre transfini $\aleph_1$ serait un 1 suivi de *plus* d'une infinité de zéros. Il n'est pas étonnant que la suite des nombres transfinis ($\aleph_0$, $\aleph_1$, $\aleph_2$, $\aleph_3$, ...) soit apparue à Cantor – et à d'autres – comme aussi illimitée que le cosmos décrit par Emmanuel Kant :

« Il est (...) naturel de supposer (...) (que les nébuleuses ne sont pas de) grandes étoiles uniques mais (des) systèmes de nombreuses étoiles (...). Les étoiles fixes forment à leur tour... un tout bien ordonné qui est un monde de mondes (...). On pourrait encore supposer que ces mêmes ordres de mondes (...) forment à leur tour (...) un système encore plus immense (...); tous ces ordres d'immenses étoiles forment à leur tour l'unité d'un nombre dont nous ne connaissons pas la limite, unité qui est peut-être tout aussi inconcevablement grande que ces ordres, et est cependant à son tour encore l'unité d'une nouvelle liaison numérique. Nous voyons les premiers membres d'une relation progressive de mondes et de systèmes, et la première partie de cette progression laisse déjà reconnaître ce qu'on doit supposer du tout. Il n'y a pas ici de fin... [43] »

Lorsqu'en 1874 Cantor publia le raisonnement qui l'avait mené, par paliers, des ensembles finis aux ensembles infinis et au-delà, cela provoqua tout d'abord une levée en masse de boucliers parmi les mathématiciens. D'aucuns, en désaccord avec la position platonicienne consistant à traiter l'infini comme s'il était une sorte de nom, rejetèrent sommairement ses résultats; d'autres avaient le sentiment que Cantor n'avait pas poussé son raisonnement jusqu'à son terme logique.

Pour être cohérent, soutenaient-ils, il lui fallait traiter la suite des nombres transfinis de la même manière que la suite des nombres entiers : comme impliquant l'existence d'un ensemble aleph infini $\aleph_\infty$. À partir de cet ensemble, il pourrait alors réutiliser son argument pour définir une suite entièrement nouvelle d'ensembles plus – grands – qu'$\aleph_\infty$, ou trans-transfinis. On pourrait les désigner au moyen de la deuxième lettre de l'alphabet hébraïque ב (beth), et la nouvelle suite serait alors : $\beth_0$, $\beth_1$, $\beth_2$, etc. Puis, aux dires de ces mathématiciens, toujours pour être cohérent, Cantor devrait alors traiter cette suite comme si elle impliquait bien, elle aussi, l'existence d'un ensemble beth infini $\beth_\infty$, et qu'il était donc possible de réitérer l'argument logique dans son entier encore et encore, à n'en plus finir.

Alors que Cantor ne fut jamais convaincu du bien-fondé de cette critique, il y a de nos jours des mathématiciens qui parlent effectivement d'un « infini absolu ». Ils le désignent par la dernière lettre de l'alphabet grec, ω (oméga), et lui attribuent le statut de plus grand infini concevable. C'est, en vertu de cette définition, un infini que nous ne pourrons jamais nous représenter; car, dans le cas contraire tout incite à penser qu'il serait assez facile de se représenter un infini tout juste un peu plus grand. Cet ω des mathématiciens est l'étiquette de quelque chose que nous ne pourrons jamais contempler dans son entier; à cet égard, ce n'est vraiment pas très éloigné du Dieu que nous décrit saint Grégoire [44] : « Peu importe la longueur du chemin parcouru par notre esprit dans la contemplation de Dieu, jamais il n'atteindra à ce qu'Il est réellement, mais toujours à quelque chose d'en deçà. »

Malgré cette absence d'un ω, la théorie des ensembles de Cantor finit pourtant par rencontrer la faveur de la communauté des mathématiciens. David Hilbert, un des mathématiciens les plus respectés de l'époque salua en 1926 les travaux de Cantor comme « la fleur la plus admirable de l'intelligence mathématique et l'un des plus beaux achèvements d'une activité humaine purement rationnelle [45] ». Et le philosophe anglais des mathématiques, Bertrand Russell, déclarait de cette œuvre qu'elle était « la plus grande réalisation dont notre âge ait à se glorifier [46] ».

Le plus grand mérite de Cantor, hier comme aujourd'hui, est de nous avoir offert la possibilité, par le simple emploi de ses notions d'ensemble et d'équivalence, de comparer et de distinguer des infinis, là où les générations précédentes ne pouvaient voir qu'une seule et même chose : une grandeur inconcevable. Tout se passe comme si penser en termes d'ensembles donnait à notre imagination le pouvoir de se déployer à plus grande échelle, nous ouvrait des perspectives illimitées. Et les résultats auront été, pour la plupart, aussi spectaculaires qu'inattendus.

Première découverte surprenante, Cantor montra que l'ensemble infini des nombres entiers est équivalent à l'ensemble des fractions. Ce qui dans une perspective normale ne semblerait pas devoir être le cas. Lorsque par exemple nous regardons le bord d'une règle graduée, nous voyons qu'entre deux nombres entiers il y a place pour une infinité de fractions; il semblerait donc qu'il existe infiniment plus de fractions que d'entiers. Contre toute apparence, Cantor prouva que chaque fraction concevable pouvait être numériquement appariée avec un nombre entier. Et puisqu'il existe $\aleph_0$ nombres entiers, la preuve de Cantor impliquait qu'il existe également $\aleph_0$ fractions.

Cantor prouva aussi que l'ensemble des nombres irrationnels (les nombres décimaux qu'on ne peut réécrire ni sous forme de fractions ni sous forme d'entiers) est plus grand que celui des entiers ou que celui des fractions. Cette fois encore, une perspective classique nous inciterait à penser le contraire, et l'examen du bord d'une règle graduée nous laisserait bien en peine d'imaginer comment l'entassement infini des fractions pourrait laisser quelque espace qui permettrait d'insérer ne serait-ce qu'un seul nombre irrationnel, à plus forte raison plusieurs. Pourtant, selon la démonstration de Cantor, entre deux fractions infiniment proches – rigoureusement adjacentes l'une à l'autre –, il tient une infinité de nombres irrationnels; assez d'entre eux, en fait, pour que leur population tout entière dépasse celle des fractions et des entiers réunis.

La plupart des mathématiciens tiennent le résultat comme la preuve pour remarquables, mais cette dernière mérite une mention particulière pour son ingéniosité. Cantor commença son argumentation en imaginant que tous les nombres irrationnels étaient inscrits (sans ordre particulier) sur une colonne unique :

0,17643567...
0,23482435...
0,62346286...

et ainsi de suite. On ne peut faire autrement que d'employer des points de suspension car, par définition, tout nombre irrationnel est une chaîne infinie de décimales aléatoires.

Cantor imagina ensuite chaque nombre irrationnel, chaque rang de la colonne interminable, comme apparié avec un nombre entier, en commençant par 1 :

1 0,17643567...
2 0,23482435...
3 0,62346286...

À ce point de son raisonnement Cantor se proposait de déterminer si un tel appariement pouvait vider exhaustivement aussi bien l'ensemble des entiers que celui des irrationnels. Si tel est le cas, il saurait alors que les irrationnels, tout comme les entiers, sont en nombre $\aleph_0$. Mais Cantor prouva qu'il n'en était pas ainsi en mettant en évidence qu'au moins un nombre irrationnel serait toujours exclu d'un tel tableau et ne serait donc jamais apparié avec un nombre entier.

Il y a une astuce pour découvrir ce nombre irrationnel. Prenez, pour commencer, la première décimale du premier nombre irrationnel, suivie de la deuxième décimale du deuxième nombre irrationnel, et ainsi de suite, vous obtiendrez au terme de l'opération 0,133... Changez ensuite arbitrairement chacune des décimales, de manière à obtenir, disons, le nombre irrationnel 0,245... Et vous y voilà! Vous aurez conçu un nombre irrationnel différent du premier nombre irrationnel par sa première décimale, différent du deuxième nombre irrationnel par sa deuxième décimale, et ainsi de suite jusqu'en bas du tableau. C'est en somme un nombre irrationnel différent de chacun des nombres irrationnels appariés avec un nombre entier. Et la preuve est ainsi faite qu'il existe plus de nombres irrationnels que de nombres entiers.

Cela prouve également que tandis que vous pourriez – en principe – compter un par un à votre guise l'infinité des nombres entiers de bout en bout, vous ne pourriez jamais faire de même avec les irrationnels. Il y en a plus que d'entiers et par conséquent plus que vous ne pourriez compter. Cantor, reconnaissant le fait comme une conséquence de sa preuve, explicita cette différence qualitative entre deux infinis en désignant par la suite les entiers (et les fractions, en vertu de leur égalité en nombre avec les entiers) du terme d'infini dénombrable, et les irrationnels de celui de continu, ou infini non dénombrable.

Il était cependant plus facile pour Cantor de nommer cette différence qualitative que de déterminer l'exacte différence quantitative entre les populations totales des entiers et des irrationnels. Et aujourd'hui encore nous ne savons toujours pas combien il y a exactement de nombres irrationnels, bien qu'il ait été établi que ce nombre total ne pouvait pas être supérieur à $\aleph_1$. Cantor lui-même conjecturait que le nombre exact des irrationnels était exactement $\aleph_1$, principalement du fait que, en accord avec les définitions de la théorie des ensembles, $\aleph_1$ est le premier infini plus grand que $\aleph_0$; conjecture qui est désormais connue sous le nom d'hypothèse du continu. Reste pourtant qu'on ne peut éliminer la possibilité pour le nombre des irrationnels de se trouver en fait quelque part entre $\aleph_0$ et $\aleph_1$. Il est manifeste que, même aidée par la théorie des ensembles, notre imagination n'aura toujours pas le fil assez aiguisé pour établir d'aussi fines distinctions et trancher de la vérité ou de la fausseté de l'hypothèse du continu.

Cantor ne se contenta pas seulement d'appliquer ses notions d'ensemble et d'équivalence aux nombres arithmétiques, il étendit leur emploi aux points en géométrie –

avec des résultats qui le surprirent lui-même. Il avait simplement l'intention de comparer les populations de points pour des espaces dont les dimensions variaient; de la droite, à une dimension (1-D), en passant par le plan, à deux dimensions (2-D), le volume, à trois dimensions (3-D), et ainsi de suite. Avec comme attente – ou comme espoir – que ses aleph permettraient de distinguer ces populations diverses d'une manière simple; quelque chose comme : si un espace a x dimensions, le nombre de ses points est $\aleph_x$. Il prouva pourtant que ce nombre est toujours une même infinité de points pour tout espace, quel que soit le nombre de ses dimensions.

Il montra que les points d'une droite peuvent être appariés terme à terme avec ceux d'un plan, ceux d'un plan avec ceux d'un volume, et ainsi de suite. En imaginant que les points de la géométrie sont comme de l'argile, les poteries réalisables à partir de mottes d'argile de taille identique pourraient avoir n'importe quel nombre de dimensions voulu. Tout ce que l'on pouvait opposer à cette révélation, c'était que le nombre effectif de points ici en question restait tout aussi incertain que le nombre des irrationnels.

Ce n'est pas une coïncidence. Le nombre des points d'une droite est en rapport direct avec celui des irrationnels, par le truchement de la droite numérique. Une droite numérique, qui ressemble tout à fait au bord d'une règle graduée, n'est rien d'autre qu'une droite dont les points sont appariés avec les nombres : entiers, fractions et irrationnels. Tant que nous ne saurons pas combien sont exactement les nombres irrationnels, nous ne pourrons dire avec certitude combien il y a là de points en tout. En conséquence, tout ce que nous pouvons affirmer pour le moment est que le nombre de points d'un espace de quelque dimension que ce soit est toujours le même : toujours plus grand que la population des nombres entiers, et toujours équivalent à la population des nombres irrationnels.

Cantor montra en outre que la population de points est

indifférente à la taille d'un espace; il y a autant de points sur cette page en deux dimensions que sur toutes celles de ce livre réunies, et que dans l'ensemble des quatre dimensions de l'Univers. Si les philosophes médiévaux avaient pu connaître l'œuvre de Cantor, ils auraient su que le nombre d'anges pouvant tenir sur la tête d'une épingle – un minuscule disque à deux dimensions – est le même que celui que peut contenir le paradis, un espace supposé infini, en taille comme en dimensions.

Nous avons reçu de Cantor comme des mathématiciens qui l'ont précédé tant d'informations – produits de l'imagination tout autant que de la raison – sur l'infini que non seulement nous avons de l'avance sur le Bochiman de Shaw, qui ne sait pas compter plus loin que ses dix doigts, mais surtout que la connaissance de notre relation à l'Univers s'améliore inéluctablement.

Il n'y a pas si longtemps – à peine quelques milliers d'années – nous n'avions pas de chiffre assez grand pour exprimer le nombre de grains de sable de toutes les plages de la Terre. Dès lors, pour autant que cela nous importe, il était aussi infiniment grand que la distance de la Terre aux étoiles. Alors le mathématicien Archimède inventa un système de notation numérique qui lui permit d'exprimer des quantités gigantesques, telles qu'on n'avait jamais pu en concevoir auparavant. Avec ce système, qui était comme un précurseur de notre système décimal moderne, Archimède pouvait calculer en dizaines de myriades [47], myriades de myriades, et myriades de myriades de myriades. Dans son petit traité l'*Arénaire,* il calcula réellement pour la première fois dans l'histoire de l'humanité le nombre de grains de sable de toutes les plages du monde. Ce qui est plus significatif encore, il parvint à l'estimation que « le nombre de grains de sable que pouvait contenir une sphère de la taille de notre " Univers [48] " était de moins de 1 000 unités du septième ordre de nombres » – ce que, de nos jours, nous écririons sous la forme 10^{52}, un 1 suivi de cinquante-deux zéros.

C'était sans doute aucun la première fois que quiconque employait l'expression « moins de » pour évoquer la taille de l'Univers. Ce n'était à coup sûr pas la dernière fois, et depuis ce temps jusqu'à aujourd'hui les mathématiciens se sont succédé, qui l'un après l'autre se sont élevés sur les ailes de l'imagination pour aller dérober une vision qui échappait aux seuls sens humains. Et ce qu'ils ont vu a tellement réduit l'Univers physique qu'il est désormais tout à fait légitime de répondre par l'affirmative, je pense, à la question rhétorique que nous posait Alexander Pope :

Qui peut percer la vaste immensité,
Voir mondes et mondes composer un univers,
Observer comment un système s'agence aux autres,
Quelles autres planètes tournent autour d'autres soleils,
Quelles créatures variées peuplent chaque étoile,
Celui-là peut dire pourquoi le Ciel nous a faits tels que nous sommes.
Mais de cet agencement, les rapports et les liens,
Les relations étroites et les équilibres subtils,
Les parfaites gradations, ton esprit perspicace
Les a-t-il compris? Serait-ce qu'une partie peut contenir le tout[49] *?*

L'Univers ne nous contient plus à vrai dire en totalité, à supposer qu'il l'ait jamais fait. Nous sommes des créatures à la fois finies et infinies, au sens où notre être physique est prisonnier du domaine du fini, mais où notre être d'imagination nous libère. Depuis la rêverie de Cantor, une part de nous-mêmes s'est affranchie même des limites reculées posées par les myriades d'Archimède, et nous voilà vagabondant en liberté au-delà de cet infini ordinaire qu'est l'univers mesurable.

Consulter aussi les chapitres :
« Penser l'irrationnel »
« Des idées singulières »
« En dépit du bon sens »
« Un article de foi »

Infinis naturels

DES IDÉES SINGULIÈRES

Voir un Monde dans un Grain de Sable
Et un Ciel dans une Fleur Sauvage,
Tenir l'infini dans la paume de la main
Et l'éternité dans une heure.

W. Blake,
Augures d'innocence [50]

En mathématiques, infini est le nom que l'on donne à ce dont la grandeur dépasse les capacités d'imagination de nos esprits. C'est pourquoi il y a toujours eu de nombreux mathématiciens pour s'opposer à ce que l'on pense l'infini comme quelque chose de « défini »; pour eux, l'infini est un concept qui désigne quelque chose « en puissance » plutôt qu'« en acte ». Ils préfèrent penser l'infini comme une progression interminable de choses définies, que nous pouvons imaginer; ainsi la suite des nombres entiers : 1, 2, 3,... etc.

D'autres mathématiciens tiennent l'infini pour un concept entier et défini (désignant quelque chose « en acte »). Et parmi eux – pour le plus grand bénéfice des mathématiques – l'Allemand Georg Cantor. Il y a un siècle environ que Cantor a développé une théorie d'une très grande importance pour les mathématiques modernes : la théorie des ensembles; dans laquelle il posa que l'on pouvait rationnellement traiter l'infini comme un concept achevé, comme une entité « en acte ».

Une des questions que soulève cette vieille – et tenace – querelle est de savoir si les scientifiques disposent de quelque preuve qu'existe dans la nature un infini « défini », pleinement actualisé. Si oui, une telle preuve fournirait aux mathématiciens au moins une justification physique de l'existence conceptuelle d'un infini explicite. Sinon, les mathématiciens qui soutiennent que l'idée d'un infini « en acte » est sans fondement sont peut-être dans le vrai.

Il se trouve que les preuves scientifiques, anciennes ou récentes, à l'appui de la cause soutenant que l'infini existe en tant que concept positif et défini, ne manquent pas. Je ne parle pas ici de l'apparente infinitude du cosmos, mais de l'existence manifeste d'infinis suffisamment circonscrits et localisés pour être considérés comme des entités pleinement définies. L'exemple du cosmos nous pousserait en effet à la conclusion exactement opposée : que l'infini est une progression interminable dont nous ne pouvons imaginer – encore moins observer scientifiquement – la totalité.

L'une des plus anciennes incarnations connues d'un infini localisé est tout simplement l'électron. S'il fallut en effet attendre 1897 pour qu'un électron soit réellement isolé en laboratoire, on peut remonter jusqu'aux alentours de 600 av. J.-C. pour trouver le savant et mathématicien Thalès de Milet (en Ionie) spéculant sur l'émission d'une force électrique par d'infimes corpuscules. (Il fut l'un des premiers à étudier l'attraction électrostatique produite par le frottement d'un chiffon de laine sur un morceau d'ambre [51].) Dès le XVIIIe siècle, des expériences faites avec des globes électrostatiquement chargés nous avaient appris que la force électrique d'un électron va en diminuant à mesure qu'on s'éloigne de cette particule infime. Les plus révélatrices de ces expériences furent conduites par l'ingénieur français Charles de Coulomb qui, en 1785, découvrit et démontra que si l'on multipliait par deux la distance nous séparant d'un électron, la puissance du champ électrique se trouvait divisée par quatre [52]; « en raison inverse du carré de la distance » disait Coulomb, énonçant l'une des lois fondamentales de l'électricité – et qui porte son nom désormais.

Simple mais saisissante implication de la loi de Coulomb : la force électrique augmente à mesure qu'on approche de l'électron; si nous divisons par deux la distance qui nous en sépare, la puissance de sa charge électrique sera quadruplée. Et juste au-dessus de l'électron lui-même, la puissance est d'une force infinie : incarnation d'un infini mathématique. Cet infini n'ayant pas une étendue illimitée mais se trouvant plutôt confiné en un point, l'électron est bien un infini localisé – et qui plus est mobile, puisque les électrons sont libres d'aller et venir.

Malheureusement, nos yeux sont ainsi faits qu'il ne nous permettent pas de voir réellement ces infinités matérielles; nous devons en passer par le truchement des sens électroniques d'instruments scientifiques comme le compteur Geiger et la chambre à étincelles (instruments qui se contentent de produire un gazouillis ou une étincelle en présence d'un électron; j'ai peine à croire que d'aussi timides manifestations sont de justes indicateurs de ce à quoi doivent vraiment ressembler des infinis localisés!).

Il existe un autre exemple, remarquable, d'infini localisé dans la nature, que nous devrions cette fois être capables de voir effectivement. Il s'agit d'un trou noir; les restes – extraordinairement denses – d'une étoile autrefois active et qui s'est entièrement consumée.

Lorsqu'une étoile consume tout son combustible (principalement de l'hydrogène), sa matière se refroidit et s'assombrit. Puisque aucune perte de pression due à la combustion ne vient plus contrebalancer la pression interne due à la gravité, l'étoile s'effondre sous son propre poids. Si elle n'est pas trop massive (c'est-à-dire d'une masse inférieure à environ cinq fois celle du Soleil), le processus n'ira pas jusqu'à son terme et l'étoile se stabilisera, devenant *étoile à neutrons* ou *naine blanche,* avec des diamètres en gros situés entre vingt et dix mille kilomètres. Cela signifie que la masse se trouvera concentrée dans un volume relativement exigu (en comparaison, le diamètre du Soleil est de 1 392 000 km). Les densités de masse de ces étoiles défuntes sont en conséquence plutôt considérables : un volume de la taille d'un morceau de sucre peut peser jusqu'à cent tonnes.

Mais cela, c'est ce qui se produit lorsque l'étoile n'est pas très massive. Sinon l'étoile va s'effondrer jusqu'à ne faire qu'un point lorsqu'elle mourra. La densité résultante est dans ce cas infinie, car la masse est alors comprimée dans un volume réduit à néant.

Cet objet d'une densité inimaginable, cet infini localisé, porte le nom de *trou noir* parce que sa force gravitationnelle est si puissante que même les rayons lumineux qui passent dans son voisinage en deviennent prisonniers [53]. Lorsqu'un objet (un satellite « épuisé », par exemple) est attiré par la Terre et se met à tomber en sa direction, il peut échapper à l'attraction au moyen d'un peu d'énergie (lui permettant d'atteindre la vitesse dite d'évasion ou de libération – pour la Terre : 11,2 km par seconde). S'échapper d'un trou noir est en revanche impossible : une fois qu'un objet a entamé sa chute, il lui faudrait un apport d'énergie infini pour se libérer de l'attraction du trou noir.

C'est précisément parce qu'un trou noir se comporte comme un aspirateur d'une puissance irrésistible dans son environnement proche qu'on a supposé, jusqu'à récemment, qu'un trou noir vu de loin ressemblerait tout à fait à un... trou noir. Aucune chance pour nous d'apercevoir le point d'infinie densité lui-même, puisqu'il réside au beau milieu de la région opaque. Quelque lumière que pût émettre cet infini localisé, on supposait qu'il lui était impossible de s'échapper pour parvenir jusqu'à nous.

Au cours de ces dernières années, cependant, quelques astronomes ont élaboré une théorie selon laquelle un trou noir en rotation suffisamment rapide pourrait perdre de son opacité, et l'infini qui gît en son cœur se trouver ainsi révélé. Il est même possible, disent-ils, qu'il vomisse à l'extérieur une grande quantité de rayonnement, comme un soleil lors d'un feu d'artifice de 4 Juillet [54].

Ce serait là pour nous une fameuse chance de voir un infini localisé, mais cette théorie ne fait pas l'unanimité. Il n'y a jusqu'à présent qu'un seul physicien (Joseph Weber, de l'université du Maryland) pour affirmer avoir observé, en provenance du centre de notre galaxie, un rayonnement comme celui qu'on devrait attendre d'un trou noir en rotation. Mais les autres scientifiques partis en quête de cette source de rayonnement n'ont pas réussi à la trouver. Les trous noirs en rotation restent pour l'heure un sujet... obscur.

Quant aux trous noirs « ordinaires », la plupart des astronomes sont maintenant convaincus d'en avoir repéré plusieurs dans le champ des étoiles. Leur certitude est qu'il en réside un dans la direction de la constellation du Cygne, formant un couple avec une étoile ordinaire [55]. Leur certitude vient de ce que l'étude des mouvements erratiques de l'étoile leur permet d'inférer la présence d'un objet massif. Or, quand ils cherchent ce voisin immédiat, ils ne peuvent le trouver. Ils en ont conclu que ce compagnon invisible de l'étoile est un trou noir, et ils l'ont nommé Cygnus X-1 (Cyg X-1).

On a aussi prédit dernièrement l'existence possible de trous noirs ordinaires de taille plus petite que celles originellement prévues; peut-être même en a-t-on déjà observé de cette sorte. Selon l'astronomie moderne, ces infinis localisés qui s'enveloppent d'un linceul d'obscurité pourraient être aussi petits que les noyaux atomiques (environ 0,0000000000001 cm – 10^{-13} – de large) et libres de circuler comme les électrons. On pense que ces mini-trous noirs se sont formés, il y a dix milliards d'années, sous l'effet des pressions et des températures énormes dont on suppose l'existence lorsque l'Univers était encore dans l'enfance. Quoique minuscules, ils n'en sont pas moins massifs (ils auraient la masse d'un iceberg), et il est probable que d'une collision avec l'un d'entre eux pourraient résulter de grands dommages.

Dès le moment où l'idée de mini-trous noirs fut l'objet de débats parmi les astronomes, beaucoup de gens imputèrent la mystérieuse explosion de 1908, dans la Toungouska, en Sibérie centrale, à la collision de l'un de ces « vieux marins » [56] avec la Terre. À l'époque, les habitants de la région racontèrent qu'ils avaient vu une boule de feu traverser le ciel, et dont la luminosité était si éclatante qu'elle « faisait même paraître sombre la lumière du Soleil ». Il n'y a bien entendu aucun moyen d'avoir une certitude sur ce qui s'est produit là à ce moment, mais une collision avec un mini-trou noir dégagerait une très grande quantité d'énergie – assez, selon certains calculs, pour égaler la puissance d'une petite bombe atomique [57].

Des infinis localisés tels que l'électron et le trou noir sont ce que les scientifiques nomment des *singularités*. Ce sont, comme nous l'avons vu, des points dans l'espace (ou le temps, dans certains cas), où une quantité physique donnée est d'une grandeur infinie. Comme tels, leur existence sape l'argument selon lequel parler de l'infini en tant qu'entité actuelle et définie serait sans fondement rationnel. Une singularité est un infini que vous pourriez, en principe, tenir dans la paume de la main – en fait, pour ce qui est de l'électron, il y en a des milliards de milliards dans la peau de votre paume.

Pourquoi ne serait-il pas légitime, en effet, de défendre le droit à l'existence conceptuelle (à travers les mathématiques) de ce qui existe physiquement? Pour autant, ce n'est pas que l'identification de ces singularités nous ait fait progresser en quoi que ce soit dans la capacité à nous représenter la grandeur de l'infini; mais le résultat nous donne tout de même raison d'imaginer qu'une telle grandeur peut être pensée plutôt comme une entité achevée, aux limites définies, que comme une frontière au recul incessant, sans limites bien définies.

En outre, même si les scientifiques n'avaient aucune preuve de singularités telles que les électrons ou les trous noirs, il resterait encore au moins un témoin – non négligeable – en faveur de l'infini en acte; présent dès le premier jour où nous est venue l'idée d'infini, où nous l'avons nommé et où nous avons commencé à débattre de ses subtiles qualités. Cette très vénérable preuve d'un infini pleinement actualisé est l'esprit lui-même. Car, quoique l'infini soit là confiné dans un volume relativement important au regard de l'électron ou du trou noir, l'esprit n'a rien à leur concéder... en singularité.

Consulter aussi le chapitre :
« Au-delà de l'infini »

Abstraction mathématique et application

INVENTER LA RÉALITÉ

Ce ministre des ministres,
L'Imagination, rassemble
Les inconnues de l'Univers
Comme des joyaux dans une coupe de jaspe.

John Davidson,
Un plat existe où la mer tiendrait toute [58]

Le philosophe grec Platon pensait que toute chose imaginable existe quelque part dans l'Univers. Nombre d'érudits européens des XVIIe et XVIIIe siècles partagèrent ce point de vue, et furent conduits à accorder foi aux témoignages de l'existence de sirènes, et de bien d'autres chimères issues de l'imagination humaine. Cette idée que si quelque chose *peut* exister, alors elle *doit* exister, est connue sous le nom de principe de plénitude.

Aujourd'hui, en ce qui concerne les produits de notre imagination commune, ce n'est plus qu'une hypothèse contestable, mais touchant les objets de l'imagination mathématique, c'est une vérité démontrable; et beaucoup de ces objets n'ont rien à envier – quant à l'extraordinaire – aux sirènes. Toutes les branches des mathématiques ont vu ce principe être vérifié, mais aucune plus clairement que l'algèbre (l'étude des relations arithmétiques entre les nombres; le calcul notamment). Pour chacune des rencontres que firent au cours des quatre derniers siècles les algébristes avec de nouvelles et bizarres espèces de nombres, les scientifiques ont découvert des applications dans la description de la réalité. Ce témoignage en faveur du principe de plénitude est particulièrement digne d'attention du fait que les idées en mathématiques sont la plupart du temps l'œuvre d'esprits enjoués dont le premier souci est d'être rationnels, et non pas réalistes – de sorte qu'on ne peut pas imputer cette coïncidence étendue entre le monde qu'inventent les mathématiciens et le monde physique à un quelconque dessein de la part des mathématiciens de décrire la réalité.

En algèbre, le propos des mathématiciens est l'étude de l'ensemble des rapports des nombres entre eux, par le biais des quatre opérations élémentaires : addition, soustraction, multiplication et division. Les algébristes (les mathématiciens qui se consacrent spécialement à l'algèbre) ont par exemple prouvé, par l'étude de relations simples d'addition comme $3 + 4 = 7$, que l'addition de deux nombres entiers a toujours pour résultat un nombre entier. Dans leur langage, on dit que les nombres entiers sont « clos pour l'addition », et dans leur sténographie, cela s'écrit $x + y = z$; les lettres représentant ici des nombres entiers.

Les algébristes usent de lettres en lieu et place des nombres, car cela leur permet d'exprimer de manière concise une relation qui s'applique à une classe tout entière de nombres. Lorsque toutes les lettres, sauf une, sont remplacées par un nombre spécifique, comme dans $x + 4 = 6$, la lettre restante, x, joue le rôle d'un nombre inconnu. Ici, elle représente le seul et unique nombre entier qui satisfait à l'équation [59] – ainsi les algébristes nomment-ils un problème à résoudre.

L'équation $x + 4 = 6$ est l'une des plus simples équations algébriques que l'on puisse imaginer; la plupart d'entre nous seraient probablement capables de la résoudre de tête (la solution est $x = 2$). D'autres, plus complexes, ne peuvent pas être résolues aussi aisément (par exemple, le problème où il s'agit de trouver un nombre entier x qui satisfasse à l'équation $x^3 + x^2 + 3x + 4 = 96$; la réponse est $x = 4$), et, des années durant, les algébristes ne durent ménager ni leur temps ni leur peine pour imaginer des moyens de les résoudre.

Au XVIᵉ siècle, les algébristes ne reconnaissaient d'existence qu'aux seuls nombres positifs, bien qu'ils eussent appris depuis longtemps déjà, en résolvant certaines équations, que x se mettait parfois à représenter des nombres d'une autre sorte. Dans l'équation $x + 3 = 2$ par exemple, x représente -1. Ces nombres que nous appelons aujourd'hui *négatifs* étaient une énigme pour les mathématiciens d'il y a quatre cents ans, et les noms qu'on leur donnait traduisent l'embarras qu'ils ont suscité : « fictifs », « absurdes », « impossibles », voire « faux »! On peut conceptualiser les nombres positifs, les évoquer en termes sensibles : cailloux, encoches sur un morceau de bois, repères sur une feuille de papier; mais comment accepter l'existence de quelque chose qui représente des quantités « moindres que rien »? – selon l'expression qu'employait René Descartes, philosophe mais également mathématicien, dans sa *Géométrie*.

En l'absence de moyens logiques, d'un quelconque modèle conceptuel pour penser les nombres négatifs, les algébristes étaient incapables d'appréhender ce que signifiait additionner, soustraire, multiplier, ou diviser des nombres négatifs. C'est pourquoi ces nombres n'étaient pas tenus pour des objets légitimes de l'étude de l'algèbre; et l'on considérait que leur présence dans certaines équations était du même ordre que l'existence dans une langue de mots dépourvus de sens.

Ce n'est pas avant la fin du XVIIIᵉ siècle que les algébristes surent vraiment comment s'appliquent les opérations élémentaires de l'arithmétique aux nombres négatifs; et ce grâce à la notion de dette. Si, par exemple, il y a 10 dollars « négatifs » sur votre compte en banque, cela veut dire que votre compte est à découvert de cette somme. Soustraire 10 dollars « négatifs » revient à additionner 10 dollars « positifs »; comme le notait le mathématicien suisse Leonhard Euler, dans son *Introduction complète à l'algèbre*, en 1770, « annuler une dette signifie la même chose qu'offrir un présent ».

Les algébristes énoncèrent également la règle de multiplication des nombres négatifs, règle qu'il est facile d'illustrer au moyen d'un exemple de la vie quotidienne. Considérez que, pour n'importe quelle élection, il existe deux catégories d'électeurs : les positifs et les négatifs. Un électeur positif est quelqu'un qui dépose effectivement son bulletin et exerce par là même une influence positive sur l'élection. Un électeur négatif est quelqu'un qui a qualité pour voter mais qui s'abstient de déposer son bulletin; d'une manière négative, indirecte, cet électeur exerce aussi une influence sur le résultat de l'élection.

Pour comprendre le rapport de cet exemple avec la règle de multiplication des nombres négatifs, supposez qu'un bulletin déposé en faveur d'une proposition quelconque ait une valeur de dix points positifs, et qu'un bulletin déposé contre la proposition ait une valeur de dix points négatifs. Il y a alors deux possibilités pour la proposition de l'emporter : soit d'un bulletin « pour » déposé par un électeur positif, soit du défaut d'un bulletin « contre » qu'un électeur négatif s'est abstenu de déposer.

Le premier cas est une illustration de la multiplication élémentaire des nombres positifs : si cinq électeurs positifs qui sont pour la proposition (+ 5) déposent bien leur bulletin « pour » (+ 10 chacun), la proposition obtient un gain total de cinquante (5 × 10) points positifs.

Le second cas illustre la multiplication élémentaire des nombres négatifs. Si cinq électeurs négatifs qui sont contre la proposition (− 5) s'abstiennent tous de déposer leur bulletin « contre » (− 10 chacun), la proposition aura, par cette voie indirecte, également obtenu un gain total de cinquante (− 5 × − 10) points positifs. C'est un avantage de cinquante points qu'elle n'eût pas obtenu autrement.

En résumé : qu'un nombre positif multiplie un nombre positif, ou qu'un nombre négatif multiplie un nombre négatif, le résultat est toujours un nombre positif. Cette loi, appelée « règle des signes », semble, de toutes les règles de combinaison des nombres négatifs, celle qui laisse les gens dans la plus grande perplexité. W.H. Auden [60], quant à lui, résuma l'agacement qu'elle suscitait en lui par ces deux vers :

Moins par moins égale plus
Nul besoin qu'on en discute.

Et pourtant la règle des signes n'est en fait pas plus mystérieuse que la double négation dans le langage : ce que, pour la plupart, nous ne sommes pas sans connaître.

En 1930, le scientifique anglais Paul Adrien Maurice Dirac (1902-1984) appliqua le concept de nombres négatifs à son étude de la physique nucléaire et en vint à l'idée d'une matière négative, ou antimatière, comme nous disons aujourd'hui. Plus précisément, Dirac prédit l'existence d'une nouvelle particule élémentaire qu'il assimila à un électron négatif. Selon sa théorie, cette particule aurait la masse d'un électron, mais sa charge électrique serait positive au lieu d'être négative; et si jamais il lui arrivait de se trouver au voisinage d'un électron, les deux particules s'annihileraient alors dans l'instant.

Ce dernier point n'était pas le trait le moins étrange du *positron* [61], ainsi que Dirac nommait sa particule théorique, mais c'était la meilleure hypothèse à faire sur ce qui se produirait si une particule ordinaire comme l'électron se trouvait réunie à sa contrepartie négative – comme pour l'addition d'un 10 négatif avec un 10 positif : le résultat ne pouvait être que zéro. Et le 2 août 1932, le physicien américain Carl D. Anderson, alors qu'il ne connaissait pas encore la prédiction de Dirac, la confirma en tout point, en identifiant les traces de positrons dans sa chambre à brouillard [62].

Depuis lors, une myriade d'expériences de laboratoire sont venues confirmer l'existence des positrons et ont en outre mis au jour des contreparties négatives pour toutes les autres particules subnucléaires, y compris pour le proton et le neutron. L'antimatière est donc désormais acceptée comme une composante tout aussi importante pour le monde physique que les nombres négatifs pour le domaine de l'algèbre. Elle existe en abondance au niveau subnucléaire et, pour des raisons mal élucidées, brille par son absence dans notre environnement terrestre. Il est des astronomes cependant pour faire l'hypothèse que des étoiles et des galaxies tout entières composées d'antimatière pourraient être disséminées partout dans l'Univers.

Aujourd'hui, si les théories scientifiques sont d'accord pour accepter l'antimatière comme incarnation de la négativité mathématique, leurs explications divergent sur les raisons exactes de cette négativité.

Selon la théorie de Dirac, l'explication a quelque chose à voir avec l'énergie. Il propose de considérer que la présence d'un positron, d'énergie positive, est la manifestation physique de l'absence d'un électron, d'énergie négative. Autrement dit, les positrons sont aussi positivement sensibles que l'absence de tout son positivement silencieuse.

Selon le prix Nobel de physique Richard Phillips Feynman (1918-1988), l'explication de la négativité de l'antimatière est à chercher plutôt du côté du temps. Aux dires de Feynman, un positron se déplaçant en avant dans le temps est l'équivalent physique d'un électron se déplaçant en arrière dans le temps. Ici, en avant veut dire en liaison avec la direction positive, et en arrière, avec la direction opposée, négative.

Bien que l'idée de Feynman présente certains avantages techniques, les scientifiques n'ont jusqu'à présent aucune preuve empirique leur permettant de trancher de manière décisive en faveur de l'une ou de l'autre théorie. Néanmoins, comme l'une et l'autre se servent du concept de quantités négatives, nous sommes dans le vrai en disant que les particules d'antimatière sont l'incarnation des nombres négatifs des mathématiciens.

À supposer que les nombres négatifs aient été, pour l'algèbre du XVIe siècle ce que les *Meules de foin* de Claude Monet furent pour la peinture du XIXe siècle, les nombres dits imaginaires auront alors été, pour l'algèbre du XVIIe siècle, ce que le cubisme de Pablo Picasso fut pour la peinture du XXe siècle. Ces nombres imaginaires sont des nombres qui ne sont ni positifs ni négatifs; et malgré qu'en eussent les algébristes, ils réussirent à faire accepter leur existence, ainsi que l'avaient fait les nombres négatifs, en surgissant çà et là dans les solutions de certaines équations algébriques.

Prenez une équation banale, telle que « x fois x égale 4 » ($x \,.\, x = 4$), ou son équivalent « x au carré égale 4 » ($x^2 = 4$). Cette équation est satisfaite lorsque x est la racine carrée de 4, c'est-à-dire 2. Deux est un nombre qui, multiplié par lui-même, donne 4; dans le jargon des algébristes, on dit que 4 est le carré de 2 ($4 = 2^2$) et, inversement, que 2 est la racine carrée de 4 ($2 = \sqrt{4}$).

Dans « x au carré égale moins 1 » ($x^2 = -1$), l'équation est satisfaite lorsque x est la racine carrée de moins 1 ($\sqrt{-1}$), mais il se trouve que c'est là un nombre ni positif ni négatif. Il n'est pas positif puisqu'un nombre positif élevé au carré donne toujours un nombre positif; et il n'est pas négatif, parce qu'un nombre négatif élevé au carré donne toujours également (en vertu de la règle des signes) un nombre positif. Or x, dans l'équation, est un nombre qui, lorsqu'on l'élève au carré, donne un nombre négatif. Ce x en question – la racine carrée de -1 – n'est donc pas plus un nombre positif qu'un nombre négatif.

Au vu de cela, les algébristes du XVIIe siècle (mais déjà également ceux du siècle précédent), dans l'embarras de savoir que penser du nombre $\sqrt{-1}$, inclinaient à le tenir pour le fruit de quelque hasard absurde et sans conséquence. Descartes employait, pour désigner $\sqrt{-1}$ et les autres racines de nombres négatifs, le mot « imaginaire » [63], et le mathématicien allemand Gottfried Leibniz y voyait la manifestation, par « une sublime envolée, de l'Esprit divin ».

Les algébristes de cette époque, faute d'un cadre logique leur permettant de penser les nombres imaginaires, devaient se contenter de ces dénominations passablement énigmatiques en guise de descriptions. Et ce manque où ils étaient d'un quelconque modèle conceptuel pour lesdits nombres les mettait dans l'incapacité de comprendre ce que signifiait additionner, soustraire, multiplier ou diviser ces quantités ineffables. Il n'y avait aucune raison, dans ces conditions, pour que les nombres imaginaires entrent de plain-pied dans l'algèbre.

Les algébristes ne reconnurent aux nombres imaginaires le droit de cité aux côtés des nombres réels (ainsi qu'on nommait désormais nombres positifs et nombres négatifs réunis) qu'après 1797, date à laquelle le Norvégien Caspar Wessel, arpenteur et cartographe, découvrit un moyen de les conceptualiser, un cadre de représentation [64]. La clé de l'énigme était de se figurer les nombres imaginaires comme existant dans une dimension différente de celle des nombres réels – en d'autres termes, à supposer que les nombres réels soient des coordonnées de longitude, les nombres imaginaires seraient alors des coordonnées de latitude.

La seule – et simple – idée de ce modèle permit à Wessel de voir dans quelle mesure exactement il fallait étendre la signification de l'addition, de la soustraction, de la multiplication et de la division afin d'inclure les nombres imaginaires dans l'algèbre. La combinaison d'un nombre réel avec un nombre imaginaire n'est par exemple pas de même nature que l'addition de deux nombres réels. C'est analogue à la combinaison d'une coordonnée de longitude avec une coordonnée de latitude : le résultat n'est pas une somme numérique, mais plutôt comme les coordonnées d'un point sur une surface.

Tout point sur la surface du globe terrestre, ou sur une carte, est codifiable sous la forme de ses coordonnées de longitude et de latitude, donc repérable. La représentation géométrique de Wessel permettait ainsi de parfaitement comprendre l'ensemble des relations algébriques entre les nombres réels et les nombres imaginaires, en supposant une surface hypothétique dont chaque point serait identifié par une paire de nombres, à la manière des cartographes : les nombres imaginaires portés sur un axe vertical (une échelle graduée « latitudinale »), et les nombres réels portés sur un axe horizontal (une échelle graduée « longitudinale »). Wessel nomma cette surface mathématique le *plan complexe* [65].

Quelques centaines d'années après la découverte de Wessel, Albert Einstein et ses contemporains appliquèrent les nombres imaginaires à leur étude sur l'espace et le temps. L'un des résultats fut la théorie de la relativité restreinte, dans laquelle il est posé en principe que l'espace et le temps sont deux dimensions physiques distinctes – pour ainsi dire : les latitude et longitude de l'Univers. Cela signifie qu'un point de l'Univers ne sera pleinement déterminé qu'à la condition que soient données et sa situation dans l'espace et sa situation dans le temps. C'est là au moins une partie de la théorie qui reste en accord avec notre expérience quotidienne, car toutes les fois où nous voulons convenir d'un rendez-vous avec quelqu'un, il nous faut spécifier le lieu comme le moment. Selon cette théorie, la seule carte véridique de l'Univers est celle où l'on aura porté la dimension spatiale (ou latitudinale) sur une échelle graduée de nombres réels, et la dimension temporelle (ou longitudinale) sur une échelle graduée de nombres imaginaires.

L'Univers serait ainsi une manifestation physique du plan complexe des algébristes, ce que toutes les expériences faites pour tester la théorie confirment. Depuis 1905, date à laquelle Einstein fit connaître sa théorie de la relativité restreinte, les mesures de laboratoire ont montré que l'Univers est un endroit où les horloges en mouvement tictaquent plus lentement que les horloges immobiles, et où les objets se contractent dans la direction de leur mouvement. Traits révélateurs, selon Einstein, d'un Univers qui est l'incarnation d'une surface mathématique complexe.

Une fois les nombres imaginaires incorporés, l'algèbre traditionnelle – c'est-à-dire celle que l'on peut faire remonter aux Égyptiens [66] – forme un tout autonome : les nombres positifs, négatifs et imaginaires ne constituant à eux tous qu'une seule espèce algébrique. Décidons de les appeler nombres traditionnels : si vous additionnez, soustrayez, multipliez ou divisez deux de ces nombres, ou plus, le résultat sera toujours un nombre traditionnel.

Cela ne veut pas dire pour autant qu'après Wessel et ses découvertes de 1797 sur les nombres imaginaires, l'algèbre se soit mise à stagner. Dès le début du XVIIIe siècle, les algébristes inventèrent, comme par jeu, des espèces algébriques entièrement nouvelles, donnant ainsi naissance à une pléthore d'algèbres abstraites, toutes autonomes. Dans chacune de ces algèbres abstraites, les nombres de l'algèbre traditionnelle avaient été remplacés par des nombres abstraits, dont la seule ressemblance avec les premiers était qu'une logique donnée, propre, permettait tout autant de les additionner, soustraire, multiplier et diviser, de manière autonome. Imaginez un moment que les nombres positifs, négatifs et imaginaires soient pour les espèces algébriques ce que les diverses races humaines sont pour les espèces animales; les espèces variées de nombres abstraits seraient alors aussi différentes des nombres traditionnels, et les unes des autres, que les éléphants, les girafes ou les kangourous le sont des humains.

Puis, dans les années qui suivirent 1840, les algébristes sont allés plus loin encore que ces espèces de nombres abstraits, en imaginant des nombres que je désignerai ici comme « superabstraits ». Avec les nombres traditionnels et abstraits, peu importe dans quel ordre deux nombres sont multipliés, la réponse est la même de toute manière. Par exemple 2×3 aussi bien que $3 \times 2 = 6$. Les nombres qui obéissent à cette propriété algébrique sont dits commutatifs. Les nombres traditionnels et abstraits sont commutatifs; mais les nombres « superabstraits » ne le sont pas. Et cette désobéissance à une propriété que la plupart d'entre nous considèrent comme allant de soi nous les rend d'autant plus étrangers, difficilement reliables à l'expérience que nous pouvons communément avoir des nombres.

Comme pour les nombres traditionnels, tant de ces nouvelles espèces, abstraites et « superabstraites » ont été appliquées avec succès à la description de la réalité que le principe de plénitude est en passe de devenir un *fait accompli* [67] – en ce qui touche aux inventions de l'esprit algébrique.

La preuve est faite, par exemple, qu'une de ces espèces de nombres « superabstraits », appelés *matrices,* était précisément ce dont les scientifiques avaient besoin pour décrire les phénomènes physiques subatomiques. Les matrices furent inventées, au même moment, en 1860, par deux mathématiciens anglais, James J. Sylvester et Arthur Cayley; et quelque soixante ans plus tard, le physicien allemand Werner Heisenberg, après en avoir pris connaissance, s'en servit pour élaborer une théorie complète du comportement de la matière à l'échelle subatomique.

La théorie d'Heisenberg est désormais connue sous le nom de *mécanique quantique* [68] et, dans les décennies qui ont suivi sa création, ses prédictions ont passé de nombreux tests avec succès, qui ont convaincu les scientifiques de sa crédibilité. C'est une théorie qui regorge de thèses révolutionnaires concernant le domaine subatomique, chacune en relation avec quelque propriété algébrique des matrices. Ainsi la non-commutativité de ces matrices est-elle en rapport avec l'ordre des mesures : si l'intrusion causée par l'acte de mesure est d'une importance suffisante pour altérer le processus et ce qui est mesuré, l'ordre dans lequel seront faites deux mesures, ou plus, est alors important. Si deux matrices, ou plus, sont multipliées, le résultat sera différent suivant l'ordre dans lequel on aura procédé. Disons que si vous goûtez votre verre de vin avant d'en peser le contenu, vous n'aurez pas le même résultat en inversant les opérations.

Avant la mécanique quantique, les scientifiques tenaient pour acquis qu'en se faisant suffisamment discrets avec leurs mesures, ils pourraient observer le monde physique sans le perturber. Ce qui, en fait, est le cas pour de nombreux phénomènes dans la nature, notamment ceux qui sont proches de notre expérience sensible. Qu'un docteur prenne notre pouls en premier, notre température ensuite, ou l'inverse, n'est d'aucune conséquence sur le résultat : les scientifiques, lors de mesures – commutatives – de cette espèce, utilisent les nombres traditionnels.

Mais la théorie de la mécanique quantique pose en principe que les scientifiques faisant des mesures sur le monde subatomique ne pourront jamais tout à fait éliminer l'intrusion que causent leurs observations. Cette thèse est connue sous le nom de principe d'incertitude d'Heisenberg, et c'est une manifestation physique de la non-commutativité des matrices. Autrement dit, en dépit de tous nos efforts, jamais nous n'aurons les doigts assez fins pour aller farfouiller dans les plus délicats rouages du monde physique.

La vérification manifeste du principe de plénitude en algèbre, ajoutée à ce qui se passe de similaire pour d'autres branches des mathématiques, fait apparaître l'imagination mathématique comme un sixième sens. Si nous n'avions jusqu'à présent isolé qu'un nombre réduit d'équivalents physiques des idées mathématiques, la coïncidence pourrait n'être rien d'autre que de la chance; mais cette coïncidence est d'une amplitude telle que le prix Nobel de physique allemand, Eugene Wigner, en fut réduit à confesser un jour « l'extravagante efficacité des mathématiques » dans la description de la réalité.

Il ne semble pas que ces idées soient seulement des inventions que quelque hasard rendrait aptes à décrire des objets sensibles; tout se passe plutôt comme si l'imagination mathématique était un sens supplémentaire nous permettant de percevoir le monde physique. Un sens d'une extrême efficacité, car il a souvent une bonne avance sur les moyens de perception que la science peut offrir. Ainsi conçue, la coïncidence entre le monde physique et le monde mathématique n'est en rien plus mystérieuse que la coïncidence entre le monde physique et les mondes auditif, tactile et olfactif. La coïncidence n'est, ici, que la vérification de la thèse communément admise selon laquelle nos sens se confirment l'un l'autre tout simplement parce qu'ils perçoivent des aspects différents d'une même réalité.

Considérer l'imagination mathématique comme un sixième sens me conduit naturellement à me demander si l'on ne devrait pas faire la même hypothèse pour l'imagination humaine en général, et la tenir elle aussi pour un sens. Nous devons nous attendre, dans ce cas, à ce qu'un jour ou l'autre on découvre l'existence des sirènes, des ovnis, des fantômes, et de toutes les créatures issues de notre imagination. À moins quelles ne soient que le produit des aberrations d'un sixième sens pouvant à l'occasion nous induire en erreur en nous faisant croire que nous voyons quelque chose là où il n'y a rien. S'il en est ainsi, l'imagination mathématique posséderait en propre un trait – sa rationalité, par exemple – qui la rendrait moins sujette à la conception d'êtres d'illusion. Ce qui expliquerait pourquoi l'on constate un si fort pourcentage dans la réalité de contreparties aux inventions mathématiques.

Si ce sixième sens existe bien, les biologistes ne seront sans doute pas les derniers à nous dire qu'il s'est probablement développé, à l'instar des autres sens animaux, afin d'accroître nos capacités de survie en tant qu'espèce. Car, comme le rappelait le prix Nobel de biologie François Jacob, la perception de la réalité est une nécessité biologique [69]. Si donc l'imagination mathématique est notre sixième sens, les nombres traditionnels, abstraits et « superabstraits » de l'algèbre ne sont en rien les amusettes d'algébristes; la précision qu'ils nous apportent dans la perception du monde qui nous entoure en fait les instruments de notre survivance.

Consulter aussi le chapitre :
« Abstraire la symétrie »

La théorie des groupes
ABSTRAIRE LA SYMÉTRIE

Tigre ! Tigre ! feu et flamme
Dans les forêts de la nuit,
Quelle main ou quel œil immortel
Put façonner ta formidable symétrie ?

William Blake,
Chants d'expérience [70]

L'architecture des villes sur la Terre nous signalerait à l'attention de n'importe quel visiteur étranger comme des créatures visuelles. La conception des immeubles, avec leurs portes voûtées, les fenêtres colorées, à jalousies ou à miroirs, manifeste le souci qu'ont les architectes des apparences de leurs constructions. L'étranger, devant la récurrence du motif de la symétrie dans les formes des bâtiments, devrait en outre nous supposer un goût marqué pour le raffinement esthétique.

La situation est identique pour nos observations des architectures de la *nature.* Pareils à cet étranger, nous observons la Terre et l'Univers environnants, tous les sens en alerte. D'abord nous n'avons pu compter que sur nos seuls cinq sens et ne nous étaient perceptibles que les symétries ostensibles, caractéristiques du monde vivant; de la symétrie visuelle de l'étoile de mer à la symétrie sonore du chant d'un oiseau. Mais voilà plus d'un siècle et demi que nous a été donné un sens pour percevoir des symétries que l'esprit seul peut appréhender. Ce sens, nous le devons à la *théorie des groupes,* l'étude mathématique de la symétrie; et grâce à lui, la nature semble encore plus symétrique et plus belle que jamais.

L'invention de la théorie des groupes est généralement attribuée à la figure singulièrement tragique d'Évariste Galois, un Français au sang vif, mortellement blessé le 30 mai 1832, à l'âge de vingt ans, lors d'un duel absurde à propos, selon ses dires, « d'une infâme coquette ». En 1829, âgé de dix-sept ans, il écrivit son premier article sur le calcul des racines des équations algébriques du cinquième degré, sujet qui devait le mener tout droit à la théorie des groupes.

L'algèbre est l'étude des relations numériques, et les équations le moyen utilisé pour exprimer ces relations. En supposant que les équations soient pour l'algèbre ce que les phrases sont pour une langue naturelle, les racines d'une équation correspondraient alors aux adjectifs, et une équation du cinquième degré serait comme une phrase comprenant cinq adjectifs.

Il y a des équations algébriques de tous les degrés, et c'est un moyen pour les mathématiciens de les répertorier. À la manière dont le nombre des adjectifs d'une phrase reflète la complexité de la pensée qu'elle énonce, le degré d'une équation algébrique reflète la complexité de la relation numérique qu'elle exprime. Les relations numériques auxquelles s'intéressait Galois étaient d'une telle complexité qu'il fallait exactement cinq racines pour les expliciter.

Dans cet article, le but de Galois était la recherche d'une méthode générale permettant de trouver ces racines, afin d'en finir avec les méthodes hasardeuses auxquelles les algébristes avaient dû recourir jusque-là – c'était comme s'il leur avait fallu trouver tous les adjectifs sans le recours d'aucun dictionnaire ni d'aucun thesaurus [71].

Les efforts du passé avaient mené à la découverte de procédures systématiques pour identifier les racines des équations de degré inférieur. Les Babyloniens connaissaient par exemple un moyen pour résoudre les équations du deuxième degré, et des méthodes pour les équations des troisième et quatrième degrés avaient été élaborées au début du XVIe siècle par les mathématiciens italiens Scipione dal Ferro, Niccolò Fontana (dit Tartaglia) et Lodovico Ferrari. Mais depuis lors personne n'avait pris la relève et réussi à trouver une méthode mathématique pour déterminer les racines des équations du cinquième degré, et de degré supérieur.

Ce premier article de Galois fut un effort louable – et infructueux. Mais deux ans plus tard, il fit deux découvertes historiquement marquantes : il découvrit qu'il n'existait pas de procédure systématique pour trouver les racines des équations de degré supérieur ou égal à cinq, et que quelques-unes de ces équations avaient comme racines des nombres ne faisant pas partie du domaine de l'algèbre. Aujourd'hui, ces nombres sont dits transcendants, et pour reprendre notre analogie entre une langue naturelle et l'algèbre, ils correspondraient pour une langue donnée, la nôtre par exemple, aux adjectifs de langues étrangères [72].

Le second volet de la découverte de Galois s'apparentait à ce que nous disons de nos pensées lorsqu'elles atteignent un certain niveau de complexité et qu'on ne peut toutes les exprimer correctement : elles défient toute description au moyen des adjectifs d'une seule langue donnée. Aux oreilles de quelques-uns – les poètes polyglottes, par exemple – cela pourra sonner comme un truisme manifeste, mais semblera sans doute au moins plausible au commun des mortels qui souvent s'évertue sans succès à trouver *le mot juste* [73].

Ce sont en tout cas les détails mathématiques de la méthode qu'il dut mettre au point pour résoudre le problème qui ont fait entrer Galois dans la postérité avec le titre de fondateur de la théorie des groupes. Sa démonstration s'appuyait sur la remarque que lorsque l'on intervertit les racines des équations du cinquième degré, elles ont un comportement différent suivant qu'elles sont, ou non, toutes des nombres algébriques.

Dans le premier cas, les changer de place dans l'équation donnera une autre équation, aussi pertinemment algébrique que celle de départ. Si vous prenez la phrase : « Cette femme robuste, flamboyante, opulente, extravagante, était grégaire », vous pouvez mettre n'importe quel adjectif à la place d'un autre, la phrase continuera à sonner comme un tout cohérent. Mais si quelques racines sont des nombres transcendants, leur *permutation* donnera pour résultat une équation dépourvue de sens. Si dans la phrase : « Cet homme robuste, flamboyant, opulent, extravagant, était belge », vous mettiez « belge » à la place de n'importe lequel des autres adjectifs, il en résulterait une phrase incorrecte.

Galois n'a pas vécu assez longtemps pour développer toutes les implications de sa découverte, mais nous savons qu'elle est en étroite association avec le concept de symétrie. Cette association, cruciale dans la théorie des groupes, est abstraite; on peut cependant l'illustrer avec la symétrie dans l'espace d'une étoile de mer à cinq pointes.

Imaginez que l'étoile en question soit orientée de telle manière que l'un de ses bras pointe à la verticale. Un mathématicien vous ferait alors remarquer que si vous faisiez subir à l'étoile une rotation de 0, 72, 144, 216 ou 288 degrés dans le plan, sa position d'arrivée semblerait à chaque fois identique à celle de départ : un de ses bras pointant à la verticale. Cette propriété de l'étoile de mer, qui est une conséquence immédiate de sa symétrie, est ce que les spécialistes de la théorie des groupes nomment une « invariance par un groupe de rotations ».

Imaginez maintenant que les bras de notre étoile soient numérotés de un à cinq : il est alors évident que la rotation de l'étoile selon l'un de ses angles invariants sera représentée, abstraitement, par les permutations des nombres portés sur chacun des bras. Faire tourner l'étoile de – disons – 72 degrés est ainsi représenté par les permutations numériques suivantes : 1 va à la place de 2, 2 à la place de 3, 3 à la place de 4, 4 à la place de 5, et 5 vient à la place de 1. Avec cette manière abstraite de représenter les choses, ce n'est plus son invariance par un groupe de rotations qui nous permet de décrire la symétrie de l'étoile de mer, mais son invariance par un groupe de permutations numériques.

C'est dans ce sens abstrait que la théorie des groupes met en relation les permutations de nombres et la symétrie, et que la découverte de Galois touchant les racines algébriques revient à concevoir que les relations numériques peuvent être tout aussi symétriques qu'une étoile de mer.

Selon la théorie des groupes, ce sont précisément ces relations qui entrent en jeu dans les équations du cinquième degré dont les racines sont toutes des nombres algébriques (c'est-à-dire qui ne contiennent aucun nombre transcendant). La théorie explique que, dans un sens abstrait, une telle relation numérique a la symétrie d'une étoile à cinq pointes, parce que la permutation des cinq racines n'altère en rien la pertinence algébrique de l'équation où cette relation est impliquée. C'est en somme une symétrie analogue à celle de l'étoile de mer parce que des permutations numériques laissent la relation, comme l'étoile, également invariantes.

En revanche, les relations numériques qu'impliquent les équations algébriques du cinquième degré dont les racines comprennent des nombres transcendants ne sont pas symétriques. On pourrait les comparer à une étoile de mer dont les bras seraient disposés au hasard autour du corps. Une telle étoile, orientée au départ avec l'un de ses bras pointé à la verticale, pourra subir toutes les rotations, de quelque angle qu'on voudra, sans retrouver une position analogue. Elle ne retrouvera la *même* orientation que lorsqu'on lui aura fait subir une rotation complète. En même temps que sa symétrie, l'étoile a perdu son invariance par un groupe de rotations ou, l'équivalent, par un groupe de permutations numériques.

Pour la même raison, selon la théorie des groupes, les relations numériques représentées par des racines incluant des nombres transcendants sont aussi asymétriques que notre hypothétique étoile difforme. La seule différence est que l'asymétrie de cette dernière est visible à l'œil nu, tandis que l'asymétrie des premières nécessite la compréhension de la théorie des groupes.

Voilà qui fait de la théorie des groupes un véritable sens supplémentaire; au moyen duquel les scientifiques ont pu prendre conscience de tout ce que la nature recèle de beautés symétriques et qui leur avait échappé tant qu'ils n'avaient à leur disposition que leurs seuls cinq sens. La théorie des groupes les met à même de déceler la symétrie des choses par la simple observation des équations qui les décrivent. D'une manière générale, lorsque se manifeste, au cours des manipulations d'une équation, une invariance par permutations numériques, cela révèle une symétrie dans ce qui est décrit – que cet objet décrit soit de nature physique ou de nature abstraite.

Les physiciens s'aident de la théorie des groupes pour se faire une image des différents types de symétrie que leurs théories attribuent aux atomes. Selon ces théories, les atomes sont formés de noyaux autour desquels gravitent des brouillards d'électrons en forme de sphères, de sphères concentriques, d'haltères, de yo-yo – et autres objets symétriques.

Les chimistes, quant à eux, l'utilisent pour se représenter les symétries au niveau moléculaire. Ils ont notamment montré que la seule forme d'une molécule pouvait suffire pour affecter ses propriétés physiques. Les molécules ont ainsi un goût et une odeur qui diffèrent selon que leur symétrie est celle d'un cube ou celle d'une pyramide.

Des myriades d'aperçus « extrasensoriels » qu'a permis la

théorie des groupes, le plus remarquable est sans doute celui qui nous a révélé une symétrie de l'Univers lui-même. Bien que ce soit une symétrie de l'espace et du temps, deux paramètres accessibles à l'observation, on ne peut l'observer par l'intermédiaire des sens, et cela resterait impossible même si nous étions capables de nous éjecter de l'Univers afin d'embrasser sa totalité d'un coup d'œil. C'est une symétrie qui, selon la théorie des groupes, est associée à la *loi de conservation de l'énergie et du moment* (le *moment* est une grandeur physique en rapport avec le déplacement des objets). Cette loi, dont les physiciens pensent que le règne est universel, énonce que toutes les transformations subies par l'Univers ne peuvent pas plus diminuer qu'accroître sa quantité totale d'énergie et de moment.

Dans le langage de la théorie des groupes, la loi de conservation de l'énergie et du moment est une propriété d'invariance d'un objet symétrique : l'Univers. Si nous devions calculer au moyen d'une équation la somme totale d'énergie et de moment dans l'Univers pour n'importe quel instant donné, nous trouverions que cette somme ne varie pas d'un instant à un autre. Autrement dit, l'Univers est tel qu'il ne change en rien si l'on fait permuter la valeur de l'équation pour un instant donné avec celle d'un autre instant. D'après la théorie des groupes, cette invariance par permutations numériques signifie que l'Univers est symétrique, en quelque sens abstrait du terme.

Le seul fait de pouvoir contempler des phénomènes comme les symétries cosmiques a pour conséquence inévitable de nous rendre sensibles à la beauté du travail des lois naturelles, même quand ce travail peut ne pas apparaître esthétiquement plaisant à nos yeux. C'est ainsi que la théorie des groupes contribue, en un monde étranger, à faire de nous des artistes plutôt que de simples observateurs. Il y a autant de joies à trouver dans les symétries de la nature que dans celles de nos architectures. Combien plus triste et monotone nous semblerait l'Univers si nous n'étions – selon les mots d'Hermann Hesse – que « poètes sans le vers, peintres sans le pinceau, musiciens sans la note », et, ajouterais-je, mathématiciens sans la théorie des groupes.

Consulter aussi le chapitre :
« Inventer la réalité »

Dimensions

UN MONDE AUX POSSIBILITÉS MULTIPLES

> *Un horizon n'est rien d'autre que la limite d'un regard.*
>
> Rossiter Raymond,
> *Prière pour une Agonie*

« Bien sûr, mais il n'a qu'une dimension ... »

Quand je surpris, au cours d'un cocktail, cette exécution sommaire d'un homme d'affaires et de sa réussite, cela me remit en mémoire le monde imaginé par Edwin A. Abbott, *Flatland* (« Le Plat Pays ») [74]. Car même dans ce pays mythique en deux dimensions, les êtres en une seule dimension sont objets de mépris. Ces créatures, les Lignes Droites, sont en effet la caste la plus basse, les intouchables. Tous les autres habitants sont des polygones à deux dimensions, de formes variées [75].

J'aurais, pour ma part, hésité à n'accorder qu'une seule dimension à cet homme d'affaires. L'expérience enseigne en effet que les personnes ou les choses gagnent en complexité – autrement dit : que leur nombre de dimensions augmente – à mesure que croît la connaissance que nous en avons. La dimension est dans l'œil de celui qui regarde, en voici un autre exemple : Les psychologues savent maintenant que des nouveau-nés que l'on fait ramper sur une surface vitrée n'hésiteront pas à passer par-dessus le bord simulé d'une « falaise » escarpée. Ils ne sont pas effrayés par l'apparence du vide, parce qu'ils ne perçoivent qu'un monde en deux dimensions, sans profondeur. Ce n'est que plus tard dans leur développement qu'ils acquerront la perception, plus exacte, d'un monde en trois et quatre dimensions [76].

Le développement de notre perception du monde naturel, au cours de l'histoire de l'humanité, nous a fait attribuer un nombre croissant de dimensions à l'Univers. Mais, en ce domaine, la pensée mathématique était presque toujours en avance sur notre développement perceptuel. Elle en est arrivée à un point tel que les mathématiciens parlent aujourd'hui sans sourciller de mondes aux dimensions en nombre infini, et d'objets ayant un nombre fractionnaire de dimensions. Comme une grande partie de cette évolution se concentre dans les cent dernières années, nous sommes en droit de nous demander combien vaste nous semblera l'Univers – en dimension, ou de quelque autre façon – d'ici un siècle.

Il y a deux mille ans, les Grecs, s'appuyant sur l'expérience sensorielle et les principes de la géométrie d'Euclide, avaient la perception d'un monde en trois dimensions. Regardant autour d'eux, ils voyaient ce que nous voyons aujourd'hui : un monde empli d'objets ayant longueur, largeur et profondeur. Il était naturel qu'ils imaginent le réceptacle contenant les objets comme ayant lui aussi longueur, largeur et profondeur.

D'après Euclide, les qualités de longueur, largeur et profondeur correspondaient à ce qu'il entendait mathématiquement par le terme de dimension. Dans la géométrie d'Euclide, une ligne ne possède que la seule qualité de longueur; elle est par conséquent définie comme la quintessence d'un objet en une dimension. Un plan, à qui sont accordées les qualités de longueur et largeur, est l'archétype d'un objet en deux dimensions; et un solide, doté des trois qualités de longueur, largeur et profondeur, sera défini comme le modèle d'un objet en trois dimensions. Les mathématiques du temps d'Euclide travaillaient ainsi de concert avec le sens commun pour conforter les Grecs dans leur vision d'un monde en trois dimensions (un monde 3-D [77]).

Après Euclide, les générations successives s'en tinrent à cette vision d'un Univers tridimensionnel. Ptolémée, le grand astronome d'Alexandrie [78], ôta même tout crédit à l'idée de quatrième dimension lorsqu'il fit la démonstration que bien qu'on pût tracer trois axes mutuellement perpendiculaires dans un espace, faire de même avec un quatrième était rigoureusement impossible.

Cela n'empêchait pas certains de spéculer, envers et contre tout, sur l'idée d'une quatrième dimension. Mais en l'absence d'un fondement mathématique ou logique, leurs argumentations tendaient au mysticisme. Un philosophe anglais du XVIIe siècle, Henry More [79], alla même jusqu'à soutenir que les esprits existaient bel et bien, et qu'ils habitaient la quatrième dimension. Le manque de crédibilité scientifique de telles assertions laissa intact le sentiment universellement partagé que l'Univers était un espace euclidien à trois dimensions.

Le préjugé en faveur de cette impression était encore si prégnant à l'époque de More que Descartes, dont les travaux mathématiques développaient le langage de la géométrie euclidienne de telle manière qu'une quatrième dimension devenait mathématiquement concevable, en écarta d'office la possibilité, comme irréaliste.

Descartes différait d'Euclide dans son approche de la géométrie en ce qu'il définissait les dimensions de la ligne, du plan et du solide, en termes autres que ceux de longueur, largeur et profondeur. D'après sa théorie, la *géométrie analytique,* la dimension d'un objet est en corrélation avec le nombre de coordonnées nécessaires et suffisantes pour le

« cartographier ». Une ligne est ainsi en une dimension car elle ne requiert pour ce faire qu'une seule coordonnée. Supposez que la ligne soit une rue : chaque point de la ligne, ou chaque maison de la rue peuvent être identifiés au moyen d'un seul nombre. Un plan, que nous pourrions comparer à un monde plat, est en deux dimensions parce qu'il nécessite deux coordonnées; chaque point du plan comme chaque endroit du terrain pouvant être repéré avec deux nombres seulement, comparables aux latitude et longitude d'un planisphère. Pareillement, un solide sera en trois dimensions parce que nous aurons cette fois besoin de trois coordonnées pour le « cartographier ».

L'importance pour l'époque de la définition cartésienne de la dimension ne tenait pas à ce qu'elle fût meilleure que celle d'Euclide, mais à ce qu'elle était quantitative plutôt que qualitative, et se fondait plutôt sur nos capacités logiques que sur nos expériences sensorielles. Tandis qu'Euclide s'appuyait sur des qualités de forme (longueur, largeur et profondeur), Descartes faisait fond sur notre compréhension de la logique d'un processus analytique (quelque chose comme une cartographie multidimensionnelle).

Si la théorie de Descartes était venue au jour en des temps moins dominés par l'expérience sensorielle et la pensée euclidienne, il est probable que les mathématiciens eussent unanimement accepté la possibilité logique d'un objet en quatre dimensions. Il leur eût suffi d'admettre qu'un tel objet est une entité mathématique dont la « cartographie » requiert quatre coordonnées.

Cette inférence avait beau avoir la logique de son côté, elle ne put venir à bout de la répugnance qu'avaient les mathématiciens à admettre ne serait-ce que la possibilité d'un objet qu'ils ne pouvaient visualiser. Les arguments comme ceux de Ptolémée maintenaient leur empire, et Descartes comme ses contemporains, mais également de nombreuses générations postérieures, passèrent à côté de la quatrième dimension que la géométrie analytique contenait en puissance.

Il fallut attendre 1854, date à laquelle le jeune mathématicien allemand Bernhard Riemann fit connaître les prolongements qu'il avait donnés aux géométries euclidienne et cartésienne, pour que l'idée d'une quatrième dimension fût enfin mathématiquement admise et développée. Dans l'élaboration de sa géométrie différentielle (un sujet que son maître Carl Friedrich Gauss avait créé quelques années auparavant), Riemann utilisa le langage des coordonnées cartésiennes pour définir la dimension, mais au lieu d'ignorer l'implication d'une quatrième dimension mathématique, il la développa en détail.

Riemann administra la preuve qu'il y avait place, auprès de la géométrie euclidienne, pour d'autres géométries décrivant des mondes dont le nombre de dimensions pouvait être un entier quelconque, de zéro à l'infini. Le temps était venu pour le monde en trois dimensions d'Euclide d'être ouvertement tenu pour ce qu'il était devenu : une possibilité logique parmi de nombreuses autres – l'une des plus prosaïques même.

Un monde de dimension quatre (4-D) est plus riche de possibilités qu'un monde à trois dimensions (3-D). Pour quelqu'un d'un monde 4-D, les faits et gestes d'une personne d'un monde 3-D paraîtraient aussi plats qu'à nos yeux la projection d'une action sur un écran cinématographique de dimension deux (2-D). Inversement, la quatrième dimension est aussi inaccessible à la perception de quelqu'un de dimension trois (3-D) que pour nous la troisième dimension sur l'image cinématographique de dimension deux (2-D). Tout ce qui, venant de la quatrième dimension, pénétrerait dans un monde en trois dimensions semblerait venir de nulle part (les esprits d'Henry More!). Ce qui veut dire que les habitants d'un monde de dimension quatre (4-D) pourraient observer incognito un monde de dimension trois (3-D), tels des spectateurs dans une salle de cinéma.

Pour créer l'illusion de la profondeur, il leur suffirait de chausser une paire de lunettes 4-D.

Les autres mondes créés par les mathématiques de Riemann n'étaient pas vraiment spatiaux au sens commun du terme, à la différence de ceux d'Euclide ou de Descartes. Selon Riemann, il n'était pas nécessaire pour la dimension mathématique d'avoir pour seul référent un espace sensible; elle pouvait tout aussi logiquement se rapporter à des espaces purement conceptuels, qu'il désignait du nom de *multiplicités.* Par ce saut dans l'abstrait, Riemann libérait la géométrie, plus encore que Descartes ne l'avait fait, de l'assujettissement euclidien aux notions physiques de longueur, de largeur et de profondeur.

Bien qu'on lui ait depuis lors ajouté un certain nombre de déterminations techniques, une multiplicité désigne encore communément n'importe quel domaine – que ce soit la Bourse des valeurs, l'économie ou la nature humaine – dont la description est à facettes multiples ou, dans les termes choisis par Riemann, « de dimensions multiples ». Tandis que pour les géomètres du passé, « espace » a pendant des générations désigné ce domaine familier qu'emplissent galaxies, étoiles et planètes, pour les géomètres d'aujourd'hui, le mot en est venu à prendre cette signification plus large de « multiplicité ».

Employer le terme de multiplicité pluridimensionnelle, pour désigner par exemple la Bourse des valeurs, permet aux mathématiciens de la traiter littéralement comme un espace géométrique dans lequel les choses se comportent selon des théorèmes mathématiques donnés. La dimension de cet espace dépendra ainsi du nombre de facteurs qui gouvernent le fonctionnement de la Bourse des valeurs. Imaginons un instant que la Bourse des valeurs ne dépende que d'un seul facteur – l'ourlet des robes de femme, disons –; la représentation mathématique en serait alors une multiplicité 1-D, une ligne. Ce qui signifie, entre autres choses, que l'état de tout moment du marché pourrait être décrit par un seul nombre (la hauteur de l'ourlet), et noté sous forme de point quelque part le long de la multiplicité 1-D.

Sous cet angle, un être humain est une multiplicité d'un nombre extraordinaire – d'aucuns diraient infini – de dimensions. Les facteurs qui influent sur notre comportement ont cette caractéristique d'être d'une variété et d'une quantité incalculables. Même un comportement aussi élémentaire que la décision de sourire ou non à un étranger peut dépendre de facteurs – ou de dimensions – aussi divers que la quantité de sommeil de la nuit passée, l'heure de la journée, nos sentiments du moment à l'égard du conjoint, notre sécurité d'emploi, l'état de l'économie, la saison de l'année, l'apparence dudit étranger, et cætera. Et il n'est pas exclu que certains de nos comportements les plus complexes dépendent du détail de l'Univers dans son ensemble.

Les spécialistes des sciences sociales et humaines sont donc bien à plaindre. L'une des raisons de l'état d'avancement dérisoire où en sont leurs recherches au regard de celui des sciences physiques tient simplement à la difficulté – peut-être même à l'impossibilité – de leur tâche. Si nous considérons réellement l'être humain comme un monde géométrique d'un degré de dimension extraordinairement élevé, tenter d'en faire une description scientifique et mathématique complète est un défi qui minimise singulièrement les efforts analogues de description de notre Univers 3-D.

Le volumineux réceptacle des physiciens, l'Univers, n'est en fait que l'une des plus simples parmi les multiplicités environnantes, l'une des plus pauvres en dimensions. C'est, selon Einstein, une multiplicité 4-D, et non 3-D comme tout un chacun en avait eu la perception jusque-là. En 1915, profitant de la liberté qu'offrait la définition de Riemann pour la dimension, Einstein parvint à la conclusion que le modèle le plus exact de l'Univers était un monde géométrique à trois dimensions spatiales et une dimension temporelle.

Il n'est pas indifférent de souligner qu'une telle assertion n'aurait eu aucune signification mathématique si Riemann n'avait pas généralisé la définition de la dimension en dépassant les déterminations strictement spatiales de longueur, largeur et profondeur. Une dimension temporelle n'a aucune de ces qualités : le temps ne se mesure pas avec une règle.

D'après Einstein, l'Univers est une multiplicité spatio-temporelle 4-D parce que (dans le langage de Riemann) trois coordonnées d'espace et une coordonnée de temps sont requises pour sa « cartographie ». Chacun de ses points est identifiable par le seul moyen de trois nombres spécifiant la position et d'un nombre pour spécifier le temps; ce qui est une manière technique de dire qu'un rendez-vous avec quelqu'un implique qu'on précise à la fois l'endroit et le moment. L'endroit comprend toujours trois éléments d'information distincts (par exemple : 5ᵉ Avenue, 56ᵉ Rue, à la surface de la Terre), et le moment un élément (disons, midi). En un sens, Einstein prouvait ainsi que Ptolémée n'avait pas tout à fait tort : la partie *spatiale* de l'Univers ne peut contenir que trois axes de coordonnées.

Du fait que sa quatrième dimension est le temps, l'Univers selon Einstein n'est pas semblable au monde 4-D purement spatial évoqué plus haut. Il n'y avait pas de temps dans ce monde-là, donc pas de mouvement au sens où nous l'entendons. Un habitant d'un monde 4-D purement spatial existe en tout lieu simultanément. Dans notre Univers 4-D spatio-temporel, un individu est en revanche toujours en un endroit donné à un moment donné, et limité dans ses mouvements par sa vitesse maximale de déplacement. (Les scientifiques ont trouvé que la vitesse maximale absolue a comme limite la vitesse à laquelle la lumière voyage dans le vide – près de 300 000 kilomètres par seconde. Il va de soi que nos limites propres sont largement en deçà.)

Bien qu'il nous ait fallu plus de deux bons siècles pour

admettre que l'Univers était quadridimensionnel et contenait des choses de dimensions variées, en genre comme en nombre, quelque soixante ans de plus nous auront été nécessaires pour accepter que les dimensions de beaucoup d'autres choses contenues dans cet Univers n'étaient même pas des nombres entiers. Cette fois encore, ce fut un mathématicien qui signala cette possibilité à notre attention.

En 1975, Benoît Mandelbrot, du Centre de recherche Watson d'IBM, à New York, unifiant et réinterprétant les travaux dispersés de nombreux mathématiciens antérieurs, montra qu'il était mathématiquement possible de définir des dimensions fractionnaires telles que 3/4-D, 1/2-D, etc.

Pour développer sa thèse, Mandelbrot partit d'une définition de la dimension proposée par le mathématicien allemand Felix Hausdorff environ soixante ans après que Riemann eut énoncé la sienne. D'après Hausdorff, une surface ordinaire, comme cette page, est en deux dimensions, car nous devons multiplier deux nombres (à savoir ses longueur et largeur) pour calculer son aire. Pareillement, un solide quelconque, comme un morceau de sucre, est tridimensionnel, car il nous faut multiplier trois nombres (longueur, largeur et profondeur) pour calculer son volume; et ainsi de suite. Hausdorff pensait qu'il serait possible, en suivant cette règle simple, de cataloguer toutes les figures géométriques concevables, de celles de dimension zéro à celles d'un nombre de dimensions infini.

Mandelbrot fit toutefois observer que les mathématiciens avaient conçu dans le passé des figures qui échapperaient à cette manière de cataloguer. Il proposa également plusieurs figures de son cru, inspirées de phénomènes naturels aussi communs que la côte maritime de la Bretagne. Imaginez un rectangle dont les côtés seraient tout du long aussi déchiquetés que la côte de l'île de Grande-Bretagne. Suivant Hausdorff, un tel rectangle est 2-D, puisque son aire se calcule en multipliant sa longueur par sa largeur. Mais dans ce cas, remarque Mandelbrot, c'est plus facile à dire qu'à faire. La difficulté réside dans la question de savoir quelles sont au juste la longueur et la largeur dudit rectangle; ce qui conduit tout droit à un paradoxe qui est la marque des objets de dimension fractionnaire.

Vus de loin, les côtés du rectangle semblent lisses, et nous devrions donc pouvoir dire qu'« à vol d'oiseau », la longueur et la largeur mesurent, respectivement, dix et vingt *miles* [80]. En appliquant la règle de Hausdorff, nous obtiendrons pour le rectangle une aire de 200 *miles* carrés.

Cependant, à mesure que l'on s'approche, les dentelures des bords du rectangle deviennent mieux perceptibles. Suivre en voiture le contour de chaque cap et de chaque baie nous ferait conclure que les côtés sont considérablement plus longs que dix et vingt *miles.* À en juger par la lecture de l'odomètre de l'automobile, le résultat serait plus proche de quinze *miles* pour la largeur et avoisinerait trente *miles* pour la longueur. Voilà qui est sans conteste une estimation plus précise que la première et qui pourtant nous conduirait dans un deuxième temps, si nous suivions la prescription de Hausdorff, à surestimer de beaucoup l'aire du rectangle; le calcul nous donnant un résultat de 450 *miles* carrés.

L'estimation des longueur et largeur du rectangle serait encore plus précise si, au lieu d'une voiture, l'on se servait d'un petit *bug* [81] dont le trajet épouserait les moindres des anses et des avancées que dessinent les dentelures de la côte. « Ainsi, dit Mandelbrot, on peut imaginer qu'un homme marche le long d'une côte en s'astreignant à s'en écarter au plus (d'une) distance prescrite *n,* tout en suivant le plus court chemin, puis l'on recommence en rendant la distance de l'homme à la côte de plus en plus petite. Après cela, on remplace notre homme par une souris, puis par une mouche, et ainsi de suite. (...) Plus près l'on veut se tenir de la côte, plus longue, inévitablement, sera la distance à parcourir [82]. » Le paradoxe inhérent à l'énoncé de Hausdorff est qu'à mesure que croît la précision de notre estimation de la longueur et de la largeur, l'inexactitude de notre estimation de l'aire croît en proportion.

Devant la difficulté d'intégrer des exemples de ce type au projet de catalogue de Hausdorff, Mandelbrot entrevit, dès le début de ses travaux, que leur prise en compte réclamait qu'on étendît d'une manière ou d'une autre la définition de Hausdorff pour la dimension. Ce sont les efforts accomplis dans ce dessein qui l'amenèrent à combler les lacunes de la hiérarchie dimensionnelle de Hausdorff au moyen d'une théorie mathématique des dimensions fractionnaires.

Mandelbrot découvrit que dans le cas d'objets géométriques comme le rectangle, le paradoxe disparaît si nous renonçons à l'affirmation selon laquelle l'aire est le produit de deux nombres. D'après sa théorie, la prescription correcte – dégagée de tout paradoxe – pour trouver l'aire du rectangle est de faire le produit, non pas de deux nombres, mais d'un nombre par la racine carrée d'un autre nombre. Ce qui signifie que le rectangle est en réalité un objet 1,5-D. (Ici, la présence d'une moitié de nombre renvoie à la racine carrée d'un nombre; de même que le tiers renverrait à la racine cubique; et ainsi de suite. Le produit de 1,5 nombre signifie par conséquent que l'on multiplie un nombre par la racine carrée d'un autre.) Ces nombres ont encore quelque chose à voir avec la longueur et la largeur, mais ils ont été redéfinis par Mandelbrot de telle sorte qu'ils ne soient plus affectés par le point de vue qu'on aura choisi d'adopter, qu'il soit cosmique, détaillé, moléculaire, atomique, subatomique, ou se situe à une échelle encore plus petite.

L'exemple du rectangle dont les côtés ont l'apparence du littoral britannique illustre comment un objet plan peut mettre en défaut le projet de Hausdorff d'ordonner les dimensions suivant les nombres entiers. Un cube dont la surface serait aussi convolutée que le cerveau humain est un exemple équivalent pour les solides. Selon Hausdorff, un tel cube est un objet 3-D, puisque son volume se calcule en multipliant trois nombres l'un par l'autre – sa longueur, sa largeur et sa profondeur. Mais, comme pour le rectangle, les mesures les plus fines de ces trois grandeurs, c'est-à-dire celles qui en épouseraient les plus délicates circonvolutions, nous conduiraient à surestimer de beaucoup le volume du cube. Mandelbrot a montré qu'un tel cube est un objet de dimension fractionnaire, un objet *fractal,* dont le volume est le produit, non pas de trois nombres, mais de 2,8 nombres, et dont la dimension est, par conséquent, 2,8.

Mandelbrot a découvert d'autres fractals parmi les objets qui nous sont familiers. Dans le plan, on trouvera aussi bien les flocons de neige que le profil des chaînes de montagnes, et, parmi les solides, les radiateurs des automobiles ou les intestins humains. Pour chacun de ces exemples, comme pour le rectangle ou le cube, suivre les indications de Hausdorff conduit à une relation paradoxale entre l'aire ou le volume de l'objet et les longueurs de ses côtés.

Mandelbrot a également montré que la dimension fractale qui caractérise le paysage naturel de la Terre diffère de celle de Mars, après analyse de photos de la NASA représentant la planète rouge. La dimension fractale se situerait pour la Terre aux environs de 2,1 ; celle de Mars serait plutôt voisine de 2,4.

La principale différence à l'œil nu est que le paysage a en quelque sorte une découpe moins saillante et acérée sur Terre que sur Mars. Dans la pratique, la conséquence de ces observations est que n'importe quel paysage, une fois définie sa dimension fractale, peut être désormais produit par un algorithme sur un ordinateur. Et c'est précisément ce qu'ont fait les techniciens des effets spéciaux du film *Star Trek II : La Colère de Khan* [83] pour donner l'apparence d'étrangeté aux horizons des planètes que visite l'équipage du vaisseau spatial *Entreprise*. Grâce à sa théorie des fractals, Mandelbrot nous a donné les moyens d'apprécier non seulement la richesse des dimensions de cette région de l'Univers qu'est notre monde, mais également son unicité.

Mandelbrot, Riemann et Descartes, renouvelant par leurs intuitions la vision de la nature mathématique de la dimension nous ont permis de reconnaître à l'Univers une richesse de texture qui tranche avec la platitude de ce réceptacle 3-D, tout juste empli d'objets 1-, 2- et 3-D, des âges euclidiens. Il est tentant de penser que le futur pourrait être une extrapolation du passé et que nous allons continuer à percevoir d'autres dimensions encore dans la texture de l'Univers.

Mais il est également possible d'imaginer, cependant, que dans le futur la texture semble croître et décroître, comme si l'Univers était une pelote de ficelle au travers de laquelle nous voyagerions. C'est une possibilité qui évoque les images du *Voyage fantastique* [84], où l'on voyait un groupe de savants miniaturisés explorer un corps humain.

Notre toute première vision de l'Univers peut se comparer à celle d'une pelote de ficelle vue de très loin : l'apparence est celle d'un point de dimension zéro. Une première approche nous fera voir un disque en deux dimensions, à la surface lisse. Approchons-nous encore et surface 2-D se révélera posséder une texture 3-D. C'est peut-être à ce dernier stade que nous en sommes aujourd'hui dans notre perception de l'Univers. Un point duquel nous est donnée à voir toute la richesse de la texture de surface. Si tel est le cas, alors la prochaine étape sera de passer au travers de la surface de la pelote de ficelle; un moment où l'apparence d'une texture riche en dimensions cédera la place à celle d'un espace que peuplent des fils clairsemés, en une dimension.

Ce n'est que lorsque nous aurons approché dans la direction de l'un d'eux que nous pourrons de nouveau commencer à percevoir les deux, puis les trois dimensions de ses brins enchevêtrés.

Nous ne pouvons évidemment pas prédire avec quelque

certitude ce qu'il en sera de ces futurs possibles. La question reste pendante de savoir si le nombre de dimensions attribuées à l'Univers et à son contenu va continuer à croître de manière constante ou s'il fluctuera. Il est en revanche certain qu'il faut se garder de porter un jugement hâtif et définitif sur l'Univers – comme sur les hommes d'affaires. Car si l'on doit tirer un enseignement de cette remarquable succession de mathématiciens inspirés, deux mille ans nous auront appris que la dimension est dans l'œil, et dans l'imagination du spectateur.

Consulter aussi les chapitres :
« En dépit du bon sens »
« Les visages familiers du changement »

Zéro et l'ensemble vide

BEAUCOUP DE BRUIT POUR RIEN

Trente rayons se joignent et un moyeu unique
Ce vide dans le char en permet l'usage
D'une motte de glaise on façonne un vase
Ce vide dans le vase en permet l'usage
On ménage des portes et des fenêtres pour une pièce
Ce vide dans la pièce en permet l'usage
L'avoir fait l'avantage
Et le non-avoir l'usage.

Lao Tseu [85]

Il faut reconnaître aux mathématiciens ce mérite d'avoir été parmi les premiers dans l'Histoire à prendre conscience de l'importance du néant et à comprendre, puis à exprimer, en quoi *le néant* n'est pas *rien*. Quoi qu'il y paraisse, ce ne sont pas là les échos lointains de vaines arguties mais le rappel de moments décisifs, sans lesquels la science des nombres ne se serait pas développée jusqu'à devenir l'arithmétique que nous connaissons. Cela fait maintenant entre onze cents et quatorze cents ans que le néant a pris place à demeure en arithmétique sous la forme du nombre zéro. Ce qui pourrait passer pour un ajout insignifiant à notre alphabet de chiffres a permis d'exprimer les nombres avec plus d'aisance et de clarté que jamais auparavant. Mille trois cents ans plus tard, *rien,* qui ne se confond pas avec *le néant,* fit également son entrée en arithmétique. On lui donna le nom d'*ensemble vide,* et il représente en arithmétique ce que sont la toile vierge et la page blanche pour le peintre ou l'écrivain : une latence d'être. Avec l'ensemble vide, les mathématiciens ont pu montrer comment tous les nombres que connaît l'arithmétique peuvent être créés à partir de rien. Pour paraphraser Shakespeare, jamais, ni avant ni après, l'on ne vit les mathématiciens tirer tant de si peu que lorsque rien et le néant furent cause de si grand bruit.

Ce sont les Indiens qui, entre le VIe et le IXe siècle de notre ère, installèrent à demeure le zéro, qu'ils appelèrent *śūnya* (le « vide »), dans leur système de numération [86]. Notre système actuel, connu des mathématiciens sous le nom de « numération décimale de position », descend en droite ligne de cet ancêtre lointain. Dix chiffres de base, de zéro à neuf, y sont suffisants pour exprimer n'importe quel nombre, si grand soit-il. En outre, la position de chaque chiffre dans un nombre en détermine la valeur effective. Ainsi, dans 8754, par convention, le chiffre le plus à droite (4) vaut pour lui-même – 4 unités; le premier chiffre à gauche (5) vaut pour dix fois lui-même – 5 dizaines; en continuant vers la gauche, le prochain chiffre (7) vaut pour cent fois lui-même – 7 centaines, et ainsi de suite.

Avant l'apparition du *śūnya,* les mathématiciens qui utilisaient des systèmes de position avaient coutume de laisser des blancs là où nous mettrions aujourd'hui des zéros. Le nombre sept cent sept se serait ainsi noté 7 7, au lieu de 707. Mais, faute d'être toujours marqués de façon suffisamment explicite, les espaces étaient la source d'ambiguïtés qui n'étaient pas seulement une gêne, mais faisaient également obstacle au développement de l'arithmétique.

Il y avait d'autres sortes de systèmes numéraux en usage à l'époque où les Indiens mirent au point le leur. Aucun ne faisait un tel usage du zéro et aucun ne permettait d'exprimer les nombres aussi facilement. Quiconque a ainsi quelque jour essayé de se servir du système numéral des Romains a pu en mesurer la lourdeur et la complication. Les chiffres romains sont assez commodes d'emploi pour de petits nombres, mais prennent la forme d'un puzzle redoutable dès qu'il s'agit de grands nombres : Mille neuf cent quatre-vingt-trois donne par exemple ce cryptogramme romain : MCMLXXXIII. Faites la comparaison avec l'extrême simplicité de la notation indienne : 1983!

Les Grecs possédaient également un système de numération, analogue dans son fonctionnement à celui des Romains. Pour exprimer le nombre 1983, il leur fallait écrire : **ΤΣΤΝΙΙΙΙΑΑΑ**. Il n'est donc pas étonnant que la connaissance du zéro ait permis l'épanouissement de l'arithmétique en Inde, et non chez les Grecs, à qui l'Histoire attribue essentiellement des prouesses en géométrie (l'étude des figures). Ce n'est pas plus surprenant que de voir l'essor de la poésie (à quoi les mathématiques en tant que forme d'art ont souvent été comparées) dépendre pour une culture donnée de la puissance d'expression de sa langue.

Si le concept mathématique de néant nous a permis d'exprimer les nombres avec plus de précision et de concision, le concept mathématique de rien nous aura, quant à lui, été un instrument d'une aide précieuse dans l'élucidation des origines logiques des nombres.

Aux alentours de 300 av. J.-C., Euclide prit appui sur la logique pour dériver les vérités géométriques à partir d'un petit nombre de propositions premières (les « demandes »), et la question fut posée de savoir si la même chose pouvait être faite pour les vérités arithmétiques. Lorsque à la fin du XIXe siècle, les mathématiciens décidèrent que le temps était venu de chercher à répondre à cette question, ils ne purent se mettre d'accord sur un point de départ. Certains étaient d'avis qu'on pouvait commencer en posant comme seul *a priori* l'existence de la suite des nombres entiers naturels (c'est-à-dire : 0, 1, 2, 3,...), l'alphabet de base de l'arithmétique, et tout dériver à partir de là. D'autres, comme l'Allemand Gottlob Frege, voulaient faire remonter le rôle de la logique plus en amont et dériver la suite des nombres entiers naturels d'un ou plusieurs concepts plus primitifs encore.

L'une des pierres angulaires logiques choisies par Frege était une notion de sens commun, celle de classe, ou d'ensemble. En mathématiques, comme dans tout autre domaine d'application, un ensemble est simplement un groupe d'objets, ou bien, ainsi que l'énonçait un contemporain de Frege, Georg Cantor, « toute réunion (...) d'objets de notre intuition ou de notre pensée, déterminés et bien distincts [87] ». Frege tenait la notion d'ensemble pour plus primitive que la suite des nombres entiers naturels, il s'appuya donc sur la première pour dériver la seconde. Il ne restait plus qu'à postuler un petit groupe d'axiomes supplémentaires pour dériver de là l'arithmétique dans sa totalité. En chemin, le processus lui permit d'entériner la différence entre le néant et rien.

Il découvrit que la différence était une différence de classe. Rien est l'ensemble vide – l'ensemble n'ayant aucun élément – que les mathématiciens notent au moyen d'un couple d'accolades : $\{\ \}$. C'était également le seul ensemble duquel Frege pouvait partir, puisqu'il était décidé à ne présupposer l'existence d'aucun nombre. Pour lui, l'ensemble vide était le moment précédant immédiatement la création, la potentialité d'une suite infinie de nombres. Même le symbolisme que l'on emploie suggère cette latence d'être : deux accolades embrassant un vide que la croissance d'une suite pourrait venir combler.

Le néant, en revanche, est l'ensemble qui n'a que zéro pour seul élément; ce que les mathématiciens écrivent : $\{0\}$. Un coup d'œil suffit pour voir ce que vit Frege : le néant n'est pas rien, mais bien quelque chose. Dans l'analyse de Frege, $\{0\}$ était la première actualisation concevable de la potentialité mathématique de l'ensemble vide, le premier nombre entier naturel : zéro. L'ensemble $\{0\}$ est une actualisation « à blanc » de l'ensemble vide, tout comme la pause musicale en est une de la potentialité d'un musicien de créer du son.

Dans les domaines extérieurs aux mathématiques, marquer la différence entre rien et le néant n'est pas chose aussi aisée. La dernière fois, par exemple, où je me suis arrêté pour contempler la célèbre statue d'Henry Moore qui se trouve à l'entrée de l'aile est de la *National Gallery of Art*, à Washington (D.C.), j'ai vu dans son unique béance centrale la potentialité pour une quantité d'images. C'était à la fois rien et tout et, en ce sens, un modèle de l'ensemble vide des mathématiciens. Mais dans les vides d'autres statues, il m'est souvent arrivé de voir, non pas rien, mais le néant – des trous.

Un des plus authentiques analogues de l'ensemble vide est la notion théorique de vide en physique. Parfait exemple du rien matériel, à quoi l'on attribue la potentialité de donner naissance à de prodigieuses quantités de matière. Théoriquement, la seule chose requise pour induire cette création spontanée de particules nucléaires est que le vide baigne dans un champ électrique de très grande puissance.

Cet avatar moderne du vide n'a pas encore pu être soumis aux tests expérimentaux, car la puissance du champ électrique nécessaire dépasse tout ce que nous sommes capables de produire artificiellement. Toutefois, un groupe de physiciens nucléaires et de chimistes a récemment proposé de tester la théorie en rassemblant les champs électriques, par nature très puissants, de ce qu'ils appellent des atomes superlourds. Cette idée n'a qu'un inconvénient : l'existence de ces éléments superlourds est elle-même encore objet de conjectures. Nous ne pouvons donc pas trancher avec certitude entre ce vide que les physiciens d'aujourd'hui pensent être rien et celui dans lequel beaucoup de philosophes de la Grèce antique voyaient le néant.

Un autre analogue de l'ensemble vide, aussi étonnant que celui des physiciens, est fourni par le récit biblique de la création. D'après la Bible, Dieu créa le monde exactement de la même manière que Frege la suite des nombres entiers naturels : à partir de rien. Dans son drame *Sapientia,* Roswitha von Gandersheim, une religieuse du Xe siècle, va encore plus loin : « (L)'Auteur du monde (...) créa le monde à partir de rien, et disposa toute chose en nombre, en mesure et en poids; et puis, aux temps et âges de l'homme, il élabora une science où se dévoilent de nouvelles merveilles à mesure qu'en progresse notre étude [88]. »

J'aime à penser que sœur Roswitha accepterait les mathématiques au sein de sa « science » et l'emploi que fait Frege de l'ensemble vide au nombre de ses « nouvelles merveilles ». Et si oui, je crois qu'elle devrait également compter comme autre nouvelle merveille ce qu'a récemment accompli le mathématicien anglais John Horton Conway en appliquant derechef l'ensemble vide à l'arithmétique. En 1973, il prit le relais de Frege en partant de rien – l'ensemble vide – pour créer non plus seulement les nombres entiers naturels, mais aussi les autres espèces connues de nombres, fractions et nombres décimaux non fractionnaires (alias les nombres irrationnels), et en outre des sortes de nombres jusque-là inconnus, appelés nombres « surréels ».

Dans son opuscule de treize pages, « Tous les nombres, grands et petits », Conway commençait comme avait commencé Frege : avec un petit nombre d'idées primitives, comprenant l'ensemble vide et deux règles. Pour illustrer la première règle, la définition logique du nombre selon Conway, on peut se servir de l'image de volumes d'encyclopédie alignés dans l'ordre sur un rayon de bibliothèque. D'après la définition, la place d'un volume dans l'alignement, son nombre, peut être déduite de l'ensemble des volumes sur sa gauche et de l'ensemble des volumes sur sa droite. Nous pourrions déterminer où se tient, par exemple, le volume neuf, simplement en localisant la place où se trouvent les volumes de zéro à huit sur la gauche, et les volumes de dix à l'infini sur la droite. Ainsi, en vertu de la première règle de Conway, chaque volume, chaque nombre, a une niche qui lui est propre, uniquement déterminée par les ensembles de gauche et de droite.

La seconde règle – toujours selon l'image de volumes d'encyclopédie – énonce qu'un nombre, tel que 5, est plus petit que (ou égal à) un autre nombre, tel que 9, si deux choses sont vraies simultanément : (A), le tout des volumes sur la gauche du premier nombre (5) est inférieur au second nombre (9); et (B), le tout des volumes sur la droite du second nombre (9) est supérieur au premier nombre (5). Cette règle est nécessaire à Conway pour instaurer un ordre dans les nombres qu'il crée, en commençant par zéro : zéro est moins que 1, donc précède 1; 1 est moins que 2, donc précède 2; et ainsi de suite.

Puisqu'il ne présuppose initialement l'existence d'aucun nombre, Conway, de même que Frege, ne peut partir que de l'ensemble vide pour créer la suite des nombres entiers naturels. Il considère donc, en premier lieu, le nombre dont les ensembles de gauche et de droite sont tous deux ensembles vides; ce qui s'écrit symboliquement $\{\ \}:\{\ \}$, et qu'il nomme *zéro*. Ainsi, dans la théorie de Conway, comme dans celle de Frege, rien a comme toute première actualisation le néant.

Après la création du nombre zéro, Conway dispose de deux ensembles pour continuer à créer des nombres : l'ensemble vide, $\{\ \}$, et l'ensemble contenant zéro, $\{0\}$. Conway identifie le nombre 1 comme étant le nombre dont l'ensemble de gauche contient zéro et dont l'ensemble de droite est l'ensemble vide. De sorte qu'à ce stade de la genèse selon Conway, le nombre 1 se trouve flanqué à sa droite par le néant, et à sa gauche par rien. À gauche, une potentialité déjà actualisée (en tant que zéro); à droite une potentialité non encore actualisée.

À chacune des phases de cette création, Conway élit le

nombre suivant comme étant celui dont l'ensemble de gauche contient tous les nombres déjà créés, et dont l'ensemble de droite est l'ensemble vide. Il aurait été guidé par notre métaphore qu'il n'eût pas agi autrement : à chaque stade, le volume nouvellement créé est placé à la droite de tous les volumes déjà rangés, et à gauche d'un espace vide, que cette image donne à voir sous l'aspect du vide des physiciens, puisqu'il représente la potentialité des nombres n'ayant pas encore été amenés à l'existence. En procédant de cette façon indéfiniment, Conway crée la suite des nombres entiers naturels tout entière.

Partant de là, il va plus avant encore en créant une infinité de nombres intermédiaires, comme le nombre dont l'ensemble de gauche contient zéro, $\{0\}$, et dont l'ensemble de droite a un contenu qui va de 1 jusqu'à l'infini, $\{1, 2, 3,...\}$. Le nombre ainsi défini trouve sa place quelque part entre zéro et un. Notre ensemble standard d'encyclopédies s'enrichit alors de volumes intermédiaires à n'en plus finir. Et Conway ne s'en tient pas là.

Pousser la logique de sa méthode donne à Conway le moyen de créer des nombres intermédiaires aux nombres intermédiaires, puis encore des nombres entre ceux-ci, et ainsi de suite, littéralement *ad infinitum;* avec comme résultat des hiérarchies illimitées de nombres dont on n'avait jusque-là jamais entendu parler en mathématiques.

La théorie de Conway a sur le plan graphique des implications tout aussi ineffables. Les mathématiques traditionnelles voyaient sagement dans le bord d'une règle, dans une droite de nombres, un brouillard dense de points, chacun étiqueté au moyen, soit d'un nombre entier, soit d'une fraction, ou d'un nombre irrationnel dont la chaîne des décimales n'a pas de terme, tel que 0,1345792... Tous ces points (ou leurs étiquettes numériques) réunis étaient censés former un continuum, sans aucun espace entre les points adjacents. La théorie de Conway nous demande pourtant de nous figurer des nombres qui tomberaient quelque part entre d'inimaginables trouées dans ce dense brouillard de points, puis dans des trouées laissées par ces nombres à leur tour – et encore et encore. Conway a, par sa théorie, rendu crédible ce que nombre de ses prédécesseurs n'avaient fait que conjecturer : il n'y a aucune limite conceptuelle au nombre de divisions que peut subir un objet.

« Tous les nombres, grands et petits » de Conway met en évidence le potentiel illimité de l'ensemble vide, mais tout autant celui de l'esprit humain. L'énergie créatrice de l'être humain a avec rien en partage de n'être pas autre chose que potentialité, et d'être en outre une part irrépressible de la vie qui nous anime; des expériences innombrables sont là pour l'étayer. Des gens, privés de perceptions sensorielles, flottant dans le noir et le silence de caissons emplis d'eau chauffée à la température du corps, auront des hallucinations. Comme si aucun frein ne pouvait être mis à la tendance qu'a l'esprit humain de faire de rien quelque chose, même – ou surtout – quand il est plongé dans le néant.

Comme le vide des physiciens, l'esprit humain peut être amené à produire des pensées semblant venir de nulle part. Les mathématiciens ont fourni à l'appui de ce phénomène commun de nombreux témoignages à travers les âges. Carl Friedrich Gauss rappelle ainsi qu'il avait tenté sans succès des années durant de prouver certain théorème d'arithmétique, et que, après des jours entiers passés sans réfléchir au problème, la solution lui était venue « comme un soudain éclair de lumière ». Le mathématicien français Henri Poincaré rapporte lui aussi un exemple analogue de vains efforts pendant des mois sur un problème. Et puis un jour, tandis qu'il s'entretenait de tout autre chose avec un ami, « L'idée me vint, dit-il, sans que rien, dans mes pensées antérieures parut m'y avoir préparé [88] ».

Si les expériences créatrices de Frege et de Conway ont quelque chose en commun avec celles de Gauss et de Poincaré, c'est qu'avec précisément rien à l'esprit ils ont fait progresser l'arithmétique. Et c'est précisément à leur esprit que nous devons le moyen de mesurer l'abîme qui sépare rien du néant.

Consulter aussi le chapitre :
« Un trésor de certitude »

DEUXIÈME PARTIE

Compromis

Les géométries non euclidiennes

EN DÉPIT DU BON SENS

Un groupe de chasseurs, après avoir établi leur camp, partent chasser l'ours. Ils marchent un mile plein sud, puis un mile plein est. Un ours est là. Ils le tirent. Revenus au camp avec leur gibier, ils calculent qu'ils ont parcouru en tout trois miles. Quelle est la couleur de l'ours?

Devinette américaine

Notre tendance à juger du monde naturel d'après le sens commun nous a conduits, au cours des âges, à croire que le Soleil se lève et se couche réellement, que les étoiles tournent autour de la Terre, que la Terre est au centre de l'Univers et qu'elle est plate. Toutes ces croyances anthropocentriques ont eu la vie dure, mais aucune plus que la conviction commune selon laquelle l'Univers ne serait qu'une sorte d'extension de l'environnement terrestre.

Jusqu'au début du XIXe siècle, on pensait que toute région de l'Univers obéissait aux lois de la géométrie euclidienne avec la même exactitude qu'ici, sur Terre. Cette croyance nous donnait le sentiment d'être un peu chez nous dans le cosmos, et lorsque enfin elle perdit son crédit, l'Univers perdit soudain son aspect familier – et le sens commun un peu plus de sa crédibilité à juger pertinemment des choses.

L'origine de cette disgrâce est la découverte, en 1824, de l'existence d'autres géométries que celle d'Euclide, d'une égale validité mathématique, mais qui décrivaient des univers à certains égards fort différents de celui que donnait à voir la géométrie d'Euclide. Cette découverte donnait ainsi naissance à la question de savoir si notre monde était bien un univers euclidien, ou s'il avait quelque chose à voir avec les univers que dessinaient ces nouvelles géométries.

Il en résulta que l'Univers devint une quantité inconnue, et que les décennies suivantes nous virent en demeure d'en élaborer une nouvelle représentation. Dans les années 20, les idées de la relativité générale d'Einstein marquèrent dans une large mesure l'accomplissement de cette tâche. Notre rapport à l'Univers était désormais fondé – en dépit du bon sens – sur les apports de la géométrie moderne.

La géométrie qui allait finir par s'identifier avec le nom d'Euclide a son origine dans l'ancienne Égypte, sous la forme d'un ensemble disparate de connaissances empiriques touchant l'arpentage et l'architecture (le mot « géométrie » vient du grec, où il signifiait « mesure de la terre »). Les idées fondatrices concernant les points, les lignes, les plans et les solides, tiennent leur forme de notions de sens commun nées de la confrontation avec des bornes, des sentiers, des champs et des blocs de granit. Il n'est pas douteux que la notion, centrale en géométrie, de lignes parallèles, en tant que lignes qui ne se rencontrent jamais, ait été en étroite association dans l'esprit des Égyptiens avec des phénomènes aussi « terre à terre » que des sillons de labour, ou les ornières que creusent les chars à deux roues.

Au vu de ses origines, la géométrie aurait dû être considérée comme une collection de vérités d'évidence sur le comportement qu'ont les points, les lignes, les plans et les solides ici sur notre Terre; au lieu de quoi, les Égyptiens, puis les Babyloniens et les Grecs la tinrent pour un ensemble de vérités d'évidence touchant le comportement des points, lignes, plans et solides dans l'Univers tout entier.

À l'époque d'Euclide, aux alentours de 300 av. J.-C., les astronomes utilisaient les théorèmes de géométrie comme s'ils étaient des lois scientifiques. Lorsque par exemple ils imaginaient, comme le fit Eudoxe de Cnide, un ensemble de sphères immenses [1] pour expliquer les mouvements relatifs et apparents des astres, ils présumaient sans ambages qu'une sphère dans l'espace ne diffère en rien d'une sphère sur Terre. Et quand ils s'agissait pour eux de se représenter la distance entre deux objets célestes, ils tenaient pour admis que, dans l'espace, le plus court chemin entre deux points est une ligne droite, comme sur la Terre – qu'ils supposaient plate. En somme, pour imaginer la géométrie de l'Univers, les astronomes grecs appliquèrent nonchalamment leurs expériences terrestres à un champ beaucoup plus vaste que la Terre.

En un sens, la contribution d'Euclide à la géométrie n'aura servi qu'à renforcer la croyance en son statut de science universelle. Son travail consista à montrer comment les centaines de théorèmes géométriques accumulés au cours des siècles pouvaient être dérivés d'un petit groupe de propositions premières. Parmi elles, on trouvait des truismes apparemment universels, comme les « notions communes » : « Le tout est plus grand que la partie » ou « Si à des choses égales, on ajoute des choses égales, les touts seront égaux », et des « demandes » (ou postulats), telles que « Conduire une droite d'un point quelconque à un point quelconque », ou « Tous les angles droits sont égaux entre eux ». L'œuvre d'Euclide était un exploit prodigieux, sans précédent en mathématiques, et il entoura la géométrie d'une aura de vérité universelle et irréfutable.

La volonté d'Euclide d'asseoir fermement ses fondements sur le sens commun ne prêtait le flanc que sur deux points : les deuxième et cinquième postulats. C'était, respectivement, la « demande » : « Prolonger indéfiniment, selon sa direction, une droite finie », et celle qui se formule désormais comme : « Par un point situé en dehors d'une droite donnée, on ne peut mener qu'une seule parallèle à cette droite donnée [2]. » Du temps d'Euclide déjà, et pendant des siècles après, la plupart des mathématiciens exprimèrent à des degrés divers leurs doutes sur la validité de ces deux postulats. Ce n'est pas que les mathématiciens aient douté qu'ils fussent vrais – le sens commun semblait témoigner en leur faveur –, mais ils n'étaient pas d'accord avec Euclide pour leur accorder le caractère de vérités évidentes d'elles-mêmes. Les sceptiques pensaient que les deuxième et cinquième postulats étaient en fait des théorèmes que l'on pourrait dériver des autres postulats.

La réticence à accepter ces deux postulats comme des vérités évidentes d'elles-mêmes tenait à des soupçons qui variaient selon les mathématiciens. Certains ne pouvaient se résoudre à admettre comme vérité évidente d'elle-même quelque chose qui avait à voir avec l'infini; d'autres suspectaient le cinquième postulat parce qu'il exprimait une idée qui les choquait par son aspect plus contourné que celui des autres énoncés. Quelle qu'en soit la raison, tous ces mathématiciens répugnaient à se soumettre aux deuxième et cinquième postulats d'Euclide par un *acte de foi;* ces sceptiques réclamaient des preuves de la véracité des postulats, tout en ne doutant aucunement qu'on finisse un jour par trouver de telles preuves.

Décevant cette attente, les preuves ne vinrent cependant jamais. Au lieu de cela, un jour de 1824, l'éminent mathématicien allemand Carl Friedrich Gauss reçut une lettre d'un ami de longue date, ancien compagnon d'études, Farkas Bolyai. Bolyai, qui était professeur de mathématiques, écrivait à Gauss pour lui demander son avis sur le manuscrit qui accompagnait sa lettre, et dont son fils János était l'auteur. Le jeune Bolyai avait fait une découverte étonnante qui, selon toute apparence, allait permettre d'en finir avec le statut incertain du cinquième postulat d'Euclide.

János avait en premier lieu prouvé que le postulat des parallèles était bien un postulat et que son appartenance à la géométrie euclidienne impliquait son acceptation, par un acte de foi, comme une vérité évidente d'elle-même.

János ruinait ensuite la croyance entretenue depuis des siècles en la vérité universelle de la géométrie d'Euclide. Son point de départ pour en arriver là fut de remplacer le postulat euclidien des parallèles par un autre postulat des parallèles qui semblait contraire au sens commun : « Par un point situé en dehors d'une droite donnée il passe une infinité de droites parallèles à la droite donnée. » Cela posé, János s'appuya sur les postulats restants et fit dériver des théorèmes radicalement différents de ceux de la géométrie euclidienne – mais tout aussi logiquement fondés. Ils décrivaient, ainsi qu'il l'avait écrit à son père en 1823 pour lui annoncer sa découverte, un « nouvel univers [3] ». La géométrie de ce « nouvel univers » n'avait rien à voir avec celle de notre monde d'ici-bas, et le postulat des parallèles en était la cause essentielle.

Gauss lut le manuscrit avec grand intérêt, et un sentiment de familiarité, puis répondit à Bolyai père qu'il avait fait les mêmes découvertes quelques années plus tôt, mais n'avait rien publié. Il avait craint le tollé probable que cela aurait suscité parmi ses collègues. « J'appréhende la clameur des béotiens si je voulais exprimer complètement mes vues », écrivait-il en 1829 à un autre de ses amis, l'astronome et mathématicien Friedrich Wilhelm Bessel [4]. En ce temps-là, la géométrie d'Euclide était révérée à l'égal de la Bible; la découverte en question était comparable à celle d'une nouvelle Bible qui eût contenu la description d'un christianisme radicalement différent de celui de la première.

En 1832, le mathématicien russe Nikolaï Ivanovitch Lobatchevski fit, indépendamment, la même découverte que Gauss et Bolyai. Cette nouvelle, venant s'ajouter au fait qu'il avait été devancé par Gauss, semble avoir découragé le jeune Bolyai, au point qu'il abandonna définitivement toute idée de carrière mathématique, ne publia plus rien, se bornant à son métier d'officier de cavalerie.

Lorsque les mathématiciens apprirent la nouvelle de cette découverte, leur premier mouvement fut exactement ce que Gauss avait redouté : une réaction passionnelle. En l'espèce, l'incrédulité : comment était-il possible 1. que la géométrie euclidienne ne fût qu'*une* sorte de géométrie et non pas *la* géométrie de l'Univers, et 2. qu'une géométrie mathématiquement sensée découlât d'un postulat qui n'était, selon toute apparence, pas une vérité évidente d'elle-même?

C'était le second point surtout qui suscitait le plus de réticences parmi les mathématiciens. Sa principale implication est que les mathématiques sont un pur produit de l'imagination humaine, une invention, et non un corps de vérités universelles fondées sur le sens commun, comme tout un chacun l'avait cru. Si un Bolyai, un Gauss ou un Lobatchevski pouvaient, par la simple invention d'un postulat n'ayant pas nécessairement quelque chose à voir avec la réalité (et certainement rien à voir avec le sens commun), dériver un système mathématique logiquement valide qui prenait ce postulat comme appui, c'est que les mathématiques elles-mêmes sont invention. La géométrie d'Euclide, notamment, est une invention, même si elle se fonde plus sur le sens commun que celle de Lobatchevski (c'est ainsi que les mathématiciens appellent simplement de nos jours cette découverte « carrefour »).

Vers la fin du XIXe siècle, les mathématiciens avaient tous rendu les armes devant les découvertes et accepté le bouleversement qu'elles avaient apporté en ruinant complètement ce que la tradition voyait dans la géométrie euclidienne, et dans les mathématiques en général. Ils commençaient à se faire à l'idée qu'il y avait plus d'une géométrie mathématiquement valide et à penser qu'il valait mieux laisser à la science la question de savoir laquelle parmi ces géométries d'invention variée, si ce n'était pas celle d'Euclide, décrivait effectivement notre Univers.

Les mathématiciens de cette époque étaient déjà bien au fait des trois variétés de géométrie de base que nous connaissons aujourd'hui. Aux côtés des géométries d'Euclide et de Lobatchevski, était venue prendre place la géométrie dite de Riemann, d'après le nom du mathématicien allemand qui l'avait inventée en 1854.

La géométrie de Riemann diffère de celle d'Euclide par les deuxième et cinquième postulats, à chaque fois d'une manière qui défie le sens commun. Le deuxième postulat de Riemann : « Une droite limitée ne peut être étendue indéfiniment pour former une droite de longueur infinie », est littéralement le contraire logique de l'énoncé d'Euclide. Le cinquième postulat de Riemann, celui des parallèles, s'oppose aussi bien à celui d'Euclide qu'à celui de Lobatchevski : « Par un point situé en dehors d'une droite donnée on ne peut mener aucune parallèle à cette droite donnée. »

Du fait que les géométries de Lobatchevski et de Riemann se fondent chacune sur au moins un postulat qui vient contredire notre sens commun – le sentiment qu'on éprouve en ayant les pieds sur terre –, ce qu'elles décrivent du comportement des points, des lignes, des surfaces et des solides appartient à des mondes étrangers à nos sens. Il se trouve qu'il est néanmoins possible d'illustrer ces deux mondes bizarres, non euclidiens, au moyen de deux figures assez familières.

Un monde dans lequel la description de la réalité se ferait dans les termes de la géométrie de Lobatchevski serait comme la surface de deux trompettes de héraut dont on aurait collé bout à bout les pavillons. Cette surface porte le nom de *pseudosphère* et ne ressemble en rien à une sphère. Sur un tel monde, les lignes droites sont les lignes qui courent longitudinalement sur la surface en forme de trompette. Avec ce modèle en tête – et quelque concentration –, on peut se représenter la manière dont ce monde obéit au singulier postulat des parallèles de Lobatchevski : étant donné l'aspect insolite, « trompettiforme », de cette surface, il est possible de faire passer, par un seul point, un nombre infini de lignes distinctes, de telle sorte que chacune de ces lignes soit parallèle à une ligne donnée quelconque.

Se faire une image du monde de la géométrie de Riemann est plus facile. Ce monde est comme une sphère, et une ligne droite y est pareille à l'arc d'un grand cercle (l'arc et la ligne droite sont de véritables homologues l'un de l'autre, car la plus courte distance d'un point à un autre est l'arc sur une sphère, comme la ligne droite l'est sur une surface plane). Les termes de ce modèle permettent de voir aisément la manière dont un tel monde obéit aux deux postulats contre-intuitifs de Riemann. Dans le cas du deuxième postulat, une ligne droite ne peut pas être prolongée indéfiniment pour former une ligne de longueur infinie parce qu'elle est comme un arc de grand cercle dont la longueur, finie, est déterminée par le diamètre de la sphère. Le cas du cinquième postulat est tout aussi clair : les parallèles ne peuvent exister dans un monde riemannien parce que les arcs de grands cercles sont toujours convergents.

Le monde dans lequel la géométrie d'Euclide décrit la réalité peut également être assimilé à une surface : le plan ordinaire. Dans un tel monde – le monde le plus familier à nos yeux –, les lignes droites sont simplement des lignes droites sur le plan. Il est particulièrement aisé de voir, avec ce modèle, la manière dont ce monde obéit bien au postulat des parallèles d'Euclide : sur une surface plane *plate,* on ne pourra tracer par un point qu'une seule ligne qui sera parallèle à une ligne donnée quelconque. En outre, sur une surface plane, des lignes droites peuvent être prolongées indéfiniment jusqu'à former une ligne droite de longueur infinie.

Il fallut attendre que le XXe siècle soit bien entamé pour que la question que les mathématiciens estimaient du ressort de la science – à savoir : la géométrie de l'Univers est-elle plutôt comme celle d'une pseudosphère, comme celle d'une sphère, ou comme celle d'un plan? – fût enfin prise en considération par les scientifiques. La raison majeure de cet apparent dédain pour une interrogation d'une telle importance tient au fait que les scientifiques mirent un temps certain à entrevoir qu'on pouvait y répondre par les moyens de la science.

En prendre conscience n'allait pas de soi, et les moyens par lesquels il serait possible de déterminer la géométrie de quelque chose dont on ne pouvait percevoir qu'une part infime étaient loin de tomber sous le sens. Évaluer la géométrie de l'Univers semblait aussi aisé à réaliser pour nous que pour une bernacle [5] de se faire une idée de la géométrie de la baleine à laquelle elle est fixée. Le premier scientifique à s'être rendu compte que la science pouvait effectivement répondre à la question, et à nous avoir montré comment le faire en principe, fut Albert Einstein.

En 1915, Einstein publia sa théorie de la relativité générale, qui expliquait comment il était possible d'inférer la géométrie globale de quelque chose d'aussi vaste que l'Univers, par la mise en relation d'observations faites sur des distances relativement microscopiques au regard de l'objet en question, telles que celles immédiatement accessibles à l'être humain. La substance de son explication peut être illustrée par la situation suivante : Imaginez que vous êtes un cartographe ayant pour mission d'inférer la forme de la Terre en arpentant quelque endroit de sa surface. Équipé de ce que l'on fait de mieux comme instruments, vous commencez par marcher 100 *miles* dans trois directions successivement : sud, ouest, puis nord. Vous pouvez alors prévoir qu'en marchant maintenant sur exactement 100 *miles* plein est vous vous retrouverez précisément à votre point de départ, ayant parcouru les quatre côtés d'un carré de 100 *miles* de côté. Cet espoir en tête, vous vous mettez en chemin pour la dernière étape de votre randonnée. Mais vous atteignez le but plus rapidement que prévu : vos instruments de mesure ont enregistré moins de 100 *miles* – ils indiquent quelque chose qui avoisine 99 *miles*. Que se passe-t-il? Le point de départ se serait-il déplacé en votre absence? La précision des instruments est-elle en question?

C'est votre sens commun qui est question : il vous a induit en erreur en vous faisant supposer une Terre plate, sur laquelle les directions cardinales seraient exactement perpendiculaires les unes aux autres. Votre point de départ est resté bien en place et vos instruments sont en vérité d'une remarquable précision : ils vous font connaître que la Terre n'est pas plate. Vous n'avez pas arpenté les côtés d'un carré parfait, comme vous le supposiez, car la Terre a la forme d'une sphère mal dégrossie; sa géométrie n'est par conséquent pas euclidienne, mais riemannienne.

Voici ce qui vous est en fait arrivé durant votre randonnée : Commençant quelque part dans l'hémisphère Nord, vous avez piqué sud en direction de l'équateur selon une ligne longitudinale. Après avoir parcouru 100 *miles,* vous avez pris plein ouest selon une ligne latitudinale pendant 100 *miles,* puis plein nord vers le Pôle selon une nouvelle ligne longitudinale sur 100 *miles* à nouveau. À partir de ce point, moins de 100 *miles* vous séparaient de votre point de départ, tout simplement parce que les longitudes convergent à mesure qu'elles s'approchent du Pôle (et divergent à mesure qu'elles s'approchent de l'équateur).

(Vous devez certainement avoir déjà trouvé la réponse à la devinette en épigraphe à ce chapitre : l'ours est blanc, parce que le parcours triangulaire des chasseurs n'a de sens que si l'un des sommets du triangle, le site de camp, est au pôle Nord.)

Aujourd'hui, les astronomes ont bon espoir de déduire la géométrie de l'Univers de la même manière que nous avons inféré, par hypothèse, celle de la Terre : en faisant la carte d'une région définie, avec une grande précision. Ils sont optimistes quant à leurs chances, en partie parce qu'ils ont confiance en Einstein et dans sa théorie, et en partie parce que leur compréhension des diverses géométries en est arrivée à un tel point de perfection que penser « en dépit du bon sens » est maintenant pour eux comme une seconde nature. Comme un sens nouveau, « pas commun », au moyen duquel nous pouvons accroître notre sentiment d'intimité avec des choses – y compris des mondes hypothétiques – qui nous sont physiquement inaccessibles, et qui sont par conséquent étrangères à notre sens *commun*.

Armés de télescopes optiques, de radiotélescopes, et de la théorie d'Einstein, les cosmologistes modernes font le relevé de la distribution locale de la matière : principalement des étoiles et des nuages diffus composés de gaz lumineux et de poussières – les points cotés de la cosmographie, pour ainsi dire. Ils entendent ainsi trancher la question de la géométrie de l'Univers. Jusqu'à présent, les observations n'ont pas été assez précises pour produire une réponse dépourvue d'ambiguïtés, mais ce qui commence à se dessiner laisse à penser que l'Univers pourrait bien avoir une géométrie analogue à celle que découvrirent Gauss, Bolyai et Lobatchevski.

En un sens, le résultat de cette tentative scientifique est l'uppercut qui vient conclure le une-deux porté contre notre exaltation à l'égard de la géométrie euclidienne depuis des siècles. La longue litanie des autre coups portés à notre sens commun au cours des âges devrait nous faire réfléchir à la question de savoir si nous devons continuer à lui accorder notre confiance pour l'étude de l'immensité de l'Univers.

La conscience et la compréhension des géométries non euclidiennes nous ont donné les moyens de répondre à la question. Les mathématiciens ont désormais pris conscience que quelque différents que puissent sembler les uns des autres les trois mondes associés aux trois géométries lorsqu'ils sont observés « à vol d'oiseau », rien ne permet plus de les distinguer « à saut de puce ».

Il est facile de se représenter cette observation en reprenant nos trois modèles de surfaces : si on les regarde à longue distance et dans une large perspective, la pseudosphère, la sphère et le plan ne peuvent pas être confondus; mais vus de plus près et dans une perspective étroite, tous trois se ressemblent – ils ont l'apparence de plans.

Ce fait ne devrait pas nous surprendre : il est en parfaite cohérence avec les raisons pour lesquelles nos prédécesseurs ont estimé à tort que la surface courbe de la Terre était plane. Mais la relation mathématique aurait très bien pu déboucher sur une tout autre issue : il aurait pu se faire alors que, vues de près, toutes les géométries paraissent riemanniennes, ou lobatchevskiennes. La géométrie euclidienne est toutefois la seule qui ait reçu ce rôle mathématique en partage, et cela donne quelques lumières sur les origines de notre sens commun euclidien.

C'est une question d'échelle. Notre sens commun euclidien n'a pas plus à voir avec notre environnement qu'avec le genre humain en soi. Le sens commun qui nous a poussés à croire en l'universalité de la géométrie euclidienne depuis deux mille ans dépend seulement de l'échelle où se situe notre existence, et de la perspective que permettent nos sens, non de quelque tendance particulière à l'anthropocentrisme. Peut-être faut-il s'attendre à ce que d'autres créatures, vivant quelque part ailleurs dans l'Univers, et partageant notre étroite perspective, aient manifesté, dans les premiers âges de leur histoire intellectuelle, une vénération égale pour la géométrie euclidienne.

L'ironie de l'histoire est que notre sens commun se retrouve aussi bien abaissé qu'exalté de ce que les géométries non euclidiennes nous ont appris à penser en dépit du bon sens. Il a été abaissé, car nous savons désormais qu'on ne peut se fier à lui comme guide pour comprendre le monde et ce qui se trouve par-delà. Mais il a dans le même temps été exalté, car nous savons maintenant, avec une précision mathématique, que si la vie extraterrestre est aussi répandue que beaucoup d'astronomes le pensent, notre sens commun est à coup sûr universel.

Le théorème de Gödel

UN ARTICLE DE FOI

> *Quoi que l'on établisse, classe ou assure, ce ne sera jamais assez pour embrasser toute la vérité.*
>
> Boris Pasternak

Il n'y a pas si longtemps encore, soixante ans à peine, *vérité* était pour les mathématiciens synonyme de preuve logique. Une hypothèse était vraie si elle pouvait être prouvée par la logique, et fausse dans le cas contraire. C'est pourquoi le monde dans lequel œuvraient les mathématiciens était un monde imaginaire où la foi n'avait aucune part, car on pouvait y prouver la vérité ou la fausseté de toute chose. Par contraste, dans celui qui est familier à la plupart d'entre nous, la foi joue un rôle majeur pour décider de la vérité. On y accepte ainsi souvent comme vraies des hypothèses controversées (telles que les théories darwinienne et téléologique sur l'origine des espèces) dont la preuve n'a pas été faite, et ne le sera peut-être jamais.

Mais en 1931, le monde imaginaire des mathématiciens se mit à ressembler au monde réel, lorsque le logicien viennois Kurt Gödel démontra qu'il y aurait toujours des vérités mathématiques dont on ne pourrait faire la preuve par la logique. La subjectivité se voyait soudain investie d'un rôle officiel au sein du monde mathématique, du fait que la seule voie par laquelle pouvait être avalisée une vérité – mathématique ou autre – qu'on ne pouvait prouver, était son acceptation comme un article de foi. (La subjectivité avait toujours eu un rôle officieux, dans la mesure où la formulation d'hypothèses est la manière typique qu'ont les mathématiciens de poursuivre leurs pressentiments et leurs aperçus intuitifs.) La pleine mesure de cette intrusion reste encore à évaluer : les mathématiciens en sont venus à accepter comme possible l'existence de vérités indémontrables, mais n'ont toujours pas statué sur le rôle – si rôle il y a – que devrait tenir la foi dans leur nouveau monde post-gödélien.

En fait, les premiers signes du déclin de l'ancien monde des mathématiciens commencèrent à se manifester dès le tournant du siècle. La logique, qui avait toujours été perçue comme un infaillible modèle de preuve, était déjà entrée en suspicion. Des mathématiciens, comme le logicien anglais Bertrand Russell, avaient soulevé des paradoxes dont la solution impliquait un remaniement quelconque de la logique traditionnelle. Pour compliquer encore un peu plus la situation, les mathématiciens étaient violemment en désaccord sur le choix des moyens qu'il faudrait y employer.

Ces péripéties avaient un caractère inquiétant, car elles coïncidaient avec les efforts massifs que la collectivité des mathématiciens avait entrepris pour dériver les vérités arithmétiques de la même manière qu'Euclide avait dérivé ses vérités géométriques : logiquement, en partant d'un petit groupe de propositions premières. La tâche était d'importance du fait que l'arithmétique s'était, au cours des siècles, développée au petit bonheur; et tant de choses avaient en chemin été acceptées sans preuve qu'aucun mathématicien ne pouvait désormais être assuré qu'elle formait un tout logiquement constitué. Le succès de ces efforts restait en balance tant que durait la polémique sur les moyens de réparer la logique, or 1930 n'en avait pas vu le terme.

En 1931 alors, Gödel réduisit les efforts à néant et les polémistes au silence, par sa preuve qu'il y aurait toujours des vérités mathématiques que la logique ne pourrait prouver. Le résultat était déjà remarquable en soi, mais ce qui rendait l'exploit plus éclatant encore, c'est que Gödel avait instruit le procès de la logique du cœur de la logique même.

Pour ce faire, il avait procédé en considérant une hypothèse telle que : au moyen de la logique, on ne peut prouver que cette hypothèse est vraie – dont les termes me rappellent la question insidieuse posée par un homme à une femme dans une émission de télévision publicitaire : « Est-il vrai que lorsque vous dites non, ce que vous voulez réellement dire est oui? » Étant donné sa forme particulière, autoréférentielle, l'hypothèse de Gödel mène inéluctablement à une contradiction, qu'on la suppose vraie *ou* fausse.

Supposez que, dans un premier temps, nous prouvions par la logique que l'hypothèse est vraie. Cette preuve de sa vérité contredit l'assertion selon laquelle « on ne peut prouver que cette hypothèse est vraie »; ce qui signifie que l'hypothèse est en réalité fausse. En prouvant que l'hypothèse est vraie, nous avons donc prouvé qu'elle est fausse, ce qui est un non-sens.

Imaginez à présent que nous commencions par prouver que l'hypothèse est fausse. Nous aurons alors vérifié l'assertion selon laquelle « on ne peut prouver que cette hypothèse est vraie »; en vertu de quoi l'hypothèse est en fait vraie. En faisant la preuve que l'hypothèse est fausse, nous avons prouvé qu'elle est vraie; ce qui est également un non-sens.

Dans le même temps, il est maintenant évident, comme résultat de cette analyse, que l'hypothèse est vraie : « Au moyen de la logique, on ne peut prouver que cette hypothèse est vraie. » Nous ne pouvons pas dire que nous avons prouvé que l'hypothèse est vraie, parce que nous nous retrouverions à nouveau dans le cercle infernal de la contradiction logique, mais nous *pouvons* dire que l'hypothèse est, en quelque manière, évidemment vraie!

Cette révélation conduisit Gödel à supposer qu'il pouvait exister un nombre indéfini d'hypothèses mathématiques dont l'évidence de la vérité pouvait être affirmée en dehors de la logique, mais dont la preuve de la vérité défiait la logique. J'emploierai pour les désigner désormais l'expression « vérités indémontrables ».

Le résultat de Gödel ne précise pas quel est le nombre exact de vérités indémontrables qui pourraient exister en mathématiques, pas plus qu'il n'explicite la nature de la faculté « extralogique » qui donnerait au mathématicien le pouvoir de reconnaître une vérité arithmétique que la logique ne peut prouver. Les mathématiciens se retrouvent ainsi à l'œuvre dans un monde où, en principe, toute hypothèse est potentiellement une vérité indémontrable, et où la lumière reste à faire sur le type de principe extralogique dont l'apport permettrait d'évaluer la vérité d'une hypothèse soupçonnée d'être une vérité indémontrable.

Un exemple arithmétique d'une hypothèse de cette sorte est la conjecture de Goldbach, selon laquelle tout nombre entier pair peut être exprimé comme la somme de deux nombres premiers. (Un nombre premier est un nombre qui n'admet comme diviseur que lui-même et l'unité : 1, 3, 5, 7, 13, 17, 19, 23, etc.) Les nombres pairs 2, 4, 6 et 8 peuvent, par exemple, tous être exprimés comme la somme de deux nombres premiers (respectivement : 1 + 1, 1 + 3, 3 + 3, et 1 + 7).

Christian Goldbach, mathématicien amateur allemand, énonça cette conjecture en 1742 et la soumit à l'éminent mathématicien suisse Leonhard Euler. Euler fut incapable de la prouver, et, bien qu'elle ait été explicitement vérifiée jusqu'à 2 000 000, personne d'autre n'a jusqu'à ce jour été en mesure de la prouver.

À la lumière du résultat de Gödel, cette incapacité des

mathématiciens, après plus de deux cent cinquante ans, à faire la preuve que la conjecture de Goldbach est vraie, suggère qu'elle est probablement soit une vérité indémontrable, soit franchement fausse, en dépit de l'apparence d'évidence en sa faveur. Et plus passe le temps, moins il devient certain que la résistance de la conjecture à la preuve signifie une plus grande probabilité de fausseté plutôt qu'une véracité indémontrable.

Évaluer laquelle des possibilités est probablement correcte place les mathématiciens devant deux questions pressantes : combien de temps et quels critères faudrait-il? L'emploi même du mot « probablement » en liaison avec une décision concernant une vérité mathématique est étranger au monde de rêve des mathématiques prégödéliennes, mais il n'est désormais plus possible de sous-estimer la nécessité que soit prise – et fondée – une telle décision.

Si aucune décision, à défaut d'une preuve absolue, ne vient d'une manière ou de l'autre, une conjecture qui pourrait être vraie n'aura qu'une existence vaine en quelque purgatoire mathématique. Et si une décision est prise à tort, alors une conjecture, peut-être fausse, pourra être employée abusivement comme fondement pour d'autres résultats arithmétiques. La décision en question serait en tout cas non de nature définitive, mais opératoire.

La question des critères est d'une importance particulièrement cruciale, du fait que le résultat de Gödel donne comme assuré que la seule base de tels critères sera, par nécessité, quelque principe extralogique relevant de la foi. L'éventuelle acclimatation en mathématiques d'un quelconque principe « fidéiste » serait pour changer le caractère même des mathématiques, quoique la nature exacte du changement dépende dans une large mesure de la spécificité du principe adopté.

Les mathématiciens ont à leur disposition une large gamme de choix parmi les principes disponibles, mais deux types représentent les extrêmes. Ce sont ceux que j'ai choisi d'appeler les principes fidéistes laïque et mystique.

Selon le principe laïque, une hypothèse est reçue comme vraie si elle est la plus simple explication disponible de l'évidence. Comme tel, c'est un principe qui reflète la conviction suivant laquelle une hypothèse doit tout autant satisfaire aux canons d'une esthétique intellectuelle – c'est-à-dire allier concision et vraisemblance rationnelle – qu'être une explication de l'évidence.

C'est ce principe qui, au XVIe siècle, poussa Copernic à accorder foi à la théorie héliocentrique du système solaire, et à refuser de croire en la théorie dominante de l'époque, le géocentrisme, alors que toutes deux se voulaient une explication des mêmes données sensibles. Pour concilier les mouvements apparents des planètes avec l'hypothèse que la Terre est au centre du système solaire, les géocentristes se voyaient contraints de recourir à un modèle plutôt compliqué. En comparaison, les orbites régulières et symétriques que le modèle héliocentrique de Copernic attribuait aux planètes étaient bien plus séduisantes intellectuellement. Sur la base de ce seul critère, Copernic se fit l'apôtre de l'héliocentrisme et prêcha contre le géocentrisme.

Ce principe que la science moderne met au nombre de ses canons de la foi est généralement désigné comme le « rasoir d'Ockham » (ou principe d'économie) – en référence au philosophe scolastique du début du XIVe siècle qui passe pour avoir été le premier à avancer cette idée que *entia non sunt multiplicanda praeter necessitatem* (les entités ne doivent pas être multipliées au-delà du nécessaire) [6]. Paraphrasé ultérieurement par le célèbre physicien et philosophe des sciences autrichien Ernst Mach (1838-1916), il enseigne aux scientifiques à ne placer leur foi que dans les seules hypothèses dont l'explication du donné sensible est à la fois objective et concise.

À l'opposé de ce principe laïque, le principe mystique juge d'une hypothèse non seulement sur ses capacités à expliquer le donné, mais également sur sa conformité avec une philosophie qui voit dans toute chose une intention. Aussi, tandis que le principe laïque implique que la vérité d'une hypothèse dépend uniquement de la vérification que nous pouvons en faire par nos cinq sens, le principe mystique exige que soit pris en compte dans l'évaluation de la vérité un facteur supplémentaire, non sensible : l'intentionnalité.

C'est la foi en ce principe qui conduisit le théologien et philosophe anglican William Paley à formuler son hypothèse que la Création était la manifestation du Dessein de la Divinité – et qui l'eût sans aucun doute amené à rejeter l'hypothèse évolutionniste de Darwin, alors que les deux théories prétendaient l'une comme l'autre rendre compte de l'ensemble des observations de l'époque [7].

Afin d'expliquer scientifiquement l'origine des espèces, Darwin fut amené à interpréter l'harmonie de la diversité et de l'adaptation dans les règnes animal et végétal en s'abstenant de recourir à une quelconque finalité. Pour lui, cette harmonie et cette diversité n'étaient que le résultat nécessaire de l'évolution, sous la pression d'un mécanisme dépourvu de toute intention, *la sélection naturelle,* qui ne retient des mutations génétiques accidentelles que celles qui sont les mieux adaptées à l'environnement. Au contraire de l'Hypothèse laïque de Darwin, l'« argument du Dessein » explique exactement les mêmes phénomènes d'harmonie et de diversité comme étant l'œuvre d'« un agent doué d'intelligence ». Il est ainsi vrai au regard du principe mystique, ce pourquoi Paley s'en était fait l'avocat.

C'est également pourquoi la publication, en 1859, de l'*Origine des espèces* par Darwin [8] fit scandale, heurtant de front l'opinion reçue. Parmi les critiques et les refus – qui tous ne furent pas fondés sur la polémique religieuse –, la position du plus grand naturaliste américain du XIXe siècle, Louis Agassiz, peut être considérée comme héritière des thèses de Paley. Déjà en 1857, dans son *Essai sur la classification,* Agassiz soutenait que « l'histoire naturelle doit, avec le temps, devenir l'analyse des pensées du Créateur de l'univers, telles qu'elles se manifestent dans les règnes animal et végétal, ainsi que dans le monde inorganique [9] ». Il soutint cette opinion jusqu'à sa mort, quelque isolement qu'il lui en coûtât.

On peut illustrer l'« argument du Dessein » en le formulant ainsi : Supposez qu'au cours d'un voyage en train vous remarquiez, au flanc d'une colline, que certains rochers épellent le message BIENVENUE AU MASSACHUSETTS. Il ne vous viendrait pas à l'idée de douter que ces rochers n'aient été disposés ainsi de manière intentionnelle. Il est pourtant concevable que quelqu'un puisse adopter la position selon laquelle cet arrangement ne serait que la conséquence fortuite du jeu des forces géologiques naturelles durant des années, des siècles et des millénaires. La même personne pourrait également soutenir que l'apparition de la vie humaine sur Terre est tout autant le fruit du hasard. Cependant, quelle que soit la croyance qui est la vôtre, si vous devez vous appuyer sur cette disposition des rochers pour obtenir la preuve que vous entrez effectivement dans l'État du Massachusetts, vous admettez nécessairement du même coup la vérité de l'argument téléologique. Vous ne pouvez faire autrement, car ce serait une conduite irrationnelle que de soutenir en même temps deux positions contradictoires.

Considérez maintenant l'œil humain. À l'instar des rochers, notre œil en tant qu'organe sensoriel peut être interprété soit comme la manifestation d'un dessein, soit comme le résultat fortuit des mécanismes de l'évolution. Quoi que vous croyiez, si vos yeux vous sont indispensables pour apporter témoignage de ce à quoi le monde ressemble, vous admettez alors la vérité de l'interprétation téléologique. Conclusion : puisqu'un argument identique peut être apporté pour chacun des extraordinaires organes de l'homme – le cerveau y compris –, il s'ensuit que le corps humain tout entier est le résultat d'« une invention » et d'« un dessein ».

Dans le monde des mathématiques, deux philosophies ont toujours été radicalement antagonistes, et de leur sein pourraient naître deux principes fidéistes distincts, qui seraient comme des avatars des principes laïque et mystique.

Du côté laïque se trouveraient les tenants de la philosophie formaliste. Les formalistes pensent que les mathématiques sont une pure invention de l'esprit humain, et ils affirment que les hypothèses mathématiques ne renvoient à rien de réel. La preuve d'une hypothèse signifie simplement la réussite d'une invention, à la manière dont le fait qu'un avion vole effectivement prouve la réussite de sa conception.

À l'opposé des formalistes, du côté mystique, se tiendraient les partisans de la philosophie platonicienne. Les platoniciens pensent que les mathématiques, comme la science, sont un moyen infaillible de découvrir des vérités existant indépendamment de l'esprit humain. Pour eux, les hypothèses mathématiques renvoient à des choses réelles – à des vérités mathématiques désincarnées –; et la preuve de l'une d'entre elles est l'équivalent de la vérification d'une hypothèse scientifique telle que le géocentrisme.

Je peux déjà voir d'ici comment pourrait prendre forme une polémique serrée entre platoniciens et formalistes sur les moyens d'évaluer la vérité d'hypothèses longtemps rétives – comme la conjecture de Goldbach –, et dont ni la vérité ni la fausseté ne pourraient être décidées par la logique seule.

Les formalistes, pour leur part, regarderaient sans doute de telles hypothèses comme des inventions malheureuses. Ils seraient enclins à penser que si une invention n'a pas été prouvée, n'a pour ainsi dire pas « réussi à décoller », après plus de deux cent cinquante ans d'efforts, c'est qu'il est probable qu'elle ne volera jamais.

Les platoniciens de leur côté – et Gödel était des leurs – inclineraient plutôt à assimiler des hypothèses telles que la conjecture de Goldbach à des hypothèses scientifiques, comme le darwinisme moderne, impossibles à prouver, sans doute, mais qui s'imposent à nous néanmoins par un corpus croissant de témoignages en leur faveur.

Étant donné la garantie apportée par le résultat de Gödel que toujours des hypothèses resteront sans solution logique, seront même indécidables, il est à craindre que les discussions de cet acabit deviennent monnaie aussi courante dans le monde des mathématiciens que les polémiques sur l'existence de Dieu dans le monde du commun des mortels.

Dans l'intervalle, le monde actuel des mathématiciens ne sera pas seulement devenu un monde dans lequel vérité n'est plus synonyme de preuve logique, mais de plus un monde dans lequel accorder simplement crédit à la validité de la logique aura également pris les allures d'un acte de foi. Tout cela parce que Gödel, non content de montrer que n'importe quel système logique ne pourra jamais faire la preuve de la vérité de tous les énoncés mathématiques, a en outre démontré que tout système logique est incapable de faire la preuve de sa *propre* cohérence – de sa consistance, comme on dit désormais. En d'autres termes, il n'y a pas moins de subjectivité dans la disposition d'esprit qui pousse à croire en la logique que dans celles qui induisent la croyance en – disons – un principe fidéiste laïque ou mystique, puisque la logique elle-même ne peut plus être vérifiée logiquement ou objectivement.

La vision que les mathématiciens avaient par tradition d'une logique que le doute ne pouvait atteindre n'est peut-être pas pour autant à jamais irréconciliable avec la découverte de Gödel. Prenez l'exemple du géocentrisme qui, comme la logique, fut autrefois tenu pour indubitable sur la base d'une croyance quasi mystique en la signification divine de la vie sur la Terre. Le géocentrisme s'est retrouvé ces derniers temps en accord avec la science moderne et ses découvertes lorsque l'on a pris conscience que la Terre occupait en effet une place unique dans le système solaire, quand bien même elle n'en serait pas le centre géométrique exact : c'est le seul endroit favorable à la vie. Les années à venir verront peut-être la réconciliation de la croyance séculaire des mathématiciens en l'infaillibilité de la logique avec les réalités des mathématiques modernes. En détrônant la logique du centre du monde mathématique, Gödel nous a mis au défi de trouver une place, peut-être pas centrale, mais unique, pour ce principe fidéiste hors du commun : une forme ardente de croyance qui confesse ses propres insuffisances [10].

Consulter aussi le chapitre :
« Un trésor de certitude »

TROISIÈME PARTIE

Optimisations

Théorie des probabilités et statistiques

BROUILLARD SUR LA BOULE DE CRISTAL

> *(...) dans le petit nombre de choses que nous pouvons savoir avec certitude (...), les principaux moyens de parvenir à la vérité (...) se fondent sur les probabilités.*
>
> Pierre Simon de Laplace [1]

Tout ce que les scientifiques ont appris sur le monde naturel nous invite à nous accommoder de l'incertitude. Même le comportement des atomes, dont les scientifiques pensaient jadis qu'il pouvait être prédit de bout en bout, est désormais connu pour ne l'être pas.

Et tout ce que nous pouvons faire en matière de prévision des comportements imprévisibles repose sur la théorie mathématique des probabilités, et sur son rejeton moderne, la statistique. Ce sont là, dans certains cas, les seules voies que nous pouvons emprunter pour donner quelque apparence de prévisibilité à notre monde imprévisible.

Sur une échelle d'imprévisibilité, un comportement parfaitement descriptible en termes de probabilités, comme celui des dés à jouer [2], se situe quelque part entre un comportement entièrement prévisible (le mouvement de la

Lune par rapport à la Terre, par exemple) et un comportement totalement imprévisible (la production d'un générateur de nombres au hasard) [3].

À l'une des extrémités, les comportements entièrement prévisibles, ou déterministes, sont ceux qu'on observe le plus communément pour des objets dont les allées et venues sont régies par des lois strictes. La totalité du futur de tels objets peut être prédite à partir de la connaissance de leur état présent (les « conditions initiales ») et des lois qui gouvernent leur évolution. Tous les corps célestes ont ainsi un comportement déterministe parce que leurs mouvements sont un ballet strictement réglé par la chorégraphie des lois de la gravitation.

Les succès remportés dès le début dans la prévision du mouvement d'objets astronomiques comme la comète de Halley enflammèrent les scientifiques du XIXe siècle au point de présumer qu'ils pourraient en arriver à prévoir le comportement de *n'importe quoi*, y compris celui de l'être humain. Inutile de dire qu'aujourd'hui encore nous sommes mieux à même de prédire le retour de la comète de Halley (le prochain passage au périhélie est annoncé pour le 29 juillet 2061) que le comportement de pratiquement n'importe quoi d'autre [4].

À l'autre extrémité de l'échelle, on devrait s'attendre à un comportement totalement imprévisible de la part d'objets dont la conduite n'obéit aux commandements d'aucune loi. Des comportements aussi franchement capricieux sont en l'occurrence extrêmement rares, peut-être même inexistants : les scientifiques des sciences physiques comme ceux des sciences sociales n'ont pas encore découvert de phénomène naturel qui soit totalement imprévisible, ou chaotique. Il semble que cela convienne parfaitement aux scientifiques, puisque l'un des canons de la foi en science énonce que la marche de l'univers est entièrement rationnelle. Une conduite imprévisible est tout *sauf* rationnelle.

L'absence de tout modèle naturel du chaos est toutefois,

pour les mathématiciens et les scientifiques que son étude intéresse, ce qui donne à la création de modèles qui seraient parfaitement aléatoires les allures d'un défi difficile à relever. À ma connaissance, en fait, tous les modèles de chaos imaginés à ce jour ont toujours fini par présenter quelque régularité prévisible.

Entre ces deux extrêmes, la parfaite prévisibilité et la totale imprévisibilité, il y a le type de comportement que le monde donne à voir la plupart du temps. Ces comportements, qu'aucune loi ne gouverne au niveau *individuel*, obéissent à des lois strictes au niveau *collectif*. Telle est la nature paradoxale d'un comportement probabiliste (c'est-à-dire un comportement dont la description ne peut se faire qu'en termes de probabilités).

Dans le cas d'une pièce pleine de molécules d'air, exemple connu pour avoir un comportement probabiliste, la vitesse de n'importe quelle molécule isolée peut s'échelonner entre zéro et 299 792,458 kilomètres par seconde (la vitesse de la lumière). En termes anthropomorphiques : toute molécule isolée est libre de choisir arbitrairement la vitesse à laquelle elle préfère voyager. Dans le même temps, cependant, il existe une loi de la thermodynamique (la science des manifestations de l'énergie sous toutes ses formes) qui impose à l'ensemble de ces « choix arbitraires » une forme prévisible globale. Selon cette loi, certaines vitesses seront plus ou moins représentées que d'autres en fonction de la température de la pièce.

La situation dans cette pièce pleine de molécules serait en gros l'analogue de celle qui régnerait dans une salle remplie de gens affamés après qu'on y eut annoncé que chaque personne pouvait choisir entre trois repas, mais qu'il n'y avait qu'un certain nombre de repas de chaque sorte disponible. Un tel système est à la fois chaotique et déterministe, et n'est, en dépit des apparences, aucunement prévisible.

En explicitant les mathématiques d'une telle conduite, la

théorie des probabilités nous fournit les moyens mathématiques de prévoir le futur de systèmes probabilistes avec autant de précision qu'il est permis. S'agissant des molécules d'air, cela veut dire que nous pouvons prévoir leur évolution en tant que tout. En ce cas, leur futur est simplement qu'elles vont rester confinées dans la pièce à une température déterminée à moins d'une intervention. Le futur spécifique de chaque molécule individuelle ne fait pas partie de la prévision.

En tout premier lieu, la théorie des probabilités élucide ce qu'on entend par le mot « probabilité ». La définition énonce que c'est, par hypothèse, le nombre de fois sur cent que peut se réaliser, pour un système probabiliste tel qu'une paire de dés, une combinaison particulière (un « événement »), en admettant possible de jeter et de faire retomber les dés de façon aléatoire un nombre infini de fois [5].

Dire que la probabilité d'amener une paire de six est d'à peu près trois sur cent, par exemple, signifie qu'au cours de la séquence infinie, une paire de six sortira environ tous les cent coups; cela *ne signifie pas* que trois paires de six auront été amenées à chaque fois que les dés auront été lancés cent fois.

Il est clair que la définition de la probabilité est impossible à appliquer si on la prend au pied de la lettre. Comme nous ne pouvons pas effectivement lancer les dés, ni tester n'importe quel autre système probabiliste, un nombre infini de fois, nous ne pourrons jamais mesurer la probabilité telle qu'elle est théoriquement définie. Toutefois, d'après la théorie des probabilités, nous *pouvons* mesurer quelque chose qui s'approchera de très près de la probabilité théorique en observant les résultats fournis par un système probabiliste un très grand nombre de fois. Plus ce nombre sera grand, plus la mesure tendra vers une valeur spécifique. Cette valeur est – ou est très proche de – la probabilité théorique.

À la suite d'observations faites durant des décennies sur le régime des naissances et le jeu de pile ou face, on a constaté que la probabilité qu'un nouveau-né soit un garçon est à peu près la même que la probabilité pour une pièce de tomber côté pile – quelque chose comme 51 sur cent. Ce ne sont là que des probabilités mesurées, mais elles se fondent sur un si grand nombre de « coups » – des dizaines de millions dans l'un et l'autre cas – qu'on est en droit de s'attendre à ce que l'écart qui les sépare des probabilités théoriques exactes soit infime.

Si la théorie des probabilités élucide ce qu'il faut entendre par comportement probabiliste, son rejeton, la statistique, nous fournit les recettes pour identifier les traits déterministes d'un comportement probabiliste (pour mémoire : ce sont les traits qui donnent à un comportement probabiliste son caractère de prédicibilité). Ces techniques – « magie noire », comme se plaît à les appeler un de mes collègues – donnent aux statisticiens le pouvoir de prévoir le futur de comportements que les apparences donnent pour tout à fait imprévisibles. À cet égard, avec le Statisticien, les mathématiques modernes ont donné le jour à ce qui se rapproche le plus du Devin.

Au cœur du travail des statisticiens se trouve la notion d'échantillonnage statistique. C'est-à-dire que tout ce qu'un statisticien peut glaner de conclusions sur le comportement probabiliste d'une population – que ce soit celle des molécules d'une pièce ou celle des habitants d'un pays – sera tiré de l'étude faite après échantillonnage de cette population. En principe, les individus qui composent un échantillon statistique doivent être représentatifs de tous les aspects de la population considérée. En pratique, il n'est d'ordinaire possible que de sélectionner un échantillon représentatif des aspects les plus manifestes. S'agissant par exemple d'une population de gens : l'ethnie, le sexe, l'âge, et l'impôt sur le revenu devront y figurer.

Les statisticiens ont généralement, pour sélectionner les échantillons représentatifs, des techniques personnelles qui leur sont propres, car de la réussite de ce seul aspect de l'opération dépend le degré de précision de l'information qui sera obtenue sur la population en tant que totalité. Les techniques varient, dans l'efficacité avec laquelle est composé puis recueilli un échantillon, dans la manière dont est vérifiée sa représentativité, et en fonction d'autres facteurs encore, dépendant des méthodes spécifiques employées.

George Gallup fut un statisticien dont la technique – un secret de fabrication – est largement reconnue pour donner des prévisions particulièrement fiables [6]. L'Institut Gallup emploie évidemment une méthodologie qui allie la rapidité (collecte d'informations au moyen d'entretiens téléphoniques et d'enquêtes à domicile) à la fiabilité (l'organisation dispose d'une vaste bibliothèque d'informations sur la démographie du peuple américain; informations guidant les statisticiens dans la composition d'un échantillon qui soit un fidèle reflet – un vrai microcosme – de la population).

Une fois l'échantillon recueilli, les statisticiens évaluent le comportement de ses constituants afin d'en extraire les traits déterministes qui leur permettront de faire des prévisions sur l'ensemble de la population. Ce sont ces traits que l'on nomme statistiques, et trois d'entre eux, parmi la diversité croissante que les statisticiens en sont venus à identifier, jouent un rôle particulièrement important : les pourcentages statistiques, les moyennes statistiques, et les corrélations statistiques.

Un pourcentage statistique est simplement le pourcentage d'individus d'un échantillon qui se comportent d'une certaine manière. Dans le cas des molécules d'air, cette statistique pourrait désigner le pourcentage de molécules qui se déplacent à des vitesses élevées. La connaissance d'un tel pourcentage aiderait le statisticien à prévoir exactement la vitesse des molécules en cas de libération soudaine. Le défi auquel doit faire face le statisticien tient en partie dans le fait de décider quels sont les pourcentages utiles à connaître, et de ce qu'ils signifient une fois qu'ils sont connus. Une question de cette nature n'appelle pas une réponse unique; l'inexactitude est une des raisons pour lesquelles les mathématiciens ont coutume de dire des statistiques qu'elles sont tout autant un art qu'une science.

L'organisation A.C. Nielsen a fait de la mesure des pourcentages statistiques destinés à l'information des responsables des chaînes de télévision toute une industrie. Son échantillon statistique se compose de 1 500 récepteurs seulement, localisés dans des foyers déterminés, considérés comme une « coupe » représentative de la population américaine. Il est demandé aux membres de chaque foyer de noter sur un « carnet d'écoute » leurs préférences télévisuelles, et sur la base de ces informations, l'organisation Nielsen fait le calcul du pourcentage de gens de leur échantillon qui ont regardé les divers programmes. Ces pourcentages, les indices d'audience Nielsen, servent ensuite aux responsables des chaînes à décider – et peuvent *nous* servir à prévoir – quels seront les programmes de la saison prochaine [7].

Nos habitudes de téléspectateurs sont désormais à ce point connues de l'industrie télévisuelle qu'il est possible, dans de nombreux cas, de prévoir, avant même qu'ils soient diffusés, quels sont les programmes qui auront du succès. Ce qui illustre une fois encore la nature paradoxale d'un comportement probabiliste : au niveau individuel, nous sommes imprévisibles, puisque chacun d'entre nous a le choix libre du programme qu'il va regarder; mais nous sommes parfaitement prévisibles au niveau collectif.

La moyenne statistique est un autre de ces traits par lesquels un échantillon trahit ce qu'a de prévisible un comportement probabiliste. On parle couramment dans ce cas de *comportement moyen,* c'est-à-dire le comportement représentatif des comportements divers observés dans l'échantillon; lesquels sont à leur tour représentatifs des myriades de comportements de la population réelle. Plus une tendance comportementale sera répandue dans une population – une préférence marquée pour le chocolat, par exemple – et plus cette tendance aura de poids dans la détermination du comportement moyen.

C'est un fait notoire que les compagnies d'assurances s'appuient sur la notion de moyenne statistique – et sur les statistiques en général. Les moyennes statistiques sont la base de leurs tables actuarielles, lesquelles sont la base de leurs profits. Le fait que les compagnies d'assurance sur la vie fassent depuis des années des bénéfices est une preuve suffisante de la prévisibilité de comportements probabilistes, et du succès avec lequel les mathématiques peuvent être employées pour calculer quelque chose d'aussi apparemment imprévisible que le moment de notre mort. Les compagnies d'assurance sur la vie peuvent aujourd'hui nous dire très précisément quelle est la longévité moyenne des gens ayant nos habitudes, notre personnalité, notre héritage génétique, nos origines ethniques, nos revenus, etc.

La troisième statistique qu'on a l'habitude d'employer pour révéler les aspects déterministes d'un comportement probabiliste est la corrélation statistique. La conjecture d'une corrélation impose au statisticien de travailler sur au moins deux échantillons. L'un d'eux sera toujours un échantillon destiné à représenter la population étudiée : c'est l'échantillon de contrôle. Un autre sera en majorité ou entièrement composé d'individus qui se distinguent par quelque trait spécifique, fumer la cigarette, par exemple. Si une comparaison minutieuse des deux groupes fait apparaître des disparités notables quelconques, elles seront considérées comme liées au facteur (fumer) connu pour distinguer les échantillons. Les scientifiques ont ainsi établi que, dans le cas de la comparaison du groupe des fumeurs avec le groupe de contrôle, le pourcentage de victimes d'un cancer du poumon était inférieur dans l'échantillon de contrôle à celui de l'échantillon des fumeurs. Il est donc permis de dire que le cancer du poumon et le fait de fumer sont corrélés.

Une telle corrélation permet de prévoir que quelqu'un qui fume est plus assuré de mourir d'un cancer du poumon, et plus jeune, que quelqu'un qui ne fume pas. Les corrélations de ce type sont d'un intérêt tout particulier pour les compagnies d'assurance sur la vie, car ce sont des indicateurs qui permettent de distinguer les clients qui sont de « bons risques » de ceux qui sont de « mauvais risques ». Certaines compagnies ont ainsi fondé sur des corrélations statistiques les campagnes publicitaires où elles proposent des polices avec des primes spéciales, très basses, aux clients à bas risque. On peut notamment voir aujourd'hui des compagnies offrir des taux d'assurance sur la vie considérablement réduits aux femmes-blanches-en-bonne-santé-d'âge-moyen-qui-ne-fument-ni-ne-conduisent; ce qui est la conséquence des fortes corrélations qui ont été établies entre : cancer du poumon et cigarettes, accidents de la route mortels et jeunes adultes, morts violentes et jeunes hommes noirs, et, ce qui découle également d'une corrélation, de l'observation d'une espérance de vie plus basse pour les mâles en général.

Ce qui est fâcheux, c'est que les mêmes moyens employés pour prévoir l'issue d'un comportement probabiliste peuvent être utilisés pour l'*influencer;* soit inconsciemment, soit délibérément. En nous informant, par exemple, sur notre comportement collectif prévisible, les statistiques peuvent influencer le libre choix que nous avons au niveau individuel, à un point tel que peut disparaître presque entièrement cet aspect chaotique, imprévisible qu'a un comportement probabiliste dans son intégrité. Sous cette influence, notre comportement pourrait devenir aussi déterministe que le mouvement de la comète de Halley.

Il y a eu ainsi de vives discussions sur la possibilité d'une implication de cette nature à propos de l'élection présidentielle qui a opposé Ronald Reagan à Jimmy Carter, en 1980. Des heures avant l'annonce de la clôture du scrutin sur la Côte Ouest, les chaînes de télévision nationales prédisaient déjà, sur la base de leurs échantillonnages des résultats de la Côte Est, que Ronald Reagan remporterait l'élection. Bien que nous ne sachions pas si elles ont réellement influencé les électeurs de la Côte Ouest, les prévisions auraient très bien pu l'avoir fait, encourageant certains à déposer leur bulletin en faveur du vainqueur annoncé, décourageant d'autres de voter pour le supposé perdant, poussant même à l'abstention en donnant l'illusion à d'aucuns que tout était déjà joué.

Les statistiques peuvent également conduire à des abus en permettant la discrimination de certains comportements, et par conséquent de certaines personnes. C'est sur la base de l'analyse de quelque moyenne statistique qu'un employeur répugnera à engager quelqu'un qui ne présentera pas le bon « profil », celui de l'employé-maison-efficace. Dans le même ordre d'idées, les patrons de restaurants refusent fréquemment de servir les femmes seules parce que les statisticiens ont déterminé que la femme-seule-moyenne laissera moins de pourboire et monopolisera une table plus longtemps que n'importe quelle autre catégorie moyenne de clients.

Même appliquées correctement et avec discernement, il n'est pas évident que les statistiques nous soient de quelque utilité pour prévoir ces événements, fruits du comportement humain, dont l'histoire a prouvé l'influence décisive sur le futur : les statistiques ne peuvent révéler du comportement humain que sa part prévisible, non sa part imprévisible, qui est pourtant celle dont les effets sont historiquement les plus lourds de conséquences.

Des inventions comme la machine à vapeur ou l'ordinateur sont issues de l'esprit de gens qui étaient tout sauf une moyenne statistique. Et d'une manière plus générale, la venue au monde de personnages tels que Jésus, Socrate, Newton et Einstein est à la fois d'une telle imprévisibilité et d'une telle conséquence, que leur existence a pour effet de donner au comportement humain et à son histoire les allures d'un chaos presque parfait.

On peut naturellement se demander si nous ne finirons pas un jour par découvrir des moyens mathématiques de prévoir les aspects chaotiques des comportements probabilistes, tout comme nous avons trouvé ce qui nous permet d'en prévoir les aspects déterministes dans les statistiques. Si jamais nous découvrons de tels moyens, le comportement humain se donnera à voir comme pleinement déterministe, et nous serons alors capables de prévoir en totalité l'avenir de notre espèce comme celui de l'Univers. Aussi infime que puisse paraître aujourd'hui la probabilité pour que cela se produise, elle n'est pas nulle. Du fait précisément que l'un des aspects de notre comportement *est* chaotique, *est* imprévisible, l'apparemment impossible restera toujours probable.

La théorie des jeux à deux joueurs

ENTRE ÉCHECS ET DAMES

Un seul rayon de la sobre Raison qui joue,
Voici que fondent les fleurs de givre de la Fantaisie féerique.

Samuel Rogers [8],
Plaisirs de la Mémoire

On a souvent dit que leur capacité de raisonner permet de distinguer les humains des autres animaux. Cela m'a toujours semblé une manière rien moins qu'ambiguë d'énoncer l'opinion que nous avons de nous-mêmes en tant qu'espèce.

De quoi est donc faite cette « capacité de raisonner », comment pouvons-nous en juger, et de quelle quantité de cette capacité mal définie sommes-nous possesseurs? Les réponses à ces questions pourraient nous permettre de mieux évaluer le rang relatif que nous occupons parmi les autres espèces, et de nous assigner notre juste place, une fois pour toutes.

Je vais proposer ici un moyen qui fait appel à la théorie des jeux, l'étude mathématique des conflits rationnels. Pour exécuter ce dessein, je vais focaliser mon attention sur la théorie des jeux à deux joueurs à somme nulle, dans lesquels la victoire de l'un des joueurs implique nécessairement la défaite de l'autre, ainsi qu'au jeu de morpion, par exemple.

La raison majeure qui fait de la théorie de ce type de jeux un moyen approprié pour évaluer la capacité de raisonner est qu'elle traite d'affrontements strictement rationnels; les émotions ne jouent aucun rôle dans les jeux à deux joueurs à somme nulle. (Les émotions ne sont un facteur que dans les jeux à deux joueurs à somme non nulle, où les gains et les pertes des joueurs ne s'équilibrent pas toujours – comme c'est le cas pour la compétition dans un marché en expansion; et dans les jeux impliquant trois personnes ou plus.) Le fait que le succès soit déterminé par la seule capacité de raisonner des joueurs fait de la théorie des jeux à deux joueurs à somme nulle le parfait théâtre pour donner représentation de notre « programme d'évaluation des espèces ».

Dans la théorie des jeux, toute compétition fait l'objet de présupposés spécifiques, destinés à en garantir la rationalité, qui constituent, pour ainsi dire, le « règlement intérieur ».

On présuppose en premier lieu que les deux joueurs sont d'une égale compétence, c'est-à-dire que leur lutte sera un affrontement intellectuel « à intelligences égales ». On attend des joueurs qu'ils réfléchissent, sans passion, à toutes les possibilités qui leur sont offertes avant de décider de faire le moindre mouvement. Enfin, nous présupposerons, pour le cas qui nous occupe, que chacun des joueurs est également et parfaitement éclairé à tout moment sur tous les aspects du déroulement du jeu. Les jeux où ce principe est observé sont dits jeux à information parfaite. Dans les jeux de ce type – qui incluent les dames et les échecs –, il n'y a aucun secret entre les joueurs, au contraire de ce qui se passe dans les jeux à information imparfaite, tels que le bridge ou le poker.

Le résultat le plus important à ce jour en théorie des jeux de cette sorte sera la base du schéma d'évaluation des espèces présenté ici. Ce résultat, démontré en 1921 par le mathématicien John von Neumann [9], est que tout jeu à deux joueurs à somme nulle et à information parfaite concevable possède ce qu'on appelle une *stratégie optimale* qui lui est propre. La stratégie optimale est ainsi nommée du fait que chaque joueur dans un jeu à deux joueurs à somme nulle et à information parfaite ne peut pas faire mieux que d'endosser le rôle que la stratégie optimale du jeu auquel il joue lui assigne.

Afin de comprendre ce que signifie « ne peut pas faire mieux », rappelez-vous premièrement qu'en théorie des jeux, un joueur est toujours opposé à un adversaire qui est son égal en tout point. Considérez ensuite ceci : le « joueur A » sait tout du long que le « joueur B » s'efforce avec une compétence et une ténacité égales aux siennes d'accumuler des gains. Dans ces circonstances, la seule stratégie rationnelle pour le joueur A consiste à minimiser le succès du joueur B dans son accumulation de gains, et à minimiser en conséquence ses propres pertes. Mais comme dans le même temps le joueur B a un raisonnement identique en tête, ce que chacun des joueurs peut espérer de mieux est de se retrouver à l'issue du jeu dans la situation la mieux possible parmi toutes les pires possible. Ce qui est la définition d'une stratégie optimale. Son application conduit le joueur, satisfait et soulagé, à un constat du genre : étant donné que l'autre joueur était intellectuellement mon égal et qu'il avait même désir et mêmes moyens de vaincre que moi, j'aurais pu m'en sortir plus mal, certainement pas mieux.

Une stratégie optimale se rangera toujours dans l'une des deux catégories suivantes : loyale ou déloyale, selon qu'elle assurera aux deux joueurs un match nul, ou bien la victoire certaine de l'un des deux. Le morpion qui est un jeu à deux joueurs à somme nulle et à information parfaite présente une stratégie optimale loyale : il y a une manière de jouer qui garantit à un joueur l'égalité contre n'importe quel adversaire. (Les premiers coups sont décisifs dans la stratégie optimale du morpion : le premier joueur met sa marque dans un coin, le second répond en mettant la sienne en plein centre [10].)

Au jeu de Nim [11], un ancien jeu à deux joueurs à somme nulle et à information parfaite, chaque joueur prélève à son tour un nombre quelconque d'éléments dans un tas (mais il doit en prendre au moins un à chaque tour), et le gagnant est celui qui enlève le dernier élément. Le jeu de Nim a une stratégie optimale qui est déloyale, car son application mène toujours le premier joueur à la victoire, et toujours celui qui joue en second à la défaite.

L'existence de stratégies optimales pour les jeux à deux joueurs à somme nulle et à information parfaite nous offre l'opportunité de jauger la capacité de raisonner des joueurs qui s'y adonnent. Cette opportunité repose sur l'observation qu'un jeu perd tout intérêt et tout attrait pour des joueurs capables de déterminer par raisonnement sa stratégie optimale : si deux joueurs connaissent la stratégie optimale d'un jeu, ils en connaîtront l'issue avant même d'avoir commencé à jouer. Engager la partie est donc désormais sans motif.

À supposer que la stratégie optimale d'un jeu soit loyale, les joueurs qui l'auront calculée sauront que la partie les conduira nécessairement à l'égalité. Et dans le cas où la stratégie serait déloyale, les joueurs l'ayant calculée sauraient avant l'heure qui va perdre et qui va gagner. Dans les deux cas le jeu perd tout son sel en devenant un exercice prédéterminé aux yeux de joueurs ayant une capacité de raisonner suffisante pour en calculer la stratégie optimale.

L'observation des jeux auxquels se livrent les membres adultes d'une espèce nous fournit un étalon d'une bonne précision pour estimer sa capacité de raisonner. Nous pouvons en effet faire l'hypothèse que si les adultes d'une espèce jouent au morpion c'est qu'ils y voient une compétition, ce qui implique qu'ils n'en ont pas déterminé la stratégie optimale. Jouer au morpion assignera donc à leur capacité de raisonner un rang inférieur à celle qu'obtiendra l'espèce pour laquelle le jeu de morpion sera considéré comme un jeu sans surprise, et dédaigné pour n'être qu'un jeu d'enfant.

Appliqué aux êtres humains, ce schéma d'évaluation fait de nous d'emblée une espèce « transmorpion ». C'est à peine si ce jeu pose quelque problème à notre capacité de raisonner d'adultes, et c'est pourquoi il n'est vraiment populaire que chez les jeunes enfants qui n'en ont pas encore découvert la stratégie optimale.

Avec les dames [12], en revanche, nous approchons des limites de notre capacité de raisonner. Beaucoup de joueurs chevronnés ont réussi à établir une sorte de stratégie opératoire qui est selon toute vraisemblance la seule et unique stratégie optimale en accord avec la théorie des jeux que notre puissance de raisonnement nous permette d'atteindre.

Plus proches encore de mettre en évidence les limites de nos capacités de raisonnement sont les échecs. Les échecs sont un jeu qui tend à être plus populaire que les dames parmi les intellectuels, ce qui pourrait être une indication sur leur plus grande aptitude à défier notre intelligence [13]. La plupart des gens sont plus facilement impressionnés par un maître d'échecs que par un maître de dames. En U.R.S.S., les maîtres d'échecs jouissent d'un traitement de faveur et sont royalement entretenus. Et si dans notre pays nous ne faisons pas montre d'une telle prodigalité à l'égard même de nos meilleurs joueurs, nous avons tendance à les tenir pour des génies de quelque espèce. Bobby Fisher est un exemple récent de joueur américain à qui ses talents – et ses excentricités – ont valu une notoriété extraordinaire.

Autre signe de l'importance considérable du défi que représentent pour nous les échecs, et de la fascination qu'ils exercent : nous en sommes arrivés à devoir faire appel aux ordinateurs pour les calculer. Et pourtant, même avec une telle aide, et bien qu'elle nous ait permis de mettre au point quelques stratégies de réussite, nous n'avons pas encore été capables de déduire l'unique stratégie optimale.

Les échecs ne seraient pas l'objet d'autant de marques d'attention et d'estime de la part d'une espèce dont la capacité de raisonnement aurait permis la détermination de la stratégie optimale du jeu. Pour une espèce « transéchiquéenne », les échecs seraient une distraction aussi triviale que le jeu de morpion à nos yeux. Des joueurs « transéchiquéens » sauraient d'avance quels sont les coups spécifiques à exécuter parmi les vingt billions de billions de billions de billions de billions de coups possibles [14], pour assurer comme issue, soit une partie nulle, soit la victoire inéluctable de l'un des joueurs, selon le type de stratégie optimale auquel ressortit le jeu d'échecs : loyale ou bien déloyale (ce dont nous n'avons aucune idée). La seule manière pour les joueurs de cette espèce de redonner quelque attrait au jeu serait de décider d'un commun accord de *ne pas appliquer* la stratégie optimale.

Un inventaire exhaustif des jeux qui restent pour nous un défi et de ceux que nous dédaignons pourrait nous donner une idée précise du rang qu'occupe l'espèce humaine sur notre échelle théorique de capacité. Mais sur la base des quelques observations faites, il est permis d'estimer que les limites des capacités de raisonnement de notre espèce se trouvent quelque part entre les limites du jeu de dames et celles du jeu d'échecs.

En nous assignant, pour ainsi dire, notre juste place, cette utilisation de la théorie des jeux nous rappelle que nous avons des limites et qu'elles sont mesurables. C'est même un avertissement spécialement destiné à tous ceux qui voudraient exploiter les définitions de l'espèce humaine à cette fin de l'exalter par-dessus toutes les autres espèces. Savoir que nous occupons une place entre les dames et les échecs nous donne à penser qu'il peut y avoir des degrés dans la possession de la capacité de raisonner, et que, sur cette même échelle, il n'est pas inconcevable que des échelons supérieurs au nôtre puissent être occupés par d'autres espèces, ainsi que le sont les degrés inférieurs.

L'application de la théorie des jeux à notre capacité de raisonner nous dit encore autre chose sur nous-mêmes : le plaisir que nous prenons au jeu nous caractérise tout autant que notre niveau de raisonnement. Si nous sommes à ce point fascinés par les jeux, ce n'est pas, comme on pourrait s'y attendre, la preuve de notre capacité de raisonner, mais bien plutôt celle du défaut d'une telle capacité de degré supérieur. Plus haut une espèce se tiendra sur l'échelle de la raison et moins l'on devra s'attendre à ce que ses membres trouvent du plaisir à jouer. Compte tenu de cet aspect de ce que nous dit la théorie des jeux sur ce que cela signifie que d'être un humain, nous devrions nous estimer heureux de n'être pas tout en haut de l'échelle!

Consulter aussi le chapitre :
« L'appel de la forêt »

La théorie des jeux à trois joueurs

L'APPEL DE LA FORÊT

L'aventurier est en nous, et il lutte en notre faveur contre l'homme social qu'il nous faut être.
William Bolitho

Les périodes économiquement difficiles semblent pousser les gens au meilleur comme au pire d'eux-mêmes. Tous deviennent dans le même temps plus cupides et plus généreux, égoïstes et altruistes, prêts à coopérer comme à s'affronter, inquiets et résignés. Il est probable que la difficulté à décider de leur comportement réside dans leur ignorance de ce qui, de l'individualisme ou de la solidarité, sert au mieux leurs intérêts à long terme.

En théorie des jeux – la théorie du conflit rationnel –, cette tension entre personne privée et personnage social est tenue pour la conséquence inévitable de la coopération. Sans doute les gens ont-ils parfois le sentiment que tout irait mieux pour eux si chacun, dégagé des contraintes que lui impose la société, pouvait régler son attitude de façon individualiste. Et si la théorie des jeux prévoit bien qu'il y aura des difficultés inhérentes à la coopération, elle prévoit également que le choix opposé serait pire de conséquences.

Ce sont peut-être les circonstances plutôt que la nature qui font des êtres humains des animaux sociaux. Et les incitations à coopérer, à former une société peuvent se présenter à eux même dans des situations où deux personnes seulement sont impliquées.

Considérez par exemple le jeu à deux joueurs connu sous le nom de « dilemme du prisonnier », dans lequel un magistrat d'instruction *(district attorney)* souhaite obtenir les aveux de l'un ou l'autre des deux hommes qu'il suspecte d'être les deux complices d'un meurtre. Le magistrat leur fait la proposition suivante : « Celui qui se fera le dénonciateur de son complice sera relaxé, l'autre écopera vraisemblablement de vingt ans. Toutefois, si vous avouez tous les deux, vous serez l'un comme l'autre condamnés à cinq ans. Et si aucun de vous ne passe aux aveux, vous serez condamnés de toute façon, mais sous un chef d'inculpation mineur, et chacun fera un an de prison. » Le dilemme vient de ce que si chaque prisonnier opte séparément pour les aveux, en raisonnant qu'il ne fera dans le pire des cas que cinq ans de prison, et que dans le meilleur il sera libre, tous les deux écoperont alors à coup sûr de cinq ans.

Cette situation présente pourtant une incitation à un comportement moins individualiste, puisque si les deux prisonniers se font mutuellement confiance dans la dénégation, ils n'encourront au pire qu'une peine d'un an d'emprisonnement chacun. Dans le même temps, une telle situation fait surgir l'éventualité de problèmes. Chaque prisonnier doit, par exemple, envisager la possibilité d'un double jeu. Non seulement la coopération complique parfois le jeu, mais elle peut en outre rendre la situation réellement insoluble.

C'est ce qui se passe dans le jeu apparemment simple où il s'agit pour trois personnes de partager 300 dollars. On pose en principe que la majorité fait loi pour toute décision. S'il existait une volonté de coopération totale, chaque personne recevrait selon toute vraisemblance

100 dollars. Mais si, par réalisme, nous attribuons à ces joueurs un tant soit peu d'égoïsme et d'opportunisme, nous les verrons alors facilement en arriver à l'idée que l'alliance de deux d'entre eux contre le troisième rapporterait 150 dollars à chacun des alliés. Le joueur écarté pourrait alors tenter de revenir dans le jeu en attirant l'un des conspirateurs au sein d'une nouvelle alliance par la promesse de la *plus grosse* part des 300 dollars s'il partage plutôt avec lui. Mais, même si de cette offre découlait un accord de principe, le conspirateur trahi pourrait à son tour réintégrer la partie avec une contre-proposition de même nature. Et ainsi de suite, indéfiniment.

C'est le caractère inévitable de cette sorte de conflit dans les jeux où se trouvent impliqués trois joueurs ou plus qui les rend mathématiquement insolubles. C'est-à-dire que si trois joueurs ou plus sont laissés libres de s'affronter ou de coopérer sans aucune restriction, on doit s'attendre à ce que leur « société » soit instable.

Nul doute que le philosophe anglais Thomas Hobbes eût accepté cette observation comme témoignage de sa thèse selon laquelle, en l'absence de toute société, les humains ne peuvent se comporter que de manière anarchique [15]. Trois personnes en conflit pour le partage de 300 dollars ne constituent pas à proprement parler une anarchie, mais il est manifeste que leur fait défaut quelque chose pour que le jeu trouve une solution. Un autre philosophe anglais, John Locke, en tenait également pour l'anarchie de l'humanité à l'état de nature. Dans son *Deuxième traité du gouvernement civil,* il écrivait : « La volonté d'éviter cet état de guerre (...) est l'une des *raisons principales pour lesquelles les hommes* ont quitté l'état de nature et *se sont mis en société* [16]. » La société résulte donc d'un dessein proprement humain, mais, pour en profiter, chacun « s'oblige envers tous les membres de cette société [17] ».

L'Histoire montre que nous avons été d'accord bien plus souvent sur les avantages qu'il y avait à « quitter l'état de nature » que sur les voies à emprunter pour y réussir. La théorie des jeux dans lesquels il y a comportement de coopération considère comme stable une société où règne l'équité parmi tous les membres.

Ce qui peut toutefois s'interpréter fort différemment. À supposer même que certains conviennent de restreindre le sens du mot équité pour ne l'appliquer qu'au seul domaine économique et financier, il y aurait vraisemblablement toujours désaccord.

L'un se présentant comme socialiste serait pour éliminer toute compétition, et que tout le monde soit par avance d'accord pour distribuer les ressources de la collectivité. Tel autre, se disant capitaliste, maintiendrait la compétition, exigeant seulement qu'elle se conforme à certaines règles pour en assurer la loyauté, de telle sorte que les rémunérations de chacun soient en proportion du succès de ses entreprises. Et puis il y aurait ceux dont le désaccord porterait sur ce qu'il faut entendre par équité lorsqu'elle regarde les libertés civiles. Les uns, peut-être admirateurs d'Ayn Rand [18], voudraient le gouvernement de la société uniquement intéressé à la « protection des droits individuels »; d'autres, en accord avec John Stuart Mill [19], préféreraient voir un gouvernement qui pourvoie au « bien commun ».

Laissons de côté les dissensions philosophiques. De simples différences de caractère pourraient suffire pour vouer à l'échec les espérances d'un groupe de devenir une société cohérente. En termes de théorie des jeux, la stabilité de toute coalition repose de manière décisive sur ce qu'elle apporte de bénéfices à ses membres. Il est généralement admis qu'une personne souhaitera rejoindre une coalition, ou y demeurer, si ses bénéfices à le faire sont plus importants que ceux auxquels elle pourrait s'attendre en agissant seule. Il est ainsi clair que quelqu'un de confiant dans son aptitude à la compétition, du fait peut-être de ses succès à l'état de nature, pencherait plutôt pour un système capitaliste; et qu'un autre, manquant par nature d'assurance et d'arrogance, opterait pour un système socialiste.

Néanmoins, de nombreuses sociétés sont manifestement parvenues à se former. Mais se maintenir en l'état est peut-être un défi plus redoutable à relever pour une société que de parvenir à se constituer. Les membres fondateurs finiront par mourir, et leurs descendants, n'ayant pas connu la vie à l'état de nature, pourraient ne pas montrer la même allégeance à la coalition, et ne pas se trouver aussi passionnément attachés à légitimer son existence.

Dans les sociétés capitalistes, comme celle des États-Unis, la question toujours pendante est celle de la quantité de liberté qui peut être allouée aux membres les plus entreprenants dans leurs efforts pour accumuler une richesse personnelle sans que ces efforts ne deviennent préjudiciables aux autres membres. Jusqu'où peuvent aller les libertés individuelles avant de faire retourner la société à une situation aussi primitive que celle des trois personnes en mal de se partager 300 dollars?

Dans son ouvrage classique, la *Richesse des nations* [20], Adam Smith prit fermement parti pour la politique du *laissez-faire,* pensant qu'une société augmente sa richesse en n'imposant presque aucune restriction à la liberté de chaque individu d'accroître sa richesse personnelle. « Puisque chaque individu tâche le plus qu'il peut (...) d'employer son capital à faire valoir l'industrie nationale (...), chaque individu travaille nécessairement à rendre aussi grand que possible le revenu annuel de chaque société [21]. »

La thèse de Smith est remarquable, ne serait-ce que parce qu'elle suggère que plus les gens sont libres de se comporter de manière individualiste, et plus ils agissent pour le bénéfice de la collectivité, quoique de propos non délibéré [22]. Mais elle suggère également qu'une société dans laquelle les individus sont contraints de se comporter de manière coopérative par une législation sera moins prospère que celle où les individus ne coopéreront que si cela s'accorde avec leurs desseins personnels.

En 1951, le mathématicien américain John Nash fit paraître un ouvrage justement intitulé *Jeux non coopératifs,* dans lequel il apportait une extension notable à la théorie des jeux existante. Son modèle semble donner des moyens spécifiquement appropriés au traitement du concept de *laissez-faire,* car il concerne des jeux à plusieurs joueurs, dans lesquels 1° chaque joueur s'efforce de maximiser sa richesse personnelle, 2° n'est lié aux autres joueurs que par un petit nombre de règles communes, et 3° ne peut faire part de son désir de coopérer que par la manière dont il se comporte, et non au moyen d'une communication directe. Bien que les prémisses de Nash soient en cohérence avec celles de la thèse de Smith, ses conclusions ne corroborent pas pleinement ce que Smith donnait comme attendu.

La première chose que découvrit Nash à propos d'un jeu non coopératif soumis à répétition est que les issues en évoluent inévitablement vers l'une ou l'autre de deux sortes d'équilibres, qu'il caractérisa comme optimal et sous-optimal. Ce qui gouverne cette tendance est le fait que ces équilibres sont les seuls à mettre un joueur dans la position la plus susceptible soit de lui apporter une récompense, soit de le mettre à l'abri d'une pénalité. Mais, bien que chaque sorte d'équilibre soit avantageuse d'un point de vue individuel, Nash a montré que l'équilibre optimal est le seul souhaitable au regard des intérêts collectifs du groupe.

Les résultats de Nash peuvent être illustrés au moyen d'un jeu non coopératif appelé stagnation, dans lequel chaque personne a comme option soit de rester dans un groupe, soit de rompre avec lui. Les règles, censées donner une apparence de réalisme à la psychologie du groupe, spécifient que si une majorité s'en va, chacun des membres de cette majorité recevra alors un dollar. Si, en revanche, ceux qui décident de partir se retrouvent en minorité, alors chaque réfractaire sera frappé d'une amende de dix *cents,* tandis que les membres de la majorité restante ne seront ni récompensés ni pénalisés. Les joueurs ne peuvent pas communiquer explicitement avant de passer aux actes; après plusieurs parties de suite, ils peuvent néanmoins être à même de faire des conjectures sur leurs comportements respectifs probables, et tenter de communiquer indirectement aux moyens de figures réitérées de comportement. *Laissez-faire* ou pas, dès qu'une société est d'une étendue suffisante pour que les communications y soient difficiles, voire impossibles, l'hypothèse de Nash se révèle d'une pertinence certaine.

Ce jeu se trouve avoir un équilibre optimal dans lequel tous les joueurs optent pour la rupture, et où chacun reçoit par conséquent un dollar. Il possède également un équilibre sous-optimal dans lequel tous choisissent de rester au sein du groupe, et évitent ainsi d'avoir à payer l'amende qui frappe les réfractaires. Dès que le jeu atteint dans son déroulement l'un de ces équilibres, il n'y a virtuellement plus rien pour inciter quelque joueur à quitter sa position, puisque de cette action résulterait presque à coup sûr une perte personnelle. Une politique de *laissez-faire* semble favoriser l'émergence chez les joueurs d'une sorte d'esprit de meute; en essayant d'anticiper leurs mouvements respectifs dans le dessein d'accroître leur bien-être individuel, ils peuvent tout aussi facilement mener le groupe entier à son destin le moins souhaitable comme à celui qui l'est le plus.

Il n'est pas difficile de reconnaître l'équilibre sous-optimal du jeu de stagnation sous les habits variés qu'il peut porter dans bon nombre de nos sociétés d'aujourd'hui. Dans une économie souffrante, les grandes banques peuvent aggraver la situation générale en imposant de forts taux d'intérêt, principalement parce qu'elles redoutent les risques de pertes en étant les premières à les baisser. Imaginez la ruée soudaine des voyageurs attendant de pouvoir monter à bord d'un avion, sur la base de premier arrivé-premier servi, si à l'imminence du départ ils s'aperçoivent que l'un d'entre eux donne le moindre signe de se diriger vers la porte. Plus sérieusement, dans une société infestée par le crime, un citoyen peut choisir de ne pas intervenir pour empêcher un crime que l'on tente de commettre sous ses yeux, par crainte de subir un préjudice personnel. Dans ces exemples, la réaction du « chacun pour soi » d'un membre du groupe face à une situation de crise ne fait qu'exacerber le problème et enfonce plus profondément la société dans son équilibre sous-optimal. Pousser un groupe à sortir d'un équilibre sous-optimal requiert généralement que soit attachée une pénalité à la décision de rester au sein du groupe. Mieux encore, la décision de rompre pourrait être encouragée de façon systématique – dans le style, par exemple, du renforcement positif proposé par le psychologue B.F. Skinner [23]. Dans les deux cas, il paraît inévitable de devoir faire appel à quelque autorité centrale pour coordonner soit les efforts volontaires, soit l'application d'une législation, en vue de se mettre à l'abri – ou de s'échapper – d'une « sous-optimalité ».

Dans le premier cas, la *U.S. Federal Reserve Bank* [24], ou quelque autre agence comparable, pourrait essayer de provoquer une baisse des taux d'intérêt en augmentant le flux monétaire. Dans le deuxième exemple, une compagnie aérienne pourrait demander aux voyageurs de retirer dès leur arrivée à l'aérogare un ticket dont le numéro déterminerait leur place dans une file d'attente. Dans l'exemple final, des lois pourraient être votées pour punir les « mauvais Samaritains » [25], ou de manière plus réaliste, les pouvoirs locaux pourraient favoriser la constitution de programmes de surveillance de voisinage.

Le sentiment que chacun de nous peut éprouver d'appartenir à une société plongée dans un marasme sous-optimal est une exhortation à relever le défi et à prendre l'initiative d'actions susceptibles de faire prendre à ladite société le chemin de son équilibre optimal, même au risque de préjudices personnels. Les souffrances des désastres économiques, le règne du crime, les taux élevés de chômage – autant de crises capables de mener les sociétés à la ruine – sont peut-être les expériences par quoi l'humanité moderne peut passer qui s'approchent au plus près de l'état de nature. Au cœur de ces crises, chacun d'entre nous se trouve confronté à quelque chose qui rappelle le choix devant lequel se trouvèrent nos ancêtres avant d'en arriver à la décision de se lier les uns aux autres. Le jeu à plusieurs joueurs qu'est la société se réduit ainsi au jeu à deux joueurs qui gît en chacun de nous. C'est un conflit séculaire, et pas tout à fait rationnel, entre nos tendances sociales et asociales. Aujourd'hui comme aux temps passés, le choix reste décisif de répondre aux invites de la société, ou à l'appel de la forêt.

Consulter aussi le chapitre :
« Entre échecs et dames »

La topologie
UN DÉPLOIEMENT D'IMAGINATION

Qu'est-ce qu'une silhouette ou un visage,
Sinon l'indice de l'âme, ou son enveloppe?

Nathaniel Cotton [26],
Plaisir

Bien que l'effet attendu du processus normal de vieillissement soit une notable transformation de nos apparences, nous pouvons nous attendre à ce qu'il laisse inchangée une bonne part de nous-mêmes. C'est ce que me remit en mémoire une récente réunion d'anciens camarades de collège. L'âge avait modifié leurs apparences, les avait tous marqués, mais chacun restait aisément reconnaissable à mes yeux, par une attitude, un trait de comportement ou de caractère. Peu de temps après mon arrivée, je ne voyais déjà presque plus les différences dont les ans étaient cause – c'était, à certains égards, comme si rien n'avait changé.

Nombreux sont ceux qui ont éprouvé semblable plaisir à la découverte qu'existait une permanence au sein du changement : pour la philosophie, les Éléates; pour la religion, les bouddhistes; pour la peinture, les cubistes – et pour les mathématiques, les topologistes. En fait, le concept de permanence dans le changement est fondamental pour bien d'autres domaines mathématiques également. Il est au cœur de la théorie des groupes, qui est l'étude des symétries. Et dès 1870, le mathématicien allemand Felix Klein utilisa ce concept de permanence dans le changement pour classer les diverses sortes de géométries connues, y compris la topologie.

La topologie, quant à elle, est la géométrie qui traite des propriétés d'un objet qui ne sont pas détruites lorsqu'on le plie, l'étire ou le tord – les trois composantes spécifiques d'une transformation topologique. Par exemple, trois points quelconques le long de la circonférence d'un cerceau conserveront leur position respective de quelque manière que l'on plie, étire ou torde le cerceau : le point médian restera au centre, et les deux autres resteront chacun de part et d'autre. Une propriété de ce type s'appelle un invariant topologique, parce qu'elle survit aux rigueurs d'une transformation topologique.

En concentrant ses efforts sur les propriétés qualitatives inaltérables des choses, la topologie vient compléter la géométrie métrique, bien plus familière à la plupart d'entre nous, qui traite des mesures précises des angles, de la profondeur, de la largeur, etc., d'un objet. C'est la géométrie que nous avons tous étudiée à l'école, et qui fut, à l'origine, développée voilà plus de deux mille cinq cents ans par les Égyptiens, à des fins d'arpentage, ou architecturales. En fait, le mot de *géométrie* lui-même vient du grec où ses deux composantes signifiaient, l'une la « terre » *(gê),* et l'autre l'« action de mesurer » *(metreîn)* – le géomètre grec *(geométros)* était un arpenteur.

Pour le géomètre métrique, qui considère comme importante la taille des choses, l'extension d'un cercle représente un changement. Aux yeux des topologistes, pour qui les invariants topologiques sont seuls pertinents, un cercle en extension représente une constance. Le géomètre métrique attire notre attention sur le fait que la circonférence du cercle s'accroît; mais le topologiste ignore les changements superficiels qui affectent les apparences du cercle, et remarque qu'au travers de ce processus d'extension le cercle reste une courbe simple fermée, avec un intérieur et un extérieur bien distincts.

En un sens, alors, si les géomètres métriques étudient les aspects temporels des objets géométriques, les topologistes, eux, en étudient l'âme. L'« âme » d'un objet est la réunion de ses propriétés invariantes topologiquement, car c'est ce qui fait, plus que tout autre chose, l'essence de cet objet. En faisant le point sur ce qu'il en est des choses qui demeurent même lorsque tout en elles est affecté par le changement, ou est susceptible de l'être, la topologie étudie les aspects les plus fondamentaux de l'existence géométrique. Sans la topologie, la géométrie serait aussi incomplète que la philosophie sans la métaphysique.

Depuis 1736, date à laquelle le mathématicien suisse Leonhard Euler a posé les fondements de leur discipline [27], les topologistes ont beaucoup appris sur la nature et les relations des âmes des objets géométriques. Ils ont appris, par exemple, que tout objet a une âme (c'est-à-dire que tout objet est caractérisé par un certain ensemble d'invariants topologiques), et qu'assez souvent, le seul moyen pour reconnaître que deux objets d'apparence très différente sont en réalité en affinité sera de montrer que leurs âmes sont identiques. Mais le résultat peut-être le plus important de la topologie est l'identification de ces invariants topologiques spécifiques. Par leur connaissance, les topologistes ont accès aux traits essentiels de l'existence géométrique.

Trois des invariants les plus fondamentaux identifiés à ce jour par les topologistes sont le nombre de dimensions, le nombre de bords, et le nombre de faces d'un objet. Qu'un objet soit tordu, étiré, ou plié, chacune de ces propriétés de l'objet en question restera telle quelle, inaltérée.

Une bande de papier idéale a deux dimensions (une surface idéale n'a pas d'épaisseur), un bord et deux faces. Ces propriétés en sont l'âme, car vous pouvez déformer à volonté la bande de papier, elle aura *toujours* deux dimensions, un bord et deux faces. La même chose est vraie pour la surface idéale d'un ballon de basket (deux dimensions, pas de bord, et deux faces), pour la surface idéale d'un cylindre (deux dimensions, deux bords, deux faces), ou pour n'importe quel autre objet imaginable.

Dans le langage de la topologie, on dit que les âmes sœurs sont *homéomorphes*. Ce sont des objets qui, en vertu de ce qu'ils ont des invariants topologiques identiques, sont considérés comme topologiquement équivalents. Si un ballon de basket se dégonfle, c'est la guigne sans doute, mais il n'en sera pas moins homéomorphe à un ballon parfaitement gonflé. En fait, toutes les formes que pourra prendre le ballon, qu'il soit plié, étiré ou tordu, seront homéomorphes.

Le concept d'homéomorphisme implique de la part des topologistes une manière d'appréhender la géométrie qui rappelle la perception de la réalité qu'ont certains artistes, qui, regardant un objet, auront tendance à envisager l'ensemble des façons différentes de le dépeindre en maintenant entière la perception de son être essentiel. C'est sans doute ce que Monet avait comme projet lorsqu'il décida de peindre une série de tableaux représentant la cathédrale de Rouen observée à différentes heures de la journée. Pareillement, les topologistes seront portés, face à un objet, à voir en lui toutes les formes différentes, homéomorphes, qu'il peut prendre, et rester cependant le même objet en conservant l'essence de son être.

La notion d'homéomorphisme est tout autant un moyen d'unification que de catégorisation des objets en géométrie. Les variations homéomorphiques du ballon de basket, par exemple, constituent une catégorie d'âmes sœurs qui inclut tous les objets concevables ayant deux dimensions, pas de bord, et deux faces. Cette catégorie, comme toutes les autres, est stricte, en ceci qu'il est impossible, par une transformation topologique, de faire passer un objet d'une catégorie donnée dans une autre catégorie. C'est impossible parce que l'invariant topologique (l'âme) d'un objet donné ne peut jamais être plié, tordu ou étiré dans l'invariant topologique d'un autre objet. Autrement dit, les catégories topologiques sont strictes, simplement parce qu'un objet est catégorisé en fonction de son âme et que cette âme, aucunement affectée par les transformations topologiques, est indestructible.

La transmutation des âmes est en revanche tout à fait possible par des transformations *non topologigues.* Avec de la colle et des ciseaux nous pouvons accomplir ce que ne peuvent faire la torsion, l'étirement ou le pliage : changer les invariants topologiques d'un objet en ceux d'un autre objet. Une bande de papier dont on aura collé les deux extrémités l'une à l'autre devient un cylindre. Un peu de colle suffit donc pour changer un objet à deux dimensions, un bord, et deux faces, en un objet à deux dimensions, *deux* bords, et deux faces.

Si nous faisons accomplir une torsion d'un demi-tour à l'une des extrémités de la bande de papier avant de procéder au collage, nous pouvons créer une âme bien plus étrange encore – l'âme à deux dimensions, un bord, et *une* face de la bande (ou ruban) de Möbius. C'est de n'avoir qu'une seule face qui rend cet objet si peu commun : la plupart des surfaces imaginables ont toutes deux faces. Comme elle n'a qu'une seule face, on peut peindre une bande de Möbius intégralement sans jamais avoir à lever le pinceau pour en franchir le bord. Elle a encore d'autres propriétés tout aussi bizarres, comme celle qu'évoque ce limerick :

Un ruban de Möbius n'a qu'une face
Confiait un mathématicien;
Et vous serez bien attrapé
À le découper par son milieu
Car ainsi divisé, il reste entier.

Quand on en fait la somme, les résultats topologiques de cette sorte dessinent, presque de manière métaphysique, un monde géométrique complexe, mais ordonné, dont les éléments entretiennent des relations aussi rationnelles que les éléments de la réalité du monde vivant. Comme nous l'avons vu, les topologistes ont appris qu'un objet possède, à l'instar d'un être vivant, une identité indépendante de son environnement, et une identité qui est indestructible, résistant aux changements superficiels qui peuvent affecter les apparences de l'objet. Fondé sur cette révélation singulière, le corps de connaissances de la topologie dans son entier implique l'existence d'un ordre décelable, sous-jacent au faux-semblant de la diversité chaotique du monde géométrique.

C'est ce que la science a découvert à propos du monde physique – à une notable différence près : tandis que persiste le désaccord entre la science et la plupart des religions sur l'explication appropriée à donner à l'agencement ordonné que l'on observe dans l'univers physique, que l'ordonnance du monde géométrique manifeste un dessein fait moins question. La seule interrogation en cette affaire est de savoir si ce dessein est notre œuvre, ou s'il se révèle à nous au travers de notre étude de la topologie.

Dans l'un ou l'autre cas, nos études en topologie nous aident à comprendre non seulement le domaine de la géométrie mais également le monde humain. Cela du fait que les topologistes sont à maints égards plus avancés que n'importe qui dans la compréhension de l'âme. Les topologistes sont capables de nous dire précisément ce que cela signifie que d'être une bande de papier, ou un ballon de basket, or il s'en faut de beaucoup que nous soyons aussi éclairés sur ce que cela veut dire que d'être humain – à en juger par nos divergences d'opinion.

La religion n'est pas seule concernée en la matière; le problème devrait intéresser au même titre l'athée, l'agnostique et le croyant. Qu'est-ce qui de notre individualité survit tout au long d'une vie, jusque dans la vieillesse? Et qu'est-ce qui de nous en tant qu'espèce pourra survivre aux millions d'années de changements évolutifs à venir – à supposer qu'évolution il y ait? Ces questions non résolues sont en rapport avec celles, plus vastes, de notre unicité, et de comment penser notre insertion dans le plan général des choses; elles ont aussi à voir avec la question, plus modeste, de ce qui nous permet, lors d'une réunion, de reconnaître de vieux amis, sans avoir besoin de recourir aux badges nominatifs.

Les attitudes, les tics, la personnalité, sont autant de traits, rappelant les invariants topologiques, qui semblent ne subir que peu d'altérations et perdurer tout au long de la vie d'une personne. Mais je me demande par quels traits je pourrais arriver à distinguer les humains des autres animaux si une réunion devait se tenir d'ici quelques milliards d'années – intervalle de temps suffisamment long pour qu'il faille s'attendre (si Darwin ne s'est pas trompé) à des changements radicaux dans les apparences.

Les critères sur lesquels nous nous appuyons aujourd'hui pour distinguer les espèces animales sont fondés sur les caractéristiques physiques des animaux. Les taxonomistes modernes sont passés maîtres dans l'art de classer les espèces animales selon des traits tels que le rapport du poids du cerveau à celui du corps, la conformation du squelette, le nombre d'orteils, etc. [28]. S'agissant de définir les espèces sur la base de critères plus subtils, les émotions propres à une espèce par exemple, nous sommes beaucoup moins bien armés. Les émotions animales sont aussi pertinentes aux yeux d'un taxonomiste moderne que le nombre de bords d'un objet à ceux d'un géomètre métrique.

Je fais pourtant la conjecture qu'à cette réunion hypothétique à des milliards d'années d'ici, ce sera sur la seule base de critères aussi subtils que j'aurai quelque chance de reconnaître ma parenté évolutive. Mon petit doigt topologique me dit que ce sont nos traits caractériels et non nos apparences qui sont les invariants au regard de l'évolution – les analogues des invariants topologiques. Ce sont eux qui font aujourd'hui qu'on est humain, et il continuera vraisemblablement d'en être ainsi quoi que l'éternité du cours de l'évolution change en nous.

Consulter aussi les chapitres :
« Abstraire la symétrie »
« En dépit du bon sens »

La théorie des catastrophes

LES VISAGES FAMILIERS DU CHANGEMENT

Non comme le Chaos, où tout s'entasse et s'écrase,
Mais comme l'harmonie confuse du monde :
Où dans la diversité un ordre se voit,
Et où, quoique tout diffère, tout s'accorde.

Alexander Pope [29]

L'unique certitude en ce monde, comme on dit, c'est le changement, et tout ce que la science nous apprend vient le confirmer. Ce que contient l'Univers et l'Univers lui-même sont soumis au régime d'un flux implacable. Ce qui semble constant – montagnes, atmosphère, Soleil – subit des changements considérables en son être, est en fait en état d'équilibre actif. Jusqu'aux cellules de notre corps, qui environ tous les sept ans, sans qu'on y prenne garde, sont presque toutes remplacées par de nouvelles.

Notre attitude à l'égard du changement, surtout à l'égard du changement brusque, a elle-même changé au cours des dernières décennies. Dans le passé, les événements qui se produisaient soudainement, comme les morts accidentelles ou les calamités naturelles, étaient mis au compte de quelque agent invisible, telle une divinité capricieuse. Les visages, les modèles du changement brusque étaient pour la plupart énigmatiques à nos yeux, et donc autant de menaces. À la fin du XVIIe, au début de la période des Lumières, Isaac Newton mit en évidence que de nombreux cas de changement graduel – la croissance d'une population, par exemple – répondaient à des structures dont on pouvait rendre compte en termes mathématiques. Mais à cette époque et pour des décennies encore, les changements soudains semblaient devoir échapper à une telle catégorisation mathématique, ou même à toute description rationnellement satisfaisante.

Il y a quelque vingt-cinq ans, le mathématicien français René Thom tenta avec succès de catégoriser les changements abrupts, ou *catastrophes,* ainsi qu'il les dénomma [30]. Il découvrit que la plupart de ces catastrophes obéissent à des modèles réguliers que l'on peut décrire qualitativement au moyen de sept figures mathématiques. Même si cette découverte ne nous aide pas à expliquer les origines des changements brusques, elle est du moins le signe que ces changements ne sont pas aussi irrationnels, aussi indisciplinés, qu'on avait pu le penser jusque-là.

Elle montre également que cette diversité qualitative est la même pour les changements brusques qui peuvent nous affecter personnellement, comme les dépressions nerveuses ou les accès de colère soudains, que pour ceux que subit l'immensité du paysage cosmique. En cela, la théorie de Thom nous donne les moyens d'identifier les visages du changement qui, continuellement, transfigurent le monde naturel.

Face au jeu incessant des forces qui animent notre monde, il était inévitable que les scientifiques ressentissent le besoin d'un outil mathématique pour les aider à décrire le changement, et c'est en grande partie pour répondre à cette nécessité que Newton inventa le *calcul des fluxions,* ou calcul différentiel [31], qu'il destinait à la description de changements qui procèdent, continûment, par petites étapes –

autrement dit, des changements graduels –, et qui sert aux scientifiques à calculer des phénomènes comme le mouvement d'une planète autour du Soleil, la croissance démographique, ou l'accélération constante d'un objet en chute libre.

Le calcul différentiel leur a en outre fait comprendre, à l'usage, quelque chose de tout aussi important : des changements graduels qui diffèrent en apparence sont en fait mathématiquement apparentés. Ainsi l'équation du calcul différentiel exprimant une croissance exponentielle qui décrit comment croît la somme déposée sur un compte d'épargne est exactement la même que celle qui décrit la croissance des bactéries dans une boîte de Petri, l'augmentation du nombre de lettres d'une chaîne [32], ou la croissance régulière d'une population animale.

Plus remarquable encore, le calcul différentiel nous a permis de mettre en rapport et de catégoriser tous les mouvements possibles d'un corps se déplaçant librement dans un champ gravitationnel. D'après le calcul différentiel, un objet de ce type ne peut décrire que trois trajectoires archétypes, qui dépendent uniquement de la vitesse qui lui a été communiquée lors de son lancement. La nature du projectile lui-même – sa forme, son poids, sa densité ou sa composition chimique – est indifférente : deux projectiles, quelque dissemblables qu'ils soient, décriront la même trajectoire pour autant qu'on les aura lancés à la même vitesse.

Si la vitesse du projectile est inférieure à la vitesse orbitale (qui est pour le champ gravitationnel de la Terre d'environ 27 000 kilomètres à l'heure), son trajet aura toujours l'aspect de la courbe ouverte doucement infléchie que décrivent les flèches, les balles ou les cailloux qu'on lance : une parabole. Si en revanche l'objet est lancé à une vitesse se situant entre la vitesse orbitale et la vitesse de libération (qui est pour le champ gravitationnel de la Terre d'environ 40 000 kilomètres à l'heure), il décrira toujours dans sa course une courbe fermée, en forme d'ellipse ou de cercle.

Enfin, si la vitesse à laquelle on lance l'objet est supérieure ou égale à la vitesse de libération, sa trajectoire suivra toujours une hyperbole, une autre courbe ouverte qui ressemble à une parabole dont l'arc serait nettement plus cintré. C'est la trajectoire qu'ont suivie les astronautes pour atteindre la Lune, et c'est celle que suivent les engins spatiaux à destination des autres planètes. La découverte de ces catégories fut en son temps aussi révolutionnaire que l'est aujourd'hui la catégorisation du changement brusque par Thom.

Quels qu'en soient ses mérites, le calcul différentiel laissait les scientifiques aussi démunis qu'auparavant devant les changements brusques : ils n'avaient aucun moyen mathématique comparable pour les décrire et les mettre en relation. Le manque de tels outils entravait les biologistes dans leur étude de la division cellulaire, car ce processus – un des plus fondamentaux en biologie – est de nature soudaine plutôt que graduelle. Thom était au courant du problème et il semble même que ce soit l'une des motivations qui l'ont amené à développer sa théorie des catastrophes. Les premières formulations de cette théorie furent publiées en 1968 dans une série d'ouvrages collectifs intitulée *Towards a Theoretical Biology* (Vers une biologie théorique) [33].

Du point de vue scientifique comme de celui des mathématiques, la théorie des catastrophes est le complément du calcul différentiel. Tandis que le second est une théorie quantitative du changement graduel, la première est une théorie qualitative du changement brusque. C'est une théorie élaborée dans le langage de la topologie, qui est elle-même une branche de la géométrie dont on considère souvent que le mathématicien suisse Leonhard Euler fut le fondateur au XVIIIe siècle.

Une des notions clés de la topologie particulièrement évidente dans l'approche mathématique que fait Thom du changement brusque est celle d'équivalence topologique. Deux objets sont dits topologiquement équivalents s'ils présentent certains attributs essentiels, quelles que soient par ailleurs leurs dissemblances. Par exemple un beignet (un *tore*) et une tasse à café sont topologiquement équivalents car tous deux ont un trou en leur sein. Le trou est un trait essentiel en ce sens que si nous opérons en imagination une transfiguration d'un beignet en une tasse à café, ou l'inverse, le processus transformera presque tous les autres traits de chacun des objets, le trou excepté; *lui seul* subsiste. Une équivalence topologique se décide toujours sur la seule base de tels attributs immuables (qualitatifs), et non sur des détails variables (quantitatifs), tels que la taille du beignet ou la forme spécifique de la tasse. C'est pourquoi il est possible, et même courant, que deux objets d'apparences très différentes soient topologiquement équivalents.

Pour développer sa théorie des catastrophes, Thom se mit en devoir de trouver un moyen analogue de mettre en relation qualitativement les catastrophes, quand bien même elles seraient en apparence aussi dissemblables que les beignets et les tasses. Voilà pourquoi il se mit en quête d'une analogie avec le trou : quelque attribut essentiel des catastrophes qui permettrait de les décrire et de les classifier mathématiquement.

Il découvrit cet attribut dans le nombre de facteurs qui contrôlent la dynamique d'une catastrophe. Par facteur de contrôle, Thom entend tout élément d'une situation affectée par un changement soudain qui peut jouer un rôle effectif dans le cours et la direction de ce changement. Le facteur essentiel qui contrôle par exemple le gonflage d'un ballon (jusqu'au terme, catastrophique, de son éclatement) est la pression d'air. Réduire ou augmenter ce seul facteur affecte le cours et la direction du changement que subit le ballon.

Cette seule découverte – que le nombre de facteurs de contrôle est, comme le trou pour le beignet, l'attribut essentiel d'une catastrophe – fournit à Thom la base de sa définition de l'équivalence catastrophique. Selon cette définition, seront catastrophiquement équivalents deux cas ou plus de changement brusque si leurs comportements sont contrôlés par le même nombre de facteurs. L'éclatement du ballon est donc catastrophiquement équivalent à tout autre phénomène de changement brusque dont le comportement est contrôlé par un seul facteur de nature quelconque. De la même manière, Thom regroupe les autres catastrophes selon que leur comportement est contrôlé par deux, trois, ou plus de trois facteurs.

Cette définition – l'analogie que fait Thom avec l'équivalence topologique – est le cœur de la théorie des catastrophes. Du point de vue conceptuel, elle affirme que si deux phénomènes sont contrôlés par le même nombre de facteurs, ces deux phénomènes obéiront alors au même modèle qualitatif de changement, même s'ils diffèrent quantitativement, et dans leur détail. L'application de cette définition permet ainsi à Thom d'identifier parmi des catastrophes que rien ne semble relier celles que des ressemblances qualitatives apparentent.

La découverte de Thom que l'attribut essentiel d'une catastrophe est le nombre de facteurs qui contrôlent son comportement est en un sens comparable à celle de Newton que l'attribut essentiel d'une trajectoire dans un champ gravitationnel est la vitesse communiquée au projectile lors de son lancement. Dans ces deux domaines, toutes les caractéristiques d'une situation de changement, sauf l'attribut essentiel, sont mathématiquement non pertinentes. Ce sont les masques déguisant les visages du changement qui sont, d'un certain point de vue, fondamentalement semblables.

Il existe cependant des différences entre la découverte de Thom et celle de Newton. Tandis que trois catégories suffisent à couvrir la situation gravitationnelle, il n'en faut pas moins de sept pour rendre compte de la plupart des exemples connus de changement brusque dans le monde naturel. En outre, alors que les trois trajectoires archétypes existent dans l'espace réel et sont par conséquent facilement visualisables, les représentations des sept catastrophes élémentaires (leurs *graphes*) appartiennent à un espace abstrait, mathématique ; ce qui rend leur description plus difficile.

Le moyen le plus facile pour les visualiser est peut-être d'imaginer, ainsi que Thom le fit, que faire l'expérience d'un changement catastrophique est qualitativement comme de faire une chute à pic lors d'un parcours sur une surface géométrique accidentée : en tombant abruptement, comme en changeant brusquement, nous nous retrouvons soudain dans une situation très différente de celle d'avant la chute. Techniquement cela signifie que les mathématiques de la théorie des catastrophes sont, à certains égards, semblables à celles des surfaces géométriques, sujet bien établi, familier à la plupart des mathématiciens.

Les facteurs qui contrôlent la direction et le cours d'une catastrophe sont censés contrôler la direction et le cours de nos mouvements sur la surface abstraite correspondante. C'est pourquoi la surface est appelée surface de contrôle, et pourquoi la catastrophe s'apparente au fait de chuter d'un endroit de la surface de contrôle pour atterrir en un autre endroit. Il s'ensuit également que la surface de contrôle aura autant de dimensions que la catastrophe de référence aura de facteurs de contrôle : chaque facteur exerçant le contrôle d'un mouvement sur une seule dimension.

Si nous pensons les visages du changement brusque comme autant de paysages géométriques accidentés, l'essentiel de la théorie de Thom est alors que la plupart des paysages que nous pouvons observer dans la nature, et en nous-mêmes, impliquent seulement sept accidents fondamentaux et distincts. Ce sont les sept visages familiers du changement, et pour nous aider à les visualiser Thom leur a donné des noms qui sont évocateurs de leurs formes. Par ordre de complexité croissante, les catastrophes élémentaires sont le *pli*, la *fronce*, la *queue-d'aronde*, le *papillon*, et les trois *ombilics : hyperbolique*, *elliptique*, *parabolique*.

La catastrophe au visage le plus simple est le *pli,* qui n'est contrôlé que par un seul facteur. Sa surface de contrôle n'est techniquement même pas une surface du tout : c'est une ligne horizontale qui se courbe vers le bas à l'une de ses extrémités pour former le bord d'une falaise verticale. C'est là, d'après la théorie des catastrophes, la représentation mathématique abstraite du gonflage d'un ballon.

Une augmentation de la pression d'air dans le ballon correspond graphiquement au mouvement le long de la ligne en direction du bord, et la diminution de la pression au fait de s'en éloigner. Il est évident qu'en continuant à gonfler le ballon on en arrivera à un point où l'ajout d'une seule molécule d'air suffira pour provoquer l'éclatement. Ce qui correspond au fait de se trouver sur le bord même de la falaise; et l'éclatement du ballon correspond au fait de tomber du bord. Dans le cas du *pli,* la falaise dessine un précipice sans fond, ce qui signifie qu'une fois qu'on en a franchi le bord, il n'y a aucun moyen de faire marche arrière. Dans notre exemple, cela veut dire qu'une fois que le ballon a commencé d'éclater, il ne peut être « déséclaté ».

Le processus du vieillissement est lui aussi représenté par la catastrophe du *pli,* avec comme seul facteur de contrôle le temps. S'éloigner de la falaise représente le fait de rajeunir, et se diriger vers elle la situation normale : vieillir. Le dernier instant où nous sommes encore en vie correspond au fait de se tenir juste sur le bord de la falaise; la chute du bord sera la mort. Une vie suit donc, selon la théorie des catastrophes, le même modèle mathématique de changement que le gonflage d'un ballon, et la mort correspond qualitativement à l'éclatement du ballon, en ce sens qu'une fois que la vie est détruite elle ne peut être ranimée.

Cette irréversibilité ne se retrouve pas dans la catastrophe de la *fronce* qui, par définition, est un cas de changement soudain contrôlé par deux facteurs. D'après la théorie de Thom, une *fronce* se distingue par la possibilité de se remettre – partiellement ou totalement – d'un changement catastrophique.

Ce à quoi il fait allusion ici peut facilement se voir en observant le visage mathématique de la *fronce*. La région centrale de sa surface de contrôle en deux dimensions est dominée par un surplomb dont l'ombre sur la surface inférieure a en gros la forme d'un triangle : comme une fronce sur une étoffe. La caractéristique notable est que l'ensemble de cette représentation graphique donne toujours la possibilité après une chute du surplomb de regrimper sur le bord (en restant tout le temps sur la surface de contrôle).

Le fonctionnement des « cliquets », ces petits jouets métalliques aussi appelés grenouilles, est également une catastrophe du type *fronce*. Le comportement d'une grenouille est en effet contrôlé par deux facteurs : l'élasticité de sa langue de métal et la pression du doigt. Lorsque la langue de la grenouille est en position relâchée, cela correspond graphiquement au fait de se trouver en un endroit élevé du surplomb de la *fronce*, loin du bord. Appuyer sur la langue en augmentant la pression est l'équivalent de s'approcher du bord. À un moment donné, la pression est d'une intensité suffisante pour que la langue se torde, en produisant un « clic », qui correspond au fait de tomber du bord du surplomb sur la surface de contrôle inférieure. Et la grenouille restera là tant que nous maintiendrons la langue de métal en position tordue. La laisser aller aura pour équivalent le retour de la grenouille sur le haut du surplomb.

Des sept catastrophes, la *fronce* est celle dont le visage, dont le modèle mathématique de changement, s'observe le plus fréquemment dans la nature. La théorie des catastrophes n'a pas pour dessein d'expliquer pourquoi il en va ainsi, mais toute explication devrait à coup sûr prendre en compte la prédominance dans la réalité des contraires, et des phases de changement réversible soudain qui les relient.

La catastrophe de la *fronce* se reconnaît par exemple dans

certains modèles de veille et de sommeil. En temps normal, nous nous enfonçons progressivement, par étapes, dans le sommeil, mais quelquefois la transition est plus brutale, après une rude séance d'entraînement par exemple. Il est toujours possible en pareil cas de se remettre – de s'éveiller – du changement catastrophique ; et c'est là le signe distinctif de la catastrophe de type *fronce*.

La *fronce* est également un visage familier dans les cas de comportements maniaco-dépressifs, dans les épisodes spasmodiques de guerre et de paix entre deux nations ennemies héréditaires, et dans les hauts et les bas erratiques du marché des changes. Comme la grenouille de métal, chacun de ces exemples de *fronce* implique un basculement soudain d'un extrême à l'autre, qui peut être suivi d'un retour à l'extrême de départ. C'est pourquoi, même s'ils ne semblent avoir, superficiellement, aucun rapport, tous ces phénomènes peuvent se décrire au moyen des mêmes formules mathématiques et se représenter graphiquement par le même paysage catastrophique. Sans la théorie des catastrophes nous ne serions pas capables de réduire ainsi le nombre des différences que le monde donne à voir.

Les cinq catastrophes restantes ne sont pas d'une application aussi large que la *fronce*, pas plus que leur surface de contrôle n'est facile à visualiser. Le problème pour visualiser ces surfaces est qu'elles sont toutes en plus de deux dimensions, ce qui est en accord avec le nombre de facteurs qui contrôlent leurs catastrophes respectives, mais qui les rend étrangères à l'idée que nous nous faisons habituellement de la représentation d'une surface. Tout ce que nous pouvons faire est d'imaginer à quoi peuvent ressembler leurs ombres en deux dimensions. Et c'est en fait à cette apparence imaginaire de leurs silhouettes 2-D que la *queue-d'aronde* et le *papillon* doivent leur nom. (Pour montrer à quel point ces images sont affaire d'imagination, Thom a coutume de rappeler que la *queue-d'aronde* a ainsi été dénommée par un de ses collègues, le mathématicien français Bernard Morin, qui est aveugle.)

De ces deux types de catastrophes, le *papillon* et la *queue-d'aronde,* c'est la première dont le visage se rencontre le plus fréquemment dans la nature. Mathématiquement, la surface de contrôle du *papillon* (ou, plus précisément, sa silhouette 2-D) se caractérise non par un seul, mais par deux surplombs, localisés en son centre. Leur disposition relative est hiérarchisée, de sorte qu'il est possible de tomber du haut du plus élevé, soit sur le surplomb intermédiaire, soit sur la surface qui se trouve au-dessous des deux. Dans l'un et l'autre cas, comme pour le paysage de la *fronce,* il est toujours possible de regrimper sur le haut du surplomb le plus élevé.

Dans la plupart des exemples de catastrophes de type *papillon,* le surplomb intermédiaire figure un compromis entre ce que représentent le niveau le plus haut et le niveau le plus bas de la surface de contrôle. Ainsi, deux nations hostiles se comportant sur le mode d'une catastrophe de type *papillon* auront toujours l'option de négocier plutôt que de passer directement de la paix à la guerre.

Les cas où le surplomb intermédiaire représente quelque chose d'autre qu'un compromis sont en petit nombre. Il y a par exemple l'anorexie mentale, la pathologie qui frappe principalement les adolescentes et les jeunes femmes. En l'absence de traitement, les anorexiques se comportent comme une catastrophe de type *fronce,* oscillant entre des phases extrêmes de jeûne et de boulimie. Dans les années 1975 cependant, le mathématicien anglais E.C. Zeeman déduisit que si la théorie des catastrophes était exacte, le phénomène d'anorexie mentale pourrait être transformé de catastrophe de type *fronce* en catastrophe de type *papillon.*

Un psychothérapeute londonien, J. Hevesi, collabora avec Zeeman pour élaborer un traitement de l'anorexie fondé sur cette hypothèse. La thérapie impliquait la mise en transe de la patiente. Cette mise en transe était un changement soudain qui correspondait au fait de sauter, soit du niveau le plus bas (jeûne), soit du niveau le plus haut (boulimie), au niveau intermédiaire d'une catastrophe de type *papillon*. C'est à ce niveau intermédiaire que les anorexiques semblent montrer la meilleure réceptivité aux interventions du psychothérapeute. Zeeman risqua l'explication suivante : « Lorsque la patiente est en phase de jeûne elle voit le monde extérieur avec angoisse, et lorsqu'elle est en phase de boulimie ce monde la submerge. » Cependant, dit-il, « durant la transe (la patiente) est isolée, son esprit est libéré à la fois de la nourriture et des ruses d'évitement de la nourriture ».

Bien que des exemples de cette nature illustrent la potentialité scientifique de la théorie des catastrophes, les scientifiques et les mathématiciens ne sont pas unanimes sur son utilité scientifique à long terme. Les pessimistes soutiennent généralement que cette utilité est limitée par le caractère qualitatif de la notion qui fonde la théorie : l'équivalence catastrophique. Comme nous l'avons vu, les catastrophes que contrôle le même nombre de facteurs sont, dans cette théorie, équivalentes, quelles que soient par ailleurs leurs dissemblances dans le détail. Les mathématiciens sceptiques quant à la valeur de la théorie avancent que ces mêmes détails, que la théorie ignore, sont précisément ceux qui seraient susceptibles d'intéresser la science.

Dans le cas de l'anorexie mentale, par exemple, les scientifiques souhaitent manifestement que l'on aille au-delà de la simple observation qualitative selon laquelle le désordre psychique suit un modèle archétype dont l'altération peut conduire à l'obéissance à un autre archétype, différent. Ils souhaitent, selon toute vraisemblance, qu'on puisse en arriver à identifier quelles sont les variations de détail du modèle archétype, dans l'espoir de découvrir quels sont les traits spécifiques qui font qu'une personne est plus ou moins susceptible de devenir anorexique.

Aussi pertinent que soit cet argument, le caractère qualitatif de la théorie des catastrophes est une heureuse addition aux mathématiques, et le bienvenu également dans le mode d'appréhension des choses en usage dans notre culture et à notre époque. Le premier mérite, s'il n'y en avait qu'un, de la théorie est d'enrichir le langage des mathématiques au point de nous permettre de rendre compte du changement brusque en des termes inconnus jusque-là. La théorie de Thom et son fondement qualitatif sont en outre un contrepoint rafraîchissant au règne réductionniste sans partage de l'analyse quantitative des détails. Comme une réponse à la demande qu'adressait le physicien allemand Bernhard Bavink aux biologistes en 1941, elle nous ouvre une rare opportunité de faire servir les mathématiques à « mettre au deuxième plan le concept de quantité mesurable et calculable, et de placer au premier rang le concept de base de la biologie qui est celui de forme ou de Gestalt ».

Dans la mesure où elle est scientifiquement utile, la théorie de Thom vient conforter le vitalisme sur deux points : que le tout ne se réduit pas à la somme de ses parties, et que considérer un tout en tant que tel peut être plus éclairant que de se perdre dans l'analyse de ses détails. Dans son ouvrage *Stabilité structurelle et morphogenèse* [34], Thom défend ce point de vue et sermonne longuement les biologistes et les physiciens sur les dangers d'une vision étriquée des choses. Il rompt en visière avec la position réductionniste dominante : « (...) on avait cru trouver, dans les interactions d'un petit nombre de particules élémentaires, l'explication de tous les phénomènes macroscopiques; en fait, plus on est descendu vers l'infiniment petit, plus les choses se sont compliquées et c'est tout un nouvel univers qu'il faut finalement explorer, sans qu'on sache d'ailleurs très bien, dans l'ensemble immense de ces nouveaux phénomènes, discerner les facteurs qui joueront un rôle dans l'organisation des faits macroscopiques [35]. »

Au moins la théorie des catastrophes nous aura-t-elle donné les moyens de prendre conscience, en catégorisant le changement, qu'il existe bien *un* ordre dans ces variétés multiples de changements qui, sans cesse, transfigurent notre univers et ce qu'il contient. Il y a un peu plus de trois cents ans, Newton découvrit qu'un objet rond en or n'a pas une course dans l'espace fondamentalement différente de celle d'un autre qui serait, disons, carré et en argent. Le seul facteur qui détermine la trajectoire de l'un comme de l'autre dans un champ gravitationnel est la vitesse qu'on lui communique lors du lancement. De la même manière, Thom a montré que le changement soudain que subit une mère que les pleurs de son enfant éveillent obéit au même modèle mathématique chez toutes les mères, quelle que soit leur appartenance géographique ou ethnique.

Dans le cas de Newton, c'est la présence du champ gravitationnel qui justifie le fait que toutes les sortes de mouvement graduel soient réductibles à trois catégories seulement. Pour rendre compte du fait que les changements soudains semblent également se réduire à un petit nombre de catégories, Thom évoque l'existence possible d'« un être géométrique qu'on appellerait le *champ vital* (tout comme le champ gravitationnel ou le champ électromagnétique) » et dont « les êtres vivants seraient les particules [36] ».

Une hypothèse de nature plus modeste peut nous amener à voir dans la théorie des catastrophes une brillante construction mathématique donnant assise à notre empathie avec le monde naturel. Le simple fait de cataloguer les phénomènes disparates les rend moins mystérieux, plus familiers à nos yeux. Je me demande si les sept catastrophes dont Thom nous a fait voir l'existence ici sur Terre pourraient se retrouver au-delà de notre système solaire, sur d'autres mondes, peut-être habités par d'autres êtres. Si les mathématiques sont, comme beaucoup d'entre nous le pensent, un langage universel, les changements soudains auront alors, où qu'ils existent, des visages aussi familiers que ceux que nous voyons sur Terre – quoique subsiste la possibilité de quelques combinaisons étranges... Imaginez un monde où les ballons cliquètent et où les grenouilles éclatent.

Consulter aussi le chapitre :
« En quête du point de fuite »

La combinatoire
GUERRE ET PAIX

> ***Les problèmes du monde ne seront pas résolus par les sceptiques ou les cyniques dont les horizons sont bornés par la réalité et ses évidences. Il nous faut des hommes capables de rêver des choses qui jamais ne furent.***
>
> John Fitzgerald Kennedy

Le comédien George Carlin a un jour proposé un moyen simple pour assurer la paix universelle : tous les êtres humains devraient se rencontrer pour se serrer la main et se présenter l'un l'autre. L'idée est séduisante mais n'est, hélas, que pure fantaisie – si chacun de nous suivait le conseil de Carlin et serrait une main différente par seconde, la tâche ne serait pas achevée avant au moins cent ans.

La proposition en forme de boutade de Carlin met en lumière une vérité plus sérieuse touchant l'existence humaine, à savoir que bon nombre de nos rêveries les plus chères se retrouvent entravées par nos limitations, et notamment par notre incapacité dans le maniement des très grandes quantités. Dans notre monde de plus de quatre milliards d'habitants par exemple, où une guerre peut éclater entre deux personnes quelconques ou plus, il y a une potentialité pour bien plus de cent milliards de milliards de milliards de conflits différents. Un aussi grand nombre de combinaisons possibles susceptibles de troubler la paix ne nous laisse guère d'espoir de nous affranchir de toute hostilité, même si chacun de nous consacrait une partie de son temps à jouer les conciliateurs.

Dans le monde des mathématiques aussi il existe des problèmes dont le nombre de combinaisons d'éléments est si important qu'il écrase nos moyens de les résoudre. Un exemple typique est le problème déjà ancien du voyageur de commerce, qui repose sur la question suivante : quel est l'itinéraire passant par toutes les villes qu'il est censé visiter qui assurera au voyageur de commerce le trajet le plus court possible? Si les villes sont en petit nombre, le tour du problème est facile à faire, mais pour un plus grand nombre, cinquante par exemple, il faudra choisir parmi plus de cent mille millions de millions d'itinéraires différents possibles.

En mathématiques, les problèmes qui requièrent l'analyse de combinaisons de choses constituent ce qu'on appelle la combinatoire. L'analyse consiste d'ordinaire à calculer toutes les combinaisons possibles, dans le dessein d'identifier la seule qui répond exactement à la question posée.

La plupart de ces problèmes font intervenir un nombre maniable de combinaisons possibles, et la solution en est d'un accès facile. C'est le cas des problèmes où l'on demande de faire l'inventaire de toutes les manières possibles d'apparier une douzaine de chaussettes (66 solutions possibles), de former des fractions à partir des dix premiers nombres (45), ou de grouper une douzaine d'invités autour de trois tables distinctes (220).

Dans certains problèmes, cependant, le nombre de combinaisons est tellement astronomique – plus grand que le nombre total des étoiles dans l'Univers tout entier – que même l'ordinateur le plus rapide au monde ne pourrait en venir à bout dans un temps raisonnable. Ce qui est le cas, notamment, pour le problème du voyageur de commerce et des cinquante villes. Le nombre de combinaisons possibles dans les problèmes de ce type est tellement impressionnant que le rêve initial des mathématiciens d'être à même de les résoudre entièrement a dû céder le pas à l'ambition, plus modeste, de déterminer leurs solutions *approximatives*, qui sont optimales non pas dans l'absolu, mais dans la mesure de nos moyens.

Il est d'usage en combinatoire de classer les problèmes par ordre de grandeur, en fonction de la manière dont croît le temps mis par un calculateur numérique à déterminer toutes les combinaisons possibles à mesure qu'augmente le nombre des éléments du problème. (On dit que le nombre des éléments est la taille du problème, et dans l'exemple du voyageur de commerce, ce nombre correspond à celui des villes de l'itinéraire.) Ces degrés sont au nombre de trois; par ordre croissant : arithmétique, polynomial, et non polynomial.

Avec un problème de classe arithmétique, le temps de calcul requis pour déterminer toutes les combinaisons possibles croît en simple proportion de la taille du problème. Ce sont des problèmes comme celui qui consiste à opérer un tri dans un groupe de candidats pour trouver celui qui répondra le mieux aux attentes d'un client donné. Si nous doublons ou triplons le nombre des individus du groupe – c'est-à-dire la taille du problème –, nous doublons ou triplons le temps de calcul nécessaire.

Le temps de calcul pour un problème de classe polynomiale croît de manière plus abrupte, comme une puissance (un carré, un cube, etc.) de la taille du problème. On inclut dans cette classe des problèmes comme celui du calcul du nombre de plaques d'immatriculation de trois lettres et de trois chiffres que l'on peut composer à partir d'un ensemble de vingt-six lettres et de dix chiffres, de zéro à neuf (Réponse : 17 576 000). Doubler ou tripler l'ensemble des lettres ou des chiffres de départ fait croître le nombre total de combinaisons possibles de huit fois autant ou de vingt-sept fois autant (c'est-à-dire 2 au cube ou 3 au cube), et le temps de calcul requis pour déterminer toutes les possibilités est augmenté dans la même proportion.

Pour un problème non polynomial – ou de classe NP – le temps de calcul nécessaire augmente de manière exponentielle avec sa taille, suivant le même schéma que la croissance rapide d'une population d'individus qui se reproduisent. Cette classe est en grande partie composée de problèmes de planification dans lesquels la gageure est d'identifier le seul plan qui produira l'effet escompté. On y trouve aussi bien le problème du voyageur de commerce que celui, apparenté, de la détermination des routes de navigation auquel est confrontée l'industrie des transports aériens.

Les compagnies aériennes cherchent à planifier les escales de manière à minimiser les dépenses tout en répondant à la nécessité d'assurer au mieux la desserte d'autant de villes que possible. C'est un problème qui peut facilement devenir insoluble. Une compagnie américaine, *People's Express,* est passée de la desserte de seulement une demi-douzaine de villes à la desserte de deux douzaines de villes, changement qui a fait croître le nombre de plans de routes possibles d'environ 32 à 1 048 576. D'avoir seulement quadruplé la taille du problème a fait croître le nombre de combinaisons possibles de 32 768 fois autant. Devant une telle complexité, il n'est pas étonnant qu'une compagnie aérienne doive employer une trentaine de personnes et deux ordinateurs pendant deux ans pour préparer une seule planification de l'ensemble de ses vols.

Des trois classes de problèmes combinatoires, les classes arithmétique et polynomiale sont les deux seules que les mathématiciens parviennent d'ordinaire à traiter à l'aide d'ordinateurs, car elles seules ont une croissance en fonction de leur taille suffisamment lente. Quelques problèmes de classe NP de petite taille restent également solubles. Mais même avec les ordinateurs les plus rapides d'aujourd'hui, calculer toutes les combinaisons possibles d'un seul problème de la taille de celui du voyageur de commerce et des cinquante villes prendrait quelque trente mille ans, et aucun ordinateur dans un futur prévisible ne sera capable de résoudre les problèmes de classe NP de grande taille.

Sur ce dernier point, il aura fallu attendre les trois dernières décennies pour en arriver graduellement à un point de vue en net contraste avec l'optimisme qui régnait parmi les mathématiciens lorsque, dans les années 40, les premiers calculateurs numériques virent le jour. Avec la série des UNIVAC [37] était née la croyance que le rêve de résoudre les problèmes de classe NP de grande taille deviendrait réalité dès qu'on serait parvenu à construire un calculateur d'une puissance suffisante. À mesure que passaient les années, les calculateurs devinrent en effet de plus en plus puissants, mais, comme nous l'avons vu, un grand nombre de problèmes de classe NP de grande taille dépassent leurs capacités aujourd'hui encore – et probablement pour longtemps.

Plutôt que d'abandonner totalement leur rêve de solution des problèmes de classe NP, les mathématiciens choisirent de viser une cible moins difficile. Depuis presque trente ans ils se sont appliqués à trouver des solutions approchées, en employant des techniques qui n'impliquent pas l'inventaire exhaustif de toutes les combinaisons possibles d'un problème de classe NP de grande taille.

Ces techniques d'optimisation, ainsi qu'on les nomme, reposent sur la capacité du mathématicien de déterminer avant toute chose à quels critères la bonne solution est susceptible de satisfaire. Il élabore ensuite une solution opératoire conforme à ces critères, à la manière d'un enseignant composant un programme qui reflète un ensemble de partis pris pédagogiques. Une telle solution est dite optimale parce qu'elle répond aux critères spécifiés, mais, à la différence de *la* bonne solution, elle n'est ni unique ni parfaite. La raison en est simple : les critères dont cette solution optimale est dérivée sont dans le même cas – ni uniques ni parfaits. Ce ne sont guère plus que des conjectures raisonnées.

L'une des solutions optimales du problème de grande taille du voyageur de commerce se fonde sur la règle empirique selon laquelle le voyageur devra toujours se rendre de l'endroit où il se trouve à la ville la plus proche. C'est ce qu'on appelle le critère de la ville – la plus proche – non visitée, et il s'appuie manifestement sur le sens commun.

Bien que ce critère de bon sens ne nous conduise pas à *la* bonne solution, il s'approche généralement de la perfection dans une marge de 20 % – c'est-à-dire qu'il nous donne un itinéraire le plus court possible de 20 % plus long que l'itinéraire parfait. Pour en arriver à cette estimation, les mathématiciens ont comparé la solution optimale avec la bonne solution dans les cas où la taille du problème en rendait le traitement exhaustif possible. L'hypothèse, raisonnable, étant alors que le risque d'erreur était du même ordre dans ce cas que dans celui de la recherche de la solution optimale pour les problèmes de grande taille.

La multiplicité des critères d'optimisation est particulièrement évidente dans les efforts des compagnies aériennes pour venir à bout de leurs problèmes de planification de classe NP. Elles recourent généralement à des combinaisons variées de quatre scénarios d'optimisation, qui découlent tous plus ou moins du sens commun : une planification sur le modèle un saut-une escale *(skipstop scheduling)*, une autre de type régional *(local scheduling)*, la troisième sans-escale *(nonstop scheduling)*, et la dernière par raccordements transversaux *(cross-connection scheduling)*.

Dans le premier plan, les routes de navigation desservent directement chacune des villes se trouvant le long d'une seule route, assurant une efficacité pour des distances moyennes (les moyen-courriers). Le deuxième plan dessine la desserte régionale de toutes les villes le long de segments de routes, assurant un service parfait dans un petit rayon d'action (les court-courriers). Le troisième plan prévoit des vols directs pour relier des villes éloignées : la rapidité des long-courriers. Le dernier plan, enfin, donne pour terminus à chacun des vols un nœud de carrefours, Chicago par exemple, offrant ainsi aux passagers des options de destinations multiples. Le raisonnement est ici qu'aucune compagnie ne peut assurer la liaison directe de toutes les villes deux à deux. En conséquence, un passager venant de Providence, dans l'État de Rhode Island, à destination de Santa Barbara en Californie, aura la possibilité de changer d'avion à un nœud de trafic important, dans l'un des aéroports situés sur son trajet.

Bien que notre réelle incapacité à calculer les grands nombres de combinaisons ait contraint la plupart des mathématiciens à concentrer leurs efforts dans la seule détermination de solutions optimales, une récente découverte en combinatoire est venue réveiller chez quelques-uns un peu des rêves anciens. En 1971, le mathématicien américain Richard Karp, de l'université de Berkeley, a découvert qu'il existe une sous-catégorie de problèmes de classe NP, qui sont en un sens archétypes de la classe tout entière. Karp les appelle problèmes NP-complets, parce que, comme il l'a prouvé, le jour où les mathématiciens pourront résoudre ne serait-ce qu'un seul de ces problèmes NP-complets, ils auront alors en main les moyens techniques de résoudre exhaustivement *tous* les problèmes de classe NP. Et le problème du voyageur de commerce fait partie de ces problèmes prototypes.

Ce que Karp a mis en lumière est un progrès qui a mené les mathématiciens plus près de la solution des problèmes de classe NP de grande taille – et en même temps ce n'en est pas un : Il n'a en effet aucunement remédié à notre incapacité de calculer les grands nombres de combinaisons, mais il a considérablement réduit la gageure en faisant la mise au point sur le défaut de la cuirasse, conduisant du même coup les mathématiciens un peu plus près d'une possibilité de succès dans la réponse.

Dans le même temps, c'est toujours la nature humaine qui exerce son influence sur le cours des recherches combinatoires actuelles. Les mathématiciens à la poursuite de solutions optimales là où les solutions parfaites sont inaccessibles ont le même comportement que le reste des êtres humains à la recherche d'une paix approximative quand une véritable paix universelle leur est interdite – même s'ils s'obstinent à rêver à la suppression de tout conflit. Les mathématiciens ont vraisemblablement autant de chances de résoudre le problème du voyageur de commerce et des cinquante villes que nous d'assurer au monde une paix universelle. Et pourtant la nature humaine est ainsi faite que la découverte combinatoire de Karp comme la proposition « réaliste » de Carlin peuvent évoquer en nous le même genre d'espoir, aussi lointain soit-il. L'espoir est que si nous parvenons un jour à résoudre un seul de ces problèmes que le nombre écrase, que ce soit celui du voyageur de commerce ou celui du bourbier des conflits humains, tous les problèmes apparentés seront du même coup résolus [38].

Chronologie

Quelques repères biographiques concernant les mathématiciens cités au cours de ces essais : dates et apports essentiels à l'histoire des mathématiques [1].

Avant J.-C.

V. 625-v. 547. THALÈS DE MILET était réputé dans l'Antiquité pour avoir introduit le concept de preuve logique en géométrie.

560-480. PYTHAGORE DE SAMOS a fait de nombreux apports aux premiers développements de la géométrie. Son nom est généralement associé à une explication du monde fondée sur le nombre (musique, astronomie, géométrie). Lui et les membres de sa secte ont également découvert les nombres irrationnels et posé les bases de la numérologie moderne. Le théorème qui porte son nom lui est certainement bien antérieur.

427 ou 428-348 ou 347. PLATON, disciple de Socrate, élabora une philosophie des formes idéales qui influence aujourd'hui la philosophie des mathématiques que l'on dit platonicienne.

384-322. ARISTOTE, sans doute le philosophe le plus important de l'Antiquité en ce qui concerne la méthode scientifique, est notamment l'auteur de l'*Organon*, pierre angulaire de la logique déductive.

V. 295. EUCLIDE. On ne sait presque rien sur sa vie; on suppose quelquefois qu'il enseigna les mathématiques à Alexandrie, mais sans fondement assuré. Son œuvre maîtresse est un travail de compilation et de systématisation des résultats antérieurs de la géométrie grecque en un tout cohérent et logique : les treize livres des *Éléments,* qui est le deuxième best-seller mondial de tous les temps après la Bible.

287-212. ARCHIMÈDE est peut-être le plus grand mathématicien de l'Antiquité; également célèbre pour ses travaux d'« ingénieur »; a notamment développé un système numérique qui a permis pour la première fois d'exprimer la taille de l'Univers. Certains de ses travaux en font un précurseur du calcul infinitésimal.

Après J.-C.

100-168. CLAUDE PTOLÉMÉE, dernière grande figure de la science hellène, auteur de travaux de trigonométrie, d'optique, de cartographie – et d'astronomie, où une application brillante des mathématiques lui permit la construction du système géocentrique qui porte son nom.

1596-1650. RENÉ DESCARTES, philosophe et mathématicien français, auteur notamment d'une reformulation des résultats de la géométrie combinant l'introduction de la notation algébrique moderne et la méthode des coordonnées : la géométrie analytique.

1642-1727. ISAAC NEWTON, philosophe et mathématicien anglais, auteur de la théorie de la gravitation universelle et inventeur, indépendamment de Leibniz, du calcul différentiel.

1646-1716. GOTTFRIED WILHELM VON LEIBNIZ, philosophe et mathématicien allemand, inventeur, indépendamment de Newton, du calcul infinitésimal, sous une forme (et avec une notation) encore en grande partie utilisée aujourd'hui.

1707-1783. LEONHARD EULER, mathématicien suisse, esprit universel; son œuvre est une des plus vastes de l'histoire des sciences, tant par la richesse que par la variété. Sa solution du problème des sept ponts de Königsberg est souvent considérée comme l'ancêtre de la topologie et de la théorie des graphes.

1777-1855. CARL FRIEDRICH GAUSS, génie universel, « le prince des mathématiciens »; son œuvre couvre tous les domaines des mathématiques, et les renouvelle pour la plupart. Nombre des découvertes de ses successeurs du XIXe siècle ne seront qu'une redécouverte de ses résultats. On lui doit notamment la géométrie différentielle.

1790-1868. AUGUST FERDINAND MÖBIUS, mathématicien allemand qui contribua aux premiers développements de la topologie.

1792-1856. NIKOLAÏ IVANOVITCH LOBATCHEVSKI, professeur de mathématiques russe qui développa, indépendamment de Gauss et de Bolyai, sa géométrie imaginaire, non euclidienne, qui résolvait le problème des parallèles.

1802-1860. JÁNOS BOLYAI, mathématicien hongrois qui inventa, indépendamment de Gauss et de Lobatchevski, une géométrie non euclidienne.

1811-1832. ÉVARISTE GALOIS, mathématicien français qui, pour résoudre le problème des équations algébriques du cinquième degré, introduisit des concepts (groupe, corps) qui en font le principal fondateur de la théorie des groupes.

1814-1897. JAMES J. SYLVESTER, mathématicien anglais qui, avec Cayley, contribua à l'élaboration de l'algèbre abstraite par l'invention des matrices.

1821-1895. ARTHUR CAYLEY, mathématicien anglais, co-inventeur des matrices, avec Sylvester.

1826-1866. GEORG FRIEDRICH BERNHARD RIEMANN, mathématicien allemand; il développa la géométrie différentielle de Gauss, introduisit la notion d'espace métrique multidimensionnel *(multiplicité)*, ouvrant la voie au concept moderne de dimension. Est souvent également considéré, avec Poincaré, comme l'un des fondateurs de la topologie (notamment pour sa définition de l'invariant).

1831-1916. JULIUS WILHELM RICHARD DEDEKIND, mathématicien allemand, l'un des initiateurs de conceptions modernes en mathématiques, notamment pour ses travaux en théorie des nombres et son éclaircissement de la définition des nombres irrationnels.

1845-1918. GEORG CANTOR, mathématicien allemand, fondateur de la théorie des ensembles; ses travaux sur l'infini sont à la source de notre compréhension actuelle du sujet.

1848-1925. GOTTLOB FREGE, mathématicien et logicien allemand; ses travaux sur la reformulation de l'arithmétique en termes de logique, afin de la fonder, à l'instar de la géométrie, sur une axiomatique en font l'un des précurseurs de la logique formelle et des « mathématiques modernes ».

1849-1925. FELIX KLEIN, mathématicien allemand, sa classification des diverses sortes de géométrie en termes de groupes de transformations (le *Programme d'Erlangen,* 1872) est la base de notre compréhension actuelle du domaine.

1854-1912. JULES HENRI POINCARÉ, français, savant universel qui a dominé toutes les mathématiques de son temps; a également contribué à la physique mathématique et à la philosophie des sciences.

1862-1943. DAVID HILBERT, philosophe et mathématicien allemand; l'un des plus grands mathématiciens modernes qui exerça, avec Poincaré, le plus d'influence sur les mathématiques du XXe siècle et sur leur philosophie.

1872-1970. BERTRAND RUSSELL, philosophe, logicien et mathématicien britannique à qui l'on doit des contributions majeures dans les domaines de la logique et de la philosophie mathématiques.

1906-1978. KURT GÖDEL, logicien américain, d'origine autrichienne, célèbre pour sa preuve énonçant que toujours existeront des énoncés mathématiques vrais dont la vérité ne pourra être prouvée au moyen de la logique.

1922-1974. IMRE LAKATOS, philosophe des mathématiques hongrois, disciple de Karl Popper, qui élabora un système à partir des résultats de Gödel, que l'on caractérise d'ordinaire sous le nom de « faillibilisme ».

Glossaire

Algèbre : une généralisation du calcul des nombres (de l'arithmétique), qui implique l'addition, la soustraction, la multiplication et la division de beaucoup plus de sortes de nombres que les seuls nombres positifs.

Arithmétique : étude du calcul des nombres entiers et rationnels au moyen des quatre opérations élémentaires, addition, soustraction, multiplication et division.

Asymptote : en géométrie, la ligne frontière en direction de laquelle une autre ligne peut approcher avec une proximité toujours croissante sans l'atteindre jamais.

Axiome : proposition générale reçue et acceptée comme vraie sans démonstration; ne doit pas être mise en doute – voir *Postulat.*

Calcul différentiel : étude et description du changement uni et continu.

Carré : en arithmétique, est égal à un nombre multiplié par lui-même (par exemple, 9 est égal au carré de 3) – voir *Racine carrée.*

Catastrophes (Théorie des) : étude et description mathématique du changement brusque.

Chances : voir *Probabilité.*

Chaos : en statistique, un comportement est dit chaotique lorsqu'il est totalement imprévisible.

Combinatoire : étude des problèmes qui impliquent des combinaisons d'éléments.

Commutatif : en algèbre, renvoie au fait qu'une opération (addition ou multiplication, par exemple) donne le même résultat quel que soit l'ordre des termes ou des facteurs choisis pour l'effectuer.

Conjecture : présomption raisonnée, non prouvée, de quelque évidence mathématique.

Conjecture de Goldbach : la conjecture selon laquelle tout nombre pair peut être exprimé sous la forme de la somme de deux nombres premiers (par exemple, $4 = 3 + 1$ et $8 = 3 + 5$).

Corrélation : en statistique, interdépendance établie entre deux traits ou plus (tabac et cancer du poumon, par exemple).

Croissance exponentielle : en parlant d'une population, décrit une croissance qui augmente à un taux toujours proportionnel à la taille de la population considérée. Autrement dit, plus la *taille* de la population augmente, plus sa croissance est *rapide*.

Droite numérique : droite le long de laquelle sont disposés les nombres entiers; les fractions et les nombres irrationnels, par ordre croissant.

Échantillon : en statistique, groupe représentatif de la population dont ses membres sont issus.

Ensemble : en théorie des ensembles, toute collection d'objets réels ou imaginaires.

Ensemble vide : l'ensemble qui ne contient aucun élément.

Fractal : objet dont le nombre de dimensions est fractionnaire.

Fraction : un nombre entier divisé par un autre nombre entier (par exemple, $3/2$, $5/3$, etc.).

Géométrie : étude des formes et des grandeurs des figures, de toutes les manières possibles; la géométrie analytique utilise par exemple des techniques algébriques, tandis que la géométrie différentielle utilise le calcul différentiel.

Groupe : voir *Théorie des groupes.*

Homéomorphisme : voir *Transformation topologique.*

Hypothèse : point de départ d'une démonstration logique – voir *Conjecture.*

Hypothèse du continu : la conjecture formulée par Cantor en 1878, selon laquelle les irrationnels sont en nombre $\aleph_1$ – voir *Nombres transfinis.*

Invariant : en topologie, toute propriété d'un objet qui résiste à une transformation topologique.

Moyenne : en statistique, quelque trait caractérisant les membres d'un groupe.

Multiplicité : en topologie, univers conceptuel d'un nombre quelconque de dimensions.

Nombre entier : nombre formé d'une somme d'unités, n'importe lequel des nombres de l'énumération 0, 1, 2, 3, 4, etc.

Nombre imaginaire : en algèbre, nom donné à un nombre dont le carré est un nombre négatif; comparer avec nombre réel.

Nombre irrationnel : un nombre que l'on ne peut exprimer ni sous la forme d'un entier, ni sous la forme d'une fraction, mais seulement comme une suite infinie de décimales (par exemple, le nombre *pi :* 3,14159...).

Nombre négatif : en algèbre, nombre inférieur à zéro.

Nombre positif : nombre supérieur à zéro.

Nombre premier : nombre qui n'admet comme diviseur que lui-même et un.

Nombre rationnel : nombre qui peut être exprimé sous la forme d'un rapport de deux nombres entiers.

Nombre réel : nombre dont le carré est un nombre positif.

Nombres transfinis : la hiérarchie des infinis, élaborée au XIXe siècle par Georg Cantor, désignée par la série de symboles $\aleph_0$, $\aleph_1$, $\aleph_2$, $\aleph_3$, etc. (où $\aleph$ – première lettre de l'alphabet hébraïque – se lit *aleph*). Chaque aleph est un infini plus grand que celui qui le précède immédiatement, et $\aleph_0$ correspond à ce que nous entendons communément lorsque nous employons le mot « infini ».

Paradoxe : argument conduisant généralement à un dilemme ou à une contradiction avec le sens commun.

Parallèle : en géométrie, se dit de deux droites ou plus qui ne se rencontrent jamais, de quelque distance qu'on les prolonge.

Philosophie : en mathématiques, concerne l'étude de sujets tels que la nature des êtres mathématiques, des preuves et des fondements.

Pi : seizième lettre de l'alphabet grec, nom donné au rapport de la circonférence d'un cercle à son diamètre – en gros égal à 3,14159.

Plan complexe : en algèbre, sorte de carte sur laquelle les coordonnées de chaque point correspondent, l'une à un nombre réel, l'autre à un nombre imaginaire.

Point : un des éléments de base de la géométrie; entité censée posséder une localisation, mais aucune dimension.

Polygone : en géométrie, une figure à plusieurs côtés, en deux dimensions.

Postulat : proposition que l'on demande d'admettre comme vraie sans démonstration; on peut douter d'un postulat – voir *Axiome*.

Preuve : argument logique établissant la vérité d'une hypothèse.

Probabilité : un nombre (généralement un pourcentage) exprimant l'éventualité que se produise tel événement parmi un ensemble de possibles.

Pseudosphère : en géométrie, objet dont la forme ressemble à celle qu'auraient deux trompettes de héraut dont les pavillons seraient mis bout à bout.

Racine carrée : nombre qui, élevé au carré, reproduit le nombre proposé (par exemple, 3 est la racine carrée de 9).

Ruban (ou bande) de Möbius : en topologie, ruban à une seule face réalisé par la torsion d'un demi-tour donnée à l'une des extrémités d'une bande de papier avant de les coller bout à bout.

Singularité : point mathématique auquel une grandeur donnée est infinie.

Solide : en géométrie, tout objet ayant trois dimensions.

Stratégie optimale : dans la théorie des jeux à deux joueurs, la stratégie qui assure la victoire à l'un des joueurs, ou partie égale aux deux.

Syllogisme : en logique, énoncé déductif, formé d'ordinaire de deux propositions (postulats), à partir desquelles on fait découler une troisième, qui est la conclusion.

Théorème : conclusion mathématique prouvée selon les règles d'un système logique donné.

Théorème de Pythagore : formule permettant de calculer le troisième côté d'un triangle rectangle si les longueurs des deux autres côtés sont connues.

Théorie des catastrophes : étude et description mathématique du changement brusque.

Théorie des groupes : branche des mathématiques nous permettant d'appréhender des symétries inaccessibles aux cinq sens.

Théorie des jeux : étude mathématique des conflits d'intérêt entre deux personnes ou plus.

Topologie : branche de la géométrie qui étudie les propriétés des objets qui restent inchangées au travers des transformations topologiques.

Transformation topologique : opération consistant à plier, étirer ou tordre un objet.

Notes

Introduction

L'angoisse mathématique

1. Poète, dramaturge et romancier anglais (1878-1967) *(N. d. T.)*.

2. En français dans le texte *(N. d. T.)*.

3. « Les hommes politiques méprisent les journalistes, les peintres méprisent les critiques d'art. Les biologistes, les physiciens et les mathématiciens, en général, réagissent de même. Il n'y a pas de mépris plus profond, ni somme toute plus justifié, que celui du créateur pour l'exégète. Aux esprits de second ordre d'exposer, de critiquer ou d'apprécier. » G.H. Hardy, *L'Apologie d'un mathématicien,* trad. fr. D. Jullien et S. Yoccoz, Paris, Belin, coll. « Un savant, une époque », 1985, p. 9 *(N. d. T.)*.

4. Bernhard Riemann (1826-1866) était l'élève d'un autre célèbre mathématicien : Carl Friedrich Gauss (1777-1855). C'est ce dernier qui lui avait demandé de travailler sur les fondements de la géométrie pour la soutenance publique à laquelle il devait se soumettre avant d'acquérir le titre de *Privatdozent.* La soutenance eut lieu en 1854, en présence de Gauss; le texte en fut publié, en 1868, sous le titre : « Sur les hypothèses qui fondent la géométrie. » Les travaux de Riemann sur l'espace métrique multidimensionnel sont la source de la géométrie différentielle

moderne. Cf. M. KLINE, *Mathématiques : la fin de la certitude,* trad. fr. J.-P. Chrétien-Goni et Ch. Lazzeri, Paris, Christian Bourgois, coll. « Épistémè-Essais », 1989, p. 158-159 *(N. d. T.).*

5. « In plain English » *(N. d. T.).*

6. *The Call of the Wild,* célèbre roman de Jack London, 1903 *(N. d. T.).*

PREMIÈRE PARTIE

Le rêve à l'œuvre

1. Astronome et physicien anglais (1882-1944), spécialisé dans la physique des étoiles; on lui doit la naissance d'une discipline nouvelle : la dynamique stellaire *(N. d. T.).*

2. Encyclique Aeterni Patris Unigenium. Plutôt qu'une influence « étale » du XIIIe siècle au XIXe siècle, il semble qu'après une quasi-déshérence de la seconde moitié du XVIIIe siècle au dernier tiers du XIXe siècle (où la figure de Johann Adam Moehler, 1786-1838, presque seule émerge), ce soit précisément l'encyclique de Léon XIII qui ait suscité un renouveau, tout un mouvement de recherche *(N. d. T.).*

3. En français dans le texte *(N. d. T.).*

4. B. RUSSELL, *Histoire de mes idées philosophiques,* trad. de l'anglais par G. Auclair, Paris, N.R.F., Gallimard, « Les Essais », 1961, réimp. « Tel », 1989, p. 94, trad. rev. *(N. d. T.).*

5. B. RUSSELL, *op. cit., (N. d. T.).*

6. ID., *op. cit.,* p. 95, trad. rev. *(N. d. T.).*

7. ID., *op. cit.,* p. 94, trad. rev. En 1918, Russell rendit ce paradoxe célèbre en lui donnant une forme anecdotique : celle du Paradoxe du Barbier. « Dans un village se trouve un barbier. Respecté de tous et expert en son métier, il rase tous les hommes du village qui ne se rasent pas eux-mêmes, et seulement ceux-là. On demande : " Qui rase le barbier? " Il se rase lui-même, répondez-vous. Mais, si tel est le cas, il viole la règle stipulant qu'il rase tous les hommes du village qui *ne* se rasent *pas* eux-mêmes. Cependant, s'il ne se rase pas lui-même, il contrevient au principe selon lequel il doit raser *tous* les hommes du village qui ne se rasent pas eux-mêmes. " Qui donc rase le barbier? " *In* N. FALLETA,

Le Livre des paradoxes, trad. de l'américain par J.-F. Hamel, Paris, Belfond, 1987, p. 127 *(N. d. T.).*

8. I. LAKATOS, *Preuves et réfutations, Essai sur la logique de la découverte mathématique,* trad. Fr. Nicolas Balacheff et J.-M. Laborde, Paris, Hermann, 1984, p. 5 *(N. d. T.).*

9. M. KLINE, *Mathématiques : la fin de la certitude,* trad. fr. J.-P. Chrétien-Goni et Ch. Lazzeri, Paris, Christian Bourgois, coll. « Épistémè essais », 1989 *(N. d. T.).*

10. ID., *op. cit.,* p. 579 *(N. d. T.).*

11. ID., *op. cit.,* p. 580 *(N. d. T.).*

12. ID., *op. cit.,* p. 608 *(N. d. T.).*

13. ID., *op. cit. (N. d. T.).*

14. D. HILBERT, « On the Infinite », *Mathematische Annalen,* 95, 1925, 161-190; cf. M. KLINE, *op. cit.,* p. 474.

15. ID., *Atti del congresso dei matematici,* vol. I, p. 135-141, *in* M. KLINE, *op. cit.,* p. 474 *(N. d. T.).*

16. B. RUSSELL, *Portraits from Memory,* in Ph. J. DAVIS, R. HERSH, *L'Univers mathématique,* trad. et adapt. fr. L. Chambadal, Paris, Gauthier-Villars, 1985, p. 324, trad. rev. *(N. d. T.).*

17. W. SHAKESPEARE, *Troïle et Cresside,* III, 2, trad. fr. P. Leyris, Paris, Jean-Jacques Pauvert, 1961, p. 78 *(N. d. T.).*

18. 2,54 cm *(N. d. T.).*

19. 0,2 116 666 cm *(N. d. T.).*

20. *Mile,* course plate classique du demi-fond anglo-saxon, sur une distance de 1 609,34 m, transposée en 1 500 m dans les programmes internationaux *(N. d. T.).*

21. 1 215,25 cm *(N. d. T.).*

22. Le dernier record est celui de l'Anglais Steve Cram, établi à Oslo (Norvège), le 27.5.1985, en 3,46 min 36 s. *(N. d. T.).*

23. Coureur spécialiste du *mile (N. d. T.).*

24. 96,5604 km/h *(N. d. T.).*

25. Poète et médecin anglais (1721-1770) *(N. d. T.).*

26. L'explication joue ici sur la dérivation *ratio/rational;* la langue anglaise a en effet directement emprunté au latin (où il signifiait calcul, compte, puis méthode et raison) le terme *ratio* pour désigner un rapport, une proportion. On trouve un emploi analogue dans le vocabulaire spécialisé de la gestion – friand d'anglicismes – où *ratio* désigne un rapport, souvent en forme de

pourcentage, entre deux grandeurs, économiques ou financières, servant d'indicateurs *(N. d. T.)*.

27. Quand on pince une corde, la hauteur de la note obtenue dépend de la longueur de la corde vibrante; les pythagoriciens, avaient observé le fait, mais en outre qu'étaient harmonieuses à l'oreille (participant de l'« harmonie du monde ») les notes que produisaient des longueurs de cordes ayant entre elles des rapports de nombres entiers, et, notamment, *l'octave,* la *quinte* et la *quarte* (intervalles que, de nos jours, l'on qualifie encore de « justes »). Si une corde de longueur donnée produit une note donnée lorsqu'on la pince, une telle corde dont la longueur sera réduite de moitié (1 : 2) produira une note à l'octave supérieure. Un rapport de longueur de 2 à 3 (2 : 3) donnera une quinte, et un rapport de 3 à 4 (3 : 4), une quarte. L'observation vaut également pour la longueur d'une colonne d'air vibrante dans un instrument à vent *(N. d. T.)*.

28. La légende rapporte qu'Hippase de Métaponte fit cette découverte lors d'une traversée en mer et qu'il fut jeté par-dessus bord pour avoir – sacrilège – mis en évidence un rapport incommensurable qui bouleversait l'ordonnance des nombres et des phénomènes. Cf. M. KLINE, *op. cit.*, p. 192-193, St. HILDEBRANDT, A. THROMBA, *Mathématiques et formes optimales, l'explication des structures naturelles,* trad. fr. J. Guigonis, Paris, Belin, 1986, p. 31 *(N. d. T.)*.

29. *The Wizard of Oz,* célèbre film (M.G.M.) de Victor Fleming – auquel participa King Vidor – avec, notamment Ray Bolger, Frank Morgan et surtout Judy Garland, dans un rôle qui la consacra. Le scénario était l'adaptation du premier volume (*The Wonderful Wizard of Oz,* 1900) d'un classique de la littérature enfantine, évoquant le légendaire pays d'Oz, écrit par Lyman Frank Baum (1856-1919), « Le Grimm américain » *(N. d. T.)*.

30. Les mathématiciens disent *non dénombrable (N. d. T.)*.

31. Dès 1906, Robert Andrews Millikan chercha, à la suite de Joseph John Thomson, du Laboratoire Cavendish (Cambridge, Grande-Bretagne), à déterminer la charge de l'électron. La méthode consistait à mesurer la vitesse du déplacement de gouttelettes d'huile entre deux plaques métalliques chargées. Une mesure précise fut obtenue en 1909, et démonstration faite que la charge de l'électron était la plus petite que l'on puisse rencontrer, et que

toute charge électrique mesurable en était un multiple. Millikan reçut en 1923 le prix Nobel pour cette découverte, ainsi que pour ses travaux sur l'effet photoélectrique. En 1929, on montra que, du fait d'une mesure défectueuse de la viscosité de l'air, la valeur obtenue était erronée d'un pour cent, ce qui était une marge d'erreur supérieure à celle que Millikan avait prévue *(N. d. T.)*.

32. Respectivement : hélium, néon, argon, krypton, xénon et radon, les gaz rares, qui occupent la dernière colonne de la classification périodique (le tableau de Mendeleïev); leurs propriétés d'inertie (ainsi que des propriétés spectrales) sont une des raisons principales de leur utilisation dans la fabrication des lampes *(N. d. T.)*.

33. Respectivement : fluor, chlore, brome, iode et astate, occupant l'avant-dernière colonne de la classification périodique, et qui réagissent avec pratiquement tous les éléments, formant des composés parmi les plus importants de la chimie. Le plus oxydant, le fluor, parvient à dissocier l'ozone atmosphérique *(N. d. T.)*.

34. « Geist : Du gleichst dem Geist, den du begreifst, / Nicht mir! » (L'Esprit : Tu ressembles à l'Esprit que tu conçois; / Pas à moi!), Goethe, *Faust*, 512, trad. et préf. H. Lichtenberger, Paris, Éd. Aubier Montaigne, 1976, p. 19 *(N. d. T.)*.

35. Personnage créé par l'humoriste américain James Thurber *(La Vie secrète de Walter Mitty)* qui, rebuté par le monde réel, se réfugie dans un univers imaginaire dont il est le héros; ses aventures furent portées à l'écran par Norman Z. Mac Leod en 1947, avec Danny Kaye dans le rôle-titre *(N. d. T.)*.

36. Un pouce = 2,54 cm *(N. d. T.)*.

37. G. CANTOR, « Sur les fondements de la théorie des ensembles transfinis », *Mathematische Annalen,* 46, *481-512,* 1985, Paris, J. Gabay, 1989, réimp. en fac-similé de la trad. fr. de F. Marotte, 1899, p. 343, trad. rev., *(N. d. T.)*.

38. Le terme mathématique contemporain pour deux ensembles que l'on peut apparier terme à terme est *équipotent :* « qui ont la même puissance », c'est-à-dire entre lesquels existe une *bijection* *(N. d. T.)*.

39. *Los Angeles Memorial Coliseum,* l'un des deux grands stades du complexe sportif *d'Exposition Park,* lieu d'activités culturelles et récréatives (comprenant notamment le *California Museum of Science and Industry* et le *Natural History Museum of Los Angeles*

County). C'est dans ce stade que se déroulèrent les plus importantes manifestations des jeux Olympiques de 1932 et de 1984 *(N. d. T.)*.

40. W. Blake, « Augures d'innocence » (*Circa,* 1803), v. 3, in *Œuvres,* II, prés. et trad. fr. P. Leyris, Paris, Aubier-Flammarion, 1977, p. 152 *(N. d. T.)*.

41. Cantor n'adopta cette notation qu'en 1893, alors qu'allait paraître un compte rendu de sa théorie. Trouvant qu'on employait déjà trop de caractères gréco-romains en mathématiques et que les nouveaux nombres méritaient une notation à la mesure de leur nouveauté, il choisit ce caractère dont disposaient les imprimeurs allemands. Choix heureux, puisque cette lettre désigne en hébreu le nombre 1 *(N. d. T.)*.

42. Nous avons adopté la notation européenne des grands nombres, dans laquelle 1 million = 10^6, 1 milliard = 10^9, et un billion = 10^{12}; un billion est donc un million de millions. En supposant que Michael Guillen a calculé l'âge de l'Univers l'année où est paru son livre, en 1983, vous pouvez actualiser le nombre en ajoutant environ 31 536 000 secondes par an. Ce qui ne change rien aux degrés de la comparaison *(N. d. T.)*.

43. E. Kant, *Histoire générale de la nature et Théorie du ciel* (1755), d'après la traduction publiée sous la direction de J. Seidengart, Paris, Vrin, 1984, p. 95-97, passim *(N. d. T.)*.

44. Grégoire de Nysse (v. 330-v. 395), théologien et mystique, évêque de Nysse en Cappadoce, l'un des fondateurs de la tradition théologique de l'Église d'Orient *(N. d. T.)*.

45. D. Hilbert, « Über das Unendliche » (Sur l'infini), *Mathematische Annalen,* 95, 1926, p. 167. La citation la plus célèbre de Hilbert à ce propos est sans doute : « Personne ne nous chassera du paradis que Cantor a créé pour nous », *op. cit.,* cf. M. Kline, *op. cit.,* p. 374 *(N. d. T.)*.

46. En 1910, cf. M. Kline, *op. cit.* *(N. d. T.)*.

47. Une myriade, dans le système grec de numération, représente 10 000 unités (10^4); avant Archimède, ce système ne permettait d'exprimer que des nombres inférieurs à la myriade de myriades (100 000 000) *(N. d. T.)*.

48. C'est-à-dire, dans la conception cosmologique d'Archimède, une sphère de diamètre égal à la distance entre le centre de la Terre et le ciel des étoiles fixes *(N. d. T.)*.

49. A. Pope (1688-1744), *An Essay on Man* (1733-1734), Épître I, v. 23-32 *(N. d. T.)*.

50. W. Blake, *op. cit.*, v. 1-4 *(N. d. T.)*.

51. *Elektron* désignait, en grec, l'ambre jaune *(N. d. T.)*.

52. L'expression employée à cette époque, par Coulomb notamment, pour désigner les plus petits corps chargés électriquement et sur lesquels on pouvait expérimenter, était « molécules électrisées ». Le terme *électron* ne fera son apparition qu'au XIXe siècle; on attribue sa création, en 1891, au physicien irlandais G.J. Stoney *(N. d. T.)*.

53. Une *naine blanche* est le résultat de l'effondrement d'une étoile d'une masse inférieure à 1,4 de celle de la masse solaire, sa densité est de 10^5 à 10^8 g par cm^3; une *étoile à neutrons,* le résultat de l'effondrement d'une étoile dont la masse se situe entre 1,4 et 5 fois celle du Soleil, sa densité est d'environ 10^{14} g par cm^3. Un *trou noir,* quant à lui, est le résultat de l'effondrement d'une étoile d'une masse supérieure à 5 fois celle du Soleil – « black hole » (trou noir) désigne en anglais un cachot *(N. d. T.)*.

54. Fête nationale des États-Unis, équivalente du 14 Juillet en France *(N. d. T.)*.

55. Étoile répondant au doux nom de HDE 22 68 68; ce « tandem » est un des cas de ce que l'on appelle étoile *binaire* ou étoile *double* *(N. d. T.)*.

56. Allusion probable au célèbre poème de Samuel Taylor Coleridge (1772-1834) : *The Rime of the Ancient Mariner* (La Ballade du vieux marin) *(N. d. T.)*.

57. Le 30 juin 1908, dans la vallée du Ienissei, les sismographes ont en effet enregistré l'énergie libérée par l'onde de choc : l'équivalent de 1 500 bombes d'Hiroshima. Mais l'explication communément adoptée aujourd'hui est la chute d'un fragment de comète, composé de glace et de rochers; ce que semble confirmer l'analyse chimique de débris recueillis sur le site; cf. J.-P. Luminet, *Les Trous noirs*, Paris, Belfond/Sciences, 1987, p. 236-238 et Paris, Seuil, coll. « Points Sciences », nouvelle édition, 1992 *(N. d. T.)*.

58. Écrivain écossais (1857-1909) *(N. d. T.)*.

59. En mathématiques, un nombre *satisfait* à une équation lorsqu'il permet de la *résoudre*, en est une (ou la) solution *(N. d. T.)*.

60. Wystan Hugh Auden, poète américain, né en Angleterre (1907-1973) *(N. d. T.)*.

61. Mot-valise : posi(tive) + (élec)tron, dont l'autre forme [désignant la même particule] est *positon* posit(ive) + (électr)on *(N. d. T.)*.

62. *Chambre à brouillard* ou *chambre de Wilson* : dispositif de détection dans lequel les particules chargées laissent sur leur trajectoire des gouttelettes condensées dont la photographie permet la détermination et la mesure de traces *(N. d. T.)*.

63. Le terme *imaginaire* est en effet employé, pour la première fois avec cette signification, au Livre III de la *Géométrie* (Leyde, 1637) *(N. d. T.)*.

64. L'idée de représenter les nombres imaginaires par les points du plan avait été exprimée par l'Anglais John Wallis dès 1685; elle passa inaperçue, tout comme restèrent ignorés les mémoires de Caspar Wessel (publié en 1798), et du Suisse Jean-Robert Argand (1806). Ce n'est qu'après le premier exposé complet, dû à l'Allemand Carl Friedrich Gauss (1831), et les travaux de l'Irlandais William Rowan Hamilton (1837), que cette approche acquit enfin sa notoriété et que les oubliés devinrent des précurseurs *(N. d. T.)*.

65. De nos jours, les mathématiciens appellent *nombres complexes* des combinaisons de nombres réels et de nombres imaginaires (en accord avec l'image originelle des coordonnées), qu'ils écrivent ainsi : $a + bi = z$; a et b étant des nombres réels, i un nombre imaginaire tel que $i^2 = -1$, z est un nombre complexe *(N. d. T.)*.

66. On a en effet retrouvé quelques papyrus de cette époque, et notamment deux datant d'environ 1700 av. J.-C., portant des calculs, souvent inspirés de la vie quotidienne (partages de bétail, de grain, d'aliments), ou concernant la géométrie (formules pour trouver l'aire de surfaces planes et de quelques volumes); la plupart sont résolus de manière arithmétique, mais quelques-uns ont une forme algébrique linéaire (type $x + ax = b$), ou, plus rarement encore, une forme quadratique (type $ax^2 = b$) *(N. d. T.)*.

67. En français dans le texte *(N. d. T.)*.

68. En 1924, Heisenberg, voulant se passer de la représentation des orbites des électrons (le modèle de l'atome de Niels Bohr, dominant alors) qu'il trouvait trop intuitives et non observables, utilisa des quantités abstraites et fut conduit à une algèbre non commutative. Il publia un article en 1925, et parla du problème au mathématicien Max Born, qui l'identifia aussitôt comme une

algèbre de matrices. Peu après, Heisenberg et Born, aidés par un élève de ce dernier, Pascual Jordan, unirent leurs efforts pour faire un tout de la mécanique quantique – qui s'est d'abord appelée *mécanique matricielle (N. d. T.)*.

69. « Les êtres vivants ne peuvent survivre, croître et se multiplier que grâce à un flot incessant de matière, d'énergie et d'information. C'est donc une nécessité absolue pour un organisme de percevoir son milieu, ou du moins les aspects de son milieu liés à ses exigences vitales. » F. JACOB, *Le Jeu des possibles, essai sur la diversité du vivant,* Paris, A. Fayard, 1981, p. 108 *(N. d. T.)*.

70. W. BLAKE, *Œuvres,* I, *Chants d'expérience,* « Le Tigre », trad. et prés. P. Leyris, Paris, Aubier-Flammarion, 1974, p. 239 *(N. d. T.)*.

71. Thesaurus : lexique exhaustif spécialisé, répertoire alphabétique utilisé pour le classement documentaire; mot latin signifiant « trésor » *(N. d. T.)*.

72. Le mathématicien norvégien Niels Henrik Abel (1802-1829), autre jeune prodige, mort dans la misère, avait démontré en 1824 qu'il est impossible de résoudre algébriquement les équations *générales* de degré supérieur ou égal à cinq. L'apport de Galois fut de montrer, dans ce cas, *pourquoi,* quelles étaient les équations *particulières* que l'on pouvait résoudre, et la méthode permettant de dire pour toute équation si elle pouvait être résolue. Auparavant, le mathématicien français Augustin-Louis Cauchy (1789-1857) avait quant à lui exploré, dans un mémoire en 1815, « le nombre de valeurs qu'une fonction peut acquérir lorsqu'on y permute de toutes les manières possibles les quantités qu'elle renferme », contribuant par là à définir les contours du problème par son étude systématique des *permutations* des valeurs en théorie des équations *(N. d. T.)*.

73. En français dans le texte *(N. d. T.)*.

74. E.A. ABBOTT, *Flatland : A Romance of Many Dimensions,* 1884, trad. fr. *Flatland,* Paris, Denoël, « Présence du futur », 1986 *(N. d. T.)*.

75. Les Lignes Droites sont les femmes; les classes inférieures sont les Triangles n'ayant que deux côtés égaux; les classes supérieures, les Polygones réguliers. La position sociale d'une figure croît en raison du nombre de ses côtés : la plus haute caste est

représentée par des polygones ayant tellement de côtés qu'on ne peut les distinguer de cercles *(N. d. T.).*

76. M. Guillen semble ici faire allusion aux expériences célèbres d'Eleanor J. Gibson, lesquelles ont cependant mené à des conclusions sensiblement différentes : ***perception*** du vide et répulsion dès le plus jeune âge (chez les nouveau-nés âgés de moins de deux mois et chez des animaux âgés de quelques heures); ce que l'on peut affirmer, en fait, c'est que la ***vision*** n'est complète (rapports des distances, des mouvements relatifs, etc.) chez l'être humain que vers sept ans. Cf. E.J. GIBSON, R.D. WALK, « The Visual Cliff » (La falaise visuelle), *Scientific American,* 202, *64-71,* avril 1960 *(N. d. T.).*

77. On a coutume désormais de noter la dimension sous une forme abrégée et symbolique, au moyen de la lettre D majuscule précédée d'un tiret et d'un quantificateur : 1-D = à/en une dimension, ou de dimension 1; 2-D à/en deux dimensions, ou de dimensions deux; etc. *(N. d. T.).*

78. Claude Ptolémée (v. 100-160 ap. J.-C.), dernière grande figure de la science hellène; auteur d'un ouvrage faisant la synthèse de l'astronomie de l'époque (transmis par les savants arabes sous le titre d'*Almageste*), où est exposé le fameux système géocentrique qui porte son nom; auteur également de travaux de trigonométrie, de cartographie (le premier « atlas » du monde connu), d'optique (réfraction de la lumière),... *(N. d. T.).*

79. Henry More (1614-1687), théosophe – l'un des « platoniciens de Cambridge ». Prolongeant et mêlant les pensées cabalistique et néoplatonicienne, il cherchait à obtenir une connaissance immédiate de la réalité que masquent les apparences sensibles *(N. d. T.).*

80. Un *mile* = 1 609,34 m *(N. d. T.).*

81. Terme d'argot familier *(slang)* : petit véhicule très compact et tout terrain; littéralement : « punaise ». C'est ainsi qu'on appelait le module d'exploration lunaire des missions *Apollo,* le lem *(N. d. T.).*

82. B. MANDELBROT, *Les Objets fractals, forme, hasard et dimension* (1975), troisième édition révisée par l'auteur et augmentée de « Survol du langage fractal », Paris, Flammarion, 1989, p. 21 *(N. d. T.).*

83. *Star Trek II : The Wrath of Khan,* film de Nicholas Meyer (Paramount, 1982) *(N. d. T.).*

84. *Fantastic Voyage,* film de Richard Fleischer (Twentieth Century Fox, 1966). Des médecins sont miniaturisés, puis injectés dans le corps d'un malade pour tenter de soigner les lésions du cerveau dont il est atteint – et donner une superbe leçon de biologie au spectateur *(N. d. T.).*

85. *Tao Te King,* trad. fr. Cl. Larre, Paris, Desclée de Brouwer, 1977, p. 49 *(N. d. T.).*

86. On peut faire remonter cette double découverte du zéro et de la règle de position au Ve siècle de notre ère, grâce à un traité de cosmologie, daté de 458, qui en contient les premiers exemples connus d'application. Le fait que ce traité s'apparente à un ouvrage de vulgarisation laisse à penser que le système était pratiqué depuis plus longtemps dans les milieux savants. Cf. G. IFRAH, *Les Chiffres, ou l'histoire d'une grande invention,* Paris, Laffont, 1985, chap. IX, p. 251-279 *(N. d. T.).*

87. G. CANTOR, « Sur les fondements de la théorie des ensembles transfinis », *op. cit.,* p. 343 *(N. d. T.).*

88. *La Sagesse ou la Passion des très saintes vierges Foi, Espérance et Charité,* un des six drames édifiants tirés de légendes hagiographiques de Hrotsvitha, Hrosvît ou Roswitha von Gandersheim (v. 935-après 975, Saxe), religieuse de l'abbaye de Gandersheim qui vécut sous le règne d'Otton Ier. Première poétesse allemande, d'expression latine, dont le nom nous soit parvenu, elle est l'auteur de drames, ou plutôt de dialogues rythmés – pour lesquels elle invoqua l'inspiration de Térence –, et de poèmes narratifs *(N. d. T.).*

89. H. POINCARÉ, *Science et méthode, l'Invention mathématique,* Paris, Flammarion, « Bibliothèque de philosophie scientifique » [1908], 1947, 2e éd., p. 51 *(N. d. T.).*

DEUXIÈME PARTIE

Compromis

1. Qui deviendront « de cristal » sous la plume inspirée des astronomes occidentaux du Moyen Âge *(N. d. T.).*

2. Les « notions communes » et « demandes » sont citées d'après les *Éléments,* trad. fr. F. Peyrard (1809), Paris, Blanchard, 1966, rééd.; excepté le cinquième postulat qui prend la forme désormais canonique, énoncée pour la première fois par John Playfair en 1795. La formulation d'Euclide est plus contournée : « Si une droite, tombant sur deux droites, fait les angles intérieurs du même côté plus petits que deux droits, ces droites, prolongées à l'infini, se rencontreront du côté où les angles sont plus petits que deux droits » *(N. d. T.).*

3. « À partir de rien, j'ai créé un nouvel univers » *(N. d. T.).*

4. Gauss avait commencé, dès 1813, à développer sa géométrie, qu'il nomma d'abord « géométrie antieuclidienne », puis « géométrie astrale », et enfin « géométrie non euclidienne » *(N. d. T.).*

5. Nom vulgaire de l'*anatife,* crustacé (cirripèdes) qui vit fixé à des objets flottants du milieu marin *(N. d. T.).*

6. C'est-à-dire qu'il est inutile de faire appel à un grand nombre de facteurs explicatifs là où suffit un nombre moindre. Ce principe, encore appelé loi ou principe de parcimonie, est certainement antérieur à Guillaume d'Ockham (qui l'attribue quant à lui à Aristote), puisqu'on le trouve déjà chez l'un de ses prédécesseurs – et adversaires – Jean Duns Scot *(N. d. T.).*

7. William Paley (1743-1805) est l'un de ces théologiens qui, dans la première moitié du XIXe siècle, tentèrent de concilier science et religion en fondant la seconde sur les données de la première. Il est notamment l'auteur d'une « Théologie naturelle » (*Natural Theology : or Evidences of the Existence and Attributes of the Deity Collected from the Appearances of Nature,* 1802), que le jeune Darwin lut avec intérêt alors qu'il se destinait encore à l'état de pasteur, et qu'il considérait à la fin de sa vie comme l'une des bases de sa formation intellectuelle. Cf. Ch. DARWIN, *Darwin, la vie d'un naturaliste à l'époque victorienne; autobiographie,* Paris, Belin, 1985, p. 43-44 *(N. d. T.).*

8. Ch. DARWIN, *On the Origins of Species by Means of Natural Selection or the Preservation of Favored Races in the Struggle for Life,* London, Murray, 1859. Darwin avait conçu son hypothèse dès septembre 1838, et l'avait mise au point entre 1842 et 1844. Il ne publia pourtant sa synthèse sous une forme résumée qu'en 1859, sous la pression de ses amis, alors qu'un autre naturaliste, Alfred Russell Wallace, était indépendamment parvenu à des

conclusions analogues. Cette temporisation s'explique peut-être par une crainte analogue à celle de Gauss concernant sa géométrie non euclidienne. Cf. E. MAYR, *Histoire de la biologie, diversité, évolution et hérédité,* trad. fr. M. Blanc, Paris, Fayard, 1989, p. 394-398 *(N. d. T.)*.

9. L. AGASSIZ, *Essay on Classification,* Boston, 1857, rééd. Cambridge, Harvard University Press, 1962, p. 137 *(N. d. T.)*.

10. Un pas nouveau dans l'indécidabilité a même été franchi en 1987, lorsque Gregory Chaitin, du centre de recherche IBM de New York a construit par des moyens informatiques une équation qui échappe à jamais au pouvoir des mathématiques. Cf. G. CHAITIN, « Le hasard en théorie des nombres », *Pour la Science,* 131, sept. 1988, p. 82-87 *(N. d. T.)*.

TROISIÈME PARTIE

Optimisations

1. *Essai philosophique sur les probabilités,* réimp. du texte de la 5e édition, 1825, Paris, Christian Bourgois, coll. « Épistémè », 1986, p. 31 *(N. d. T.)*.

2. Un coup de dés se disait en latin *alea,* sur lequel est formé *aleatorius,* en français *aléatoire (N. d. T.)*.

3. Les termes du vocabulaire technique pour désigner ce dont relèvent ces deux extrêmes sont, respectivement, *prédicibilité* et *imprédicibilité (N. d. T.)*.

4. Dans l'édition originale américaine, l'auteur annonçait le passage de la comète au périhélie pour le 9 février 1986. Entre-temps la prévision a été confirmée. Le premier retour de la comète fut prédit, après découverte de sa périodicité, par l'astronome anglais Edmund Halley, en 1705, pour 1759, grâce aux travaux de son ami Newton. La comète de Halley fait le tour du Soleil en 73,03 ans (sa période), en décrivant une orbite en ellipse dont le périhélie (point de l'orbite le plus proche du Soleil) est à 88 millions de kilomètres du Soleil. 2061 sera la cinquième visite annoncée *(N. d. T.)*.

5. « La théorie des hasards consiste à réduire tous les événements du même genre à un certain nombre de cas également

possibles, c'est-à-dire tels que nous soyons également indécis sur leur existence, et à déterminer le nombre de cas favorables à l'événement dont on cherche la probabilité. Le rapport de ce nombre à celui de tous les cas possibles est la mesure de cette probabilité qui n'est ainsi qu'une fraction, dont le numérateur est le nombre de cas favorables et dont le dénominateur est le nombre de tous les cas possibles. » P.-S. LAPLACE, *op. cit.*, p. 35 *(N. d. T.)*.

6. George Gallup (1901-1984). Le fondateur du premier institut de sondage, en 1935 : l'Institut américain d'opinion publique, qui obtiendra son premier succès avec la prévision du résultat de l'élection présidentielle de 1936 (Roosevelt contre Landon), bien que la marge d'erreur fût notable : score annoncé 55,7 %, score officiel 62,5 %. En France, le premier organisme est l'IFOP (Institut français d'opinion publique), fondé en 1938 par Jean Stoetzel, qui a par ailleurs lancé le terme français de « sondage », destiné à souligner les dimensions réduites d'un échantillon *(N. d. T.)*.

7. Les « carnets d'écoute » ne sont aujourd'hui plus utilisés que pour la mesure d'audience de télévisions locales. Dans l'intervalle, l'organisation Nielsen a utilisé un système analogue à l'Audimat de Médiamétrie en France : un appareil (l'audimètre), raccordé au récepteur de chacun des foyers de l'échantillon (1 000 pour l'Audimat), transmet, par voie téléphonique, toutes les secondes les informations suivantes : poste allumé ou non, chaîne regardée, mouvements du magnétoscope. Mais on s'oriente aujourd'hui vers des systèmes de mesure de l'audience aux paramètres plus fins – palliant à la fois les lacunes de l'audimétrie par foyer (Audimat) et les inconvénients de l'appel à la coopération consciente des téléspectateurs (« carnets d'écoute ») – au moyen de techniques passives d'enregistrement de comportements individuels devant un programme, en recourant, par exemple – ce que propose A.C. Nielsen – aux rayons infrarouges et à la reconnaissance des formes *(N. d. T.)*.

8. Poète anglais, 1763-1855 *(N. d. T.)*.

9. Mathématicien américain né en Hongrie (1903-1957), également célèbre pour ses travaux fondateurs en cybernétique. Le résultat évoqué ici est le plus souvent appelé « Théorème de von Neumann » *(N. d. T.)*.

10. La version américaine du jeu de morpion (*tick-tack-toe* ou

tic-tac-toe) se joue sur un carré de neuf cases seulement, chacun des joueurs s'efforçant d'aligner le premier une rangée, horizontale, verticale ou diagonale, de trois *X* ou de trois *O (N. d. T.)*.

11. Plus connu en France, dans une version sensiblement différente de l'originelle, sous le nom de *Jeu de Marienbad,* à la suite du film (1961) d'Alain Resnais et d'Alain Robbe-Grillet, *L'Année dernière à Marienbad (N. d. T.)*.

12. Dans les pays anglo-saxons, les dames *(checkers)* se jouent sur un damier carré de huit cases de côté, chaque joueur disposant au départ de douze pions. Les pions ne prennent qu'en avançant; la prise est obligatoire, mais si plusieurs prises sont possibles, le joueur a libre choix de celle qu'il fera; enfin, les pions arrivés à dame ont, comme seuls pouvoirs supplémentaires, celui de reculer et celui de prendre en reculant *(N. d. T.)*.

13. Cette supériorité des échecs sur le plan de la rationalité pure a souvent été – et reste encore – contestée. Voici une argumentation antérieure à la théorie des jeux et à l'informatique, qui conserve une pertinence certaine : « Je prends donc cette occasion de proclamer que la haute puissance de réflexion est bien plus activement et plus profitablement exploitée par le modeste jeu de dames que par toute la laborieuse futilité des échecs. Dans ce dernier jeu, où les pièces sont douées de mouvements divers et bizarres, et représentent des valeurs diverses et variées, la complexité est prise – erreur fort commune – pour de la profondeur. L'attention y est puissamment mise en jeu. Si elle se relâche d'un instant, on commet une erreur, d'où il résulte une perte ou une défaite. Comme les mouvements possibles sont non seulement variés, mais inégaux en *puissance,* les chances de pareilles erreurs sont très multipliées; et dans neuf cas sur dix, c'est le joueur le plus attentif qui gagne et non pas le plus habile. Dans les dames, au contraire, où le mouvement est simple dans son espèce et ne subit que peu de variations, les probabilités d'inadvertance sont beaucoup moindres, et l'attention n'étant pas absolument et entièrement accaparée, tous les avantages remportés par chacun des joueurs ne peuvent être remportés que par une perspicacité supérieure. » E.A. POE, « Double assassinat dans la rue Morgue », *Histoires extraordinaires,* trad. Ch. Baudelaire, 1856 *(N. d. T.)*.

14. Toujours selon la notation européenne des grands nombres, où un billion est égal à 10^{12} (le *trillion* américain) *(N. d. T.)*.

15. Thomas Hobbes (1588-1679), philosophe britannique dont la pensée politique rompt avec la tradition antique et amorce la conception moderne de l'État. Pour la résumer grossièrement : Dans l'état de nature où l'homme est un loup pour l'homme et où règne la guerre de tous contre tous, la sécurité n'est jamais assurée pour personne. Il est donc nécessaire de conclure un pacte social par lequel chacun consentira à renoncer à ses droits naturels au profit du souverain, désormais seul législateur de la société civile. La sécurité est ainsi garantie aux dépens des libertés individuelles (et le despotisme légitimé, selon certains). Les deux ouvrages majeurs de Hobbes sont le *De cive, ou les fondements de la politique* (1642), et surtout le *Léviathan, Traité de la matière, de la forme et du pouvoir de la république ecclésiastique et civile* (1651) *(N. d. T.)*.

16. Trad. fr. B. Gilson, Paris, Vrin, 1985, p. 86. John Locke (1632-1704) a fait paraître anonymement ses deux *Traités* en 1690. À la différence de Hobbes, la condition originelle de l'homme n'est pas selon lui la guerre de tous contre tous, mais une alternance de guerre et de paix; car il inclut dans l'état de nature des rudiments de vie sociale, puisque la famille y existe et que certains échanges sont rendus possibles par le travail et la propriété. En outre, la monarchie absolue, appartenant encore à ses yeux à l'état de nature, exclut la société civile. Ce pourquoi il est souvent tenu pour un des fondateurs du libéralisme politique, à condition de l'entendre plutôt dans le sens moral que dans le sens législatif *(N. d. T.)*.

17. « Ainsi, chacun, lorsqu'il consent avec d'autres à instituer un seul corps politique soumis à un seul gouvernement, s'oblige envers tous les membres de cette société à se soumettre à la décision de la *majorité* et à en accepter l'arrêt », J. LOCKE, *op. cit.*, p. 130 *(N. d. T.)*.

18. Ayn Rand (1905-1982), essayiste et romancière américaine; sa philosophie pragmatiste (qu'elle qualifie d'« objectivisme ») est une apologie de l'égoïsme et un refus de l'altruisme; elle s'exprime dans ses romans (*We The Living,* 1936) aussi bien que dans ses essais (*The Virtue of Selfishness,* 1965) *(N. d. T.)*.

19. John Stuart Mill (1806-1873), philosophe et économiste britannique; l'un des pères fondateurs de l'économie libérale, à qui l'on doit, notamment, la formulation moderne de la loi de

l'offre et de la demande (*Principes d'Économie politique,* 1848; *L'Utilitarisme,* 1863) *(N. d. T.).*

20. *Recherches sur la nature et les causes de la richesse des nations,* 1776. Adam Smith (1723-1790), économiste écossais, premier théoricien de l'individualisme méthodologique en économie, convaincu des bienfaits de l'échange, de la division du travail, et du marché, dont la « main invisible » concilie intérêt général et intérêts particuliers. Cf. la suite de la citation en note ci-après *(N. d. T.).*

21. *Recherches...* Éd. G. Mairet (trad. fr. G. Garnier, rev. et corr. J. Garnier, M. Blanqui, 1843), Paris, Gallimard, N.R.F., 1976, p. 255-256 *(N. d. T.).*

22. La suite du texte de Smith est éclairante sur ce point : « À la vérité, son intention en général n'est pas en cela de servir l'intérêt public, et il ne sait même pas jusqu'à quel point il peut être utile à la société. En préférant le succès de l'industrie nationale à celui de l'industrie étrangère, il ne pense qu'à se donner personnellement une plus grande sûreté; et en dirigeant cette industrie de manière que son produit ait le plus de valeur possible, il ne pense qu'à son propre gain; en cela, comme dans beaucoup d'autres cas, il est conduit par une main invisible à remplir une fin qui n'entre nullement dans ses intentions; et ce n'est pas toujours ce qu'il y a de plus mal pour la société que cette fin n'entre pour rien dans ses intentions », A. SMITH, *op. cit.,* p. 256 *(N. d. T.).*

23. Burrhus Frederic Skinner (1904-1990), psychologue et éthologue américain, appartenant au courant béhavioriste, célèbre pour ses travaux sur l'apprentissage animal (rats, pigeons) et pour sa théorie du *conditionnement opérant* (*Schedules of Reinforcement,* Programmes de renforcement, 1957); mais souvent et vivement controversé pour l'application et la généralisation de ses hypothèses au comportement humain (*Beyond Freedom and Dignity, Par-delà la liberté et la dignité,* 1971, trad. fr., Québec, Éd. Hurtubise, 1972) *(N. d. T.).*

24. Les États-Unis disposent d'un système bancaire centralisé *(Federal System Reserve),* destiné à superviser et à réguler la monnaie et le crédit, composé de douze banques fédérales *(Federal Reserve Banks),* jouant chacune, avec les réserves dont elles disposent, le rôle de banque centrale pour chaque district *(N. d. T.).*

25. Dans les pays anglo-saxons, la loi ne punit pas la « non-assistance à personne en danger » *(N. d. T.)*.

26. Médium et poète britannique (1705-1788) *(N. d. T.)*.

27. La solution du problème des sept ponts de Königsberg (aujourd'hui Kaliningrad) est en effet considérée comme un ancêtre de la topologie (et de la théorie des graphes). La ville est traversée par la rivière Pregel, qui forme à la hauteur d'un parc deux îles, reliées l'une à l'autre par un pont. La première est en outre reliée aux deux rives par deux ponts, la seconde par quatre. Peut-on dessiner un parcours qui permettrait de passer par tous les ponts une fois et une seule? Euler montra en 1736 que c'était impossible et donna la solution générale pour tous les problèmes de ce type. Mais on accorde plus volontiers ce titre de fondateur de la topologie à Bernhard Riemann, qui fut le premier à tenter d'élaborer une théorie autonome, en cherchant à dégager la notion d'espace topologique et en définissant les invariants *(N. d. T.)*.

28. L'unanimité n'est pas la règle ici non plus – ni sur le choix des critères pertinents, ni sur les modèles adéquats de classification, ni sur la signification des premiers comme des seconds. La querelle récente du *cladisme* en est une parfaite illustration. L'état actuel des difficultés du problème se trouve dans : P. TASSY (dir.), *L'Ordre et la diversité du vivant,* Paris, Fayard/ Fondation Diderot, 1986 et dans P. TASSY, *L'Arbre à remonter le temps, les Rencontres de la systématique et de l'évolution,* Paris, Christian Bourgois, coll. « Épistémè Essais », 1991 *(N. d. T.)*.

29. A. POPE, *Windsor-Forest* (1713), v. 13-16 *(N. d. T.)*.

30. Le terme de *catastrophe* n'est pas entendu au sens de « désastre » (catastrophes naturelles), mais – en référence à son étymologie grecque – au sens de changement brutal et imprévisible. René Thom a mis sa théorie originelle au point en 1965-1966, mais la synthèse *(Stabilité structurelle et morphogenèse)* ne parut qu'en 1972; entre-temps ses idées s'étaient tout de même diffusées grâce à des conférences, des articles, et à la circulation « souterraine » de copies du premier jet de l'ouvrage *(N. d. T.)*.

31. On regroupe aujourd'hui sous la dénomination de *calcul infinitésimal* l'ensemble des méthodes fondamentales élaborées aux XVIIe et XVIIIe siècles : le calcul différentiel, mis au point par Newton entre 1665 et 1666; le calcul infinitésimal, que Leibniz

développa dans les années 1670; et le calcul des variations, formulé par Euler en 1766 *(N. d. T.)*.

32. Une personne reçoit une lettre dans laquelle il lui est enjoint de faire un nombre donné de copies de ladite lettre, puis de les expédier à autant de destinataires; lesquels, à leur tour... *(N. d. T.)*.

33. *Towards a Theoretical Biology*, I, C.H. WADDINGTON ed., Edinburgh, Edinburgh University Press, 1968 – qui contenait notamment l'article « princeps » de la théorie des catastrophes, écrit en 1966 : « Une théorie dynamique de la morphogenèse »; rééd. *in* R. THOM, *Modèles mathématiques de la morphogenèse*, Paris, Christian Bourgois, 1980, nouv. éd. rev. et augm., p. 9-35 *(N. d. T.)*.

34. R. THOM, *Stabilité structurelle et morphogenèse, Essai d'une théorie générale des modèles (1972)*, Paris, Interéditions, 1977, nouv. éd., rev. corr. et augm. *(N. d. T.)*.

35. ID., *op. cit.*, p. 154 *(N. d. T.)*.

36. ID., *op. cit.*, p. 150-151 *(N. d. T.)*.

37. *Universal Automatic Computer* (Calculateur automatique universel) : le premier calculateur de gestion construit dans le monde (1951), destiné originellement au recensement. Ses deux créateurs sont J.-P. Eckert et J.-W. Mauchly, qui avaient également été à l'origine de la construction du « monstre » électronique qui va longtemps servir d'étalon, l'ENIAC *(Electronic Numerical Integrator And Computer)* – 30 tonnes sur 72 mètres carrés. Le projet était la réponse à une commande des services de balistique de l'armée américaine. L'ENIAC ne fut achevé qu'à la fin de la guerre, en 1945, et il servit en fait à vérifier les calculs de la première bombe à hydrogène *(N. d. T.)*.

38. Aujourd'hui (1990), on peut distinguer trois niveaux. Dans le premier, on demande « quel est l'itinéraire le plus court permettant au voyageur de commerce de passer par un nombre de villes données dont les distances sont connues, et de revenir à son point de départ? ». Dans le cas de cent villes, l'ordinateur le plus puissant mettra des semaines à résoudre exhaustivement le problème. Mais l'important est en fait de passer à un autre niveau, consistant non pas à trouver la solution pour un nombre donné de villes, mais à établir une méthode permettant de résoudre le problème pour *n'importe quel nombre* de villes; ce qui s'appelle

un *algorithme,* c'est-à-dire un ensemble d'instructions explicites et non ambiguës dont l'application *mécanique* à un ensemble de données fournit *toujours* la solution du problème posé. Dans ce cas d'un algorithme *général,* le problème du voyageur de commerce reste *intraitable.* Si l'on diminue les précisions fournies dans l'énoncé, un problème de ce type peut devenir incalculable pour un nombre inférieur à cent éléments. Si l'on demande, par exemple, « quel est le plus court réseau de segments de droites reliant entre eux des points donnés? » (problème dit de Steiner, où non seulement le nombre de points croît, mais où leur disposition est également variable), 29 points suffisent pour mener les ordinateurs actuels près de leurs limites; et le problème pour 100 points, même avec le meilleur algorithme sur l'ordinateur le plus puissant, implique un temps de calcul qui dépasse l'échelle humaine.

Dans les trois cas le résultat de Karp reste pertinent.

Sur ces questions, on peut consulter : H.R. LEWIS, Ch.H. PAPADIMITRIOU, « L'efficacité des algorithmes »; L. STOCKMEYER, A. CHANDRA, « Les problèmes intrinsèquement difficiles », in *Les Mathématiques aujourd'hui,* Paris, Belin / *Pour la Science,* 1984; et – pour le problème de Steiner – : M. BERN, R. GRAHAM, « Le réseau le plus court », *Pour la Science, 137,* 70-75, mars 1989 *(N. d. T.).*

CHRONOLOGIE

1. Certaines précisions ont été apportées pour l'édition française, à l'aide des sources suivantes : J. DHOMBRES et al., *Mathématiques au fil des âges,* Paris, Gauthier-Villars, 1987; J. DIEUDONNÉ, *Pour l'honneur de l'esprit humain,* Paris, Hachette, 1987; N. BOURBAKI, *Éléments d'histoire des mathématiques,* Paris, Masson, 1984 *(N. d. T.).*

Bibliographie

I. Bibliographie de l'édition américaine :

Je recommande les ouvrages qui suivent pour la clarté de leur exposé des sujets qui ont été abordés au fil de ces essais ; chacun offre en outre une bibliographie qui vous aidera à aller plus avant dans vos lectures. Mon choix repose également sur le fait qu'on peut les trouver dans la plupart des librairies.

Histoire :

Bell, E.T., *The Development of Mathematics*, New York, Mc Graw-Hill, 1949.
Sanford, Vera, *A Short History of Mathematics*, Boston, Houghton Mifflin, 1930.
Struik, Dirk J.A., *A Concise History of Mathematics*, New York, Dover, 1967.

Biographies :

Bell, E.T., *Men of Mathematics*, New York, Simon and Schuster, 1961.

TURNBULL, H.W., *The Great Mathematicians*, New York, New York University Press, 1961.

GÉNÉRALITÉS :

BERGAMINI, David, *Mathematics*, New York, Time-Life Science Library, Time Inc., 1963.

FADIMAN, Clifton, ed., *Fantasia Mathematica*, New York, Simon and Schuster, 1958.

ID., ed., *Mathematical Magpie*, New York, Simon and Schuster, 1964.

KASNER, Edward and NEWMAN, James, *Mathematics and the Imagination*, New York, Simon and Schuster, 1962[1].

KLINE, Morris, ed., *Mathematics in the Modern World*, San Francisco, Freeman, 1968.

ID., *Mathematics : An Introduction to its Spirit and Use*, San Francisco, Freeman, 1978.

PEDOE, Dan, *The Gentle Art of Mathematics*, New York, Dover, 1972.

SMITH, David E., *The Poetry of Mathematics and Other Essays*, New York, Scripta Mathematica, 1947.

QUESTIONS D'ACTUALITÉ :

ADLER, Alfred, « Mathematics and Creativity », *The New Yorker*, February 19, 1972.

DIEUDONNÉ, Jean, « Should We Teach Modern Mathematics ? », *American Scientist*, January-February 1973.

KOLATA, Gina Bari, « Mathematical Proof : The Genesis of Reasonable Doubt », *Science*, June 4, 1976.

STEEN, Lynn Arthur, « Order from Chaos », *Science News*, May 3, 1975.

1. Cf. traduction dans la bibliographie de l'édition française.

II. Bibliographie de l'édition française :

HISTOIRE ET PHILOSOPHIE :

AUDIRAC, J.-L., *Vie et Œuvre des grands mathématiciens*, Paris, Magnard, coll. « Témoignages pédagogiques », 1990.

BOLZANO, B., *Les Paradoxes de l'infini*, éd. et trad. H. Sinaceur, Paris, Seuil, coll. « Sources du savoir », 1993.

COLLECTIF, *Les Mathématiciens*, Paris, Belin/*Pour la Science*, dossier hors-série, janvier 1994.

DAHAN-DALMEDICO, A., PEIFFER, J., *Une histoire des mathématiques, Routes et dédales*, Paris, Seuil, coll. « Points Sciences », 1986.

DAHAN-DALMEDICO, A., CHABERT, J.-L., CHEMLA, K., *Chaos et Déterminisme*, Paris, Seuil, coll. « Points Sciences », 1992.

DHOMBRES, J. et al., *Mathématiques au fil des âges*, Paris, Gauthier-Villars, (choix de textes classiques commentés).

EKELAND, I., *Le Calcul, l'Imprévu, Les Figures du temps de Kepler à Thom*, Paris, Seuil, coll. « Science ouverte », 1984.

ID., *Au hasard; la chance, la science, le monde*, Paris, Seuil, coll. « Science ouverte », 1991.

GOLDSTEIN, C., « Le théorème de Fermat », *La Recherche*, 263, mars 1994.

HADAMARD, J., *Essai sur la psychologie de l'Invention dans le domaine mathématique*, suivi de H. POINCARÉ, *L'Invention mathématique*, Paris, J. Gabay, 1993, réimp. en *fac simile* de l'édition de 1959.

HILBERT, D., *Sur les problèmes futurs des mathématiques*, Paris, J. Gabay, 1990, réimp. en *fac simile* de l'édition de 1902.

ITARD, J., DENDRON, P., *Mathématiques et Mathématiciens*, Paris, Magnard, 1960.

KLEIN, F., *Le Programme d'Erlangen [1872]*, préf. de J. Dieudonné, postf. de F. Russo, Paris, J. Gabay, 1991, réimp. de l'édition de 1974.

KLINE, M., *Mathématiques, La Fin de la certitude*, Paris, Ch. Bourgois, coll. « Épistémè », 1989.

LÉVY, T., *Les Figures de l'infini; les mathématiques au miroir des cultures*, Paris, Seuil, coll. « Science ouverte », 1987.

MONNOYEUR, F. (dir.), *Infini des mathématiciens, infini des philosophes*, préf. de J. Dieudonné, Paris, Belin, coll. « Regards sur la science », 1992.

NAGEL, E., NEWMAN, J.R., *Le Théorème de Gödel*, Paris, Seuil, 1989 (contient l'article de Gödel ainsi qu'une postface de J.-Y. Girard sur l'indécidabilité mathématique aujourd'hui).

NOËL, E. (éd.), *Le Matin des mathématiciens, entretiens sur l'histoire des mathématiques*, Paris, Belin/France-Culture, 1985.

RUSSELL, B., *Histoire de mes idées philosophiques*, Paris, Gallimard, 1961, réimp. coll. « Tel », 1989.

SINACEUR, H., BOURGUIGNON, J.-P., « David Hilbert et les mathématiques du XXe siècle », *La Recherche*, 257, sept. 1993.

SMULLYAN, R., *Le Théorème d'incomplétude de Gödel*, Paris, Masson, 1993.

WANG, H., *Kurt Gödel*, Paris, A. Colin, 1990.

GÉNÉRALITÉS :

BARUK, ST., *Dictionnaire de mathématiques élémentaires*, Paris, Seuil, coll. « Science ouverte », 1992.

BOURSIN, J.-L., *Les Structures du hasard, les probabilités et leurs usages*, Paris, Seuil, coll. « Points Sciences », nouv. éd. rev. et augm., 1986.

ID., *Les Dés et les Urnes, les calculs de la démocratie*, Paris, Seuil, coll. « Science ouverte », 1990.

COLLECTIF, *La Mathématique des jeux*, Paris, Belin/*Pour la Science*, 1990.

DAVIS, PH. J., HERSCH, R., *L'Univers mathématique*, Paris, Gauthier-Villars, 1985.

ID., *L'Empire mathématique*, Paris, Gauthier-Villars, 1988.

FLATO, M., *Le Pouvoir des mathématiques*, Paris, Hachette, coll. « Questions de science », 1990.

GARDNER, M., *L'Univers ambidextre, les miroirs de l'espace-temps*,

Paris, Seuil, coll. « Science ouverte », 1985 et coll. « Points Sciences », 1994.

KASNER, E., NEWMAN, J., *Les Mathématiques et l'Imagination*, Paris, Payot, coll. « Bibliothèque scientifique », 1970, 2ᵉ éd.

MIERMONT, J., NEUBERGER, R. (eds), *René Thom expliqué par lui-même*, Paris, P.I.S.T.E.S., 1, juin 1989.

NOËL, E. (éd.), *La Symétrie aujourd'hui*, Paris, Seuil/France-Culture, coll. « Points Sciences », 1989.

NORDON, D., *Les mathématiques pures n'existent pas !*, Arles, Actes Sud, 1993, nouvelle édition revue et augmentée.

RESSEGUIER, P., *Les Mathématiques du quotidien*, Paris, Vuibert, 1990.

ROUSE BALL, W.W., *Récréations mathématiques et Problèmes des Temps Anciens et Modernes*, Paris, J. Gabay, 1992, réimp. en *fac simile* de l'édition de 1907.

RUCKER, R., *La Quatrième Dimension*, Paris, Seuil, coll. « Science ouverte », 1984.

STEWART, I., *Les Mathématiques*, Paris, Belin, coll. « Sciences d'avenir », 1989.

ID., *Dieu joue-t-il aux dés ? Les mathématiques du chaos,* Paris, Flammarion, coll. « Nouvelle Bibliothèque Scientifique », 1992.

Remerciements

Parmi tous ces nombreux collègues et amis auprès de qui, d'une manière ou d'une autre, j'ai contracté une dette significative dans l'écriture de ce livre, j'aimerais en tout premier lieu remercier Jane Livermore, Lars Wahlbin, Iain Johnstone, Richard Liboff, Warren Coates, Norma Bowles, Robin Raphaelian, Linda Greer French, Mary Nadler, et Joyce Boorn.

Pour avoir tout au long dispensé critiques autant qu'éloges aux moments appropriés, et pour les prodigieux efforts dont ce livre est tributaire, j'adresse des remerciements particuliers à mon agent littéraire, Sallie Gouverneur, et à mon éditeur, Janice Gallagher.

Surtout, j'aimerais remercier Laurel Lucas, dont le soin tendre et affectueux, les commentaires secourables, et les efforts surhumains dans la mise en forme du manuscrit m'ont permis d'écrire un livre bien meilleur que je n'eusse fait sans cela.

Index

Table

DEUXIÈME PARTIE
COMPROMIS

TROISIÈME PARTIE
OPTIMISATIONS

IMPRIMERIE BRODARD ET TAUPIN À LA FLÈCHE
DÉPÔT LÉGAL JANVIER 1995. Nº 22674 (6749 K-5)

Collection Points

SÉRIE SCIENCES

dirigée par Jean-Marc Lévy-Leblond et Nicolas Witkowski

DERNIERS TITRES PARUS

S45. La Recherche sur la génétique et l'hérédité
ouvrage collectif
S46. Le Monde quantique, *ouvrage collectif*
S47. Une histoire de la physique et de la chimie
par Jean Rosmorduc
S48. Le Fil du temps, *par André Leroi-Gourhan*
S49. Une histoire des mathématiques
par Amy Dahan-Dalmedico et Jeanne Peiffer
S50. Les Structures du hasard
par Jean-Louis Boursin
S51. Entre le cristal et la fumée, *par Henri Atlan*
S52. La Recherche en intelligence artificielle
ouvrage collectif
S53. Le Calcul, l'Imprévu, *par Ivar Ekeland*
S54. Le Sexe et l'Innovation, *par André Langaney*
S55. Patience dans l'azur, *par Hubert Reeves*
S56. Contre la méthode, *par Paul Feyerabend*
S57. La Recherche en neurobiologie
ouvrage collectif
S58. La Recherche en paléontologie
ouvrage collectif
S59. La Symétrie aujourd'hui, *ouvrage collectif*
S60. Le Paranormal, *par Henri Broch*
S61. Petit Guide du ciel, *par A. Jouin et B. Pellequer*
S62. Une histoire de l'astronomie
par Jean-Pierre Verdet
S63. L'Homme re-naturé, *par Jean-Marie Pelt*
S64. Science avec conscience, *par Edgar Morin*
S65. Une histoire de l'informatique
par Philippe Breton
S66. Une histoire de la géologie, *par Gabriel Gohau*
S67. Une histoire des techniques, *par Bruno Jacomy*
S68. L'Héritage de la liberté, *par Albert Jacquard*
S69. Le Hasard aujourd'hui, *ouvrage collectif*
S70. L'Évolution humaine, *par Roger Lewin*
S71. Quand les poules auront des dents
par Stephen Jay Gould

S72. La Recherche sur les origines de l'univers
par La Recherche
S73. L'Aventure du vivant, *par Joël de Rosnay*
S74. Invitation à la philosophie des sciences
par Bruno Jarrosson
S75. La Mémoire de la Terre, *ouvrage collectif*
S76. Quoi ! C'est ça, le Big-Bang ?
par Sidney Harris
S77. Des technologies pour demain, *ouvrage collectif*
S78. Physique quantique et Représentation du monde
par Erwin Schrödinger
S79. La Machine univers, *par Pierre Lévy*
S80. Chaos et Déterminisme, *textes présentés et réunis par A. Dahan-Dalmedico, J.-L. Chabert et K. Chemla*
S81. Une histoire de la raison, *par François Châtelet (entretiens avec Émile Noël)*
S82. Galilée, *par Ludovico Geymonat*
S83. L'Age du capitaine, *par Stella Baruk*
S84. L'Heure de s'enivrer
par Hubert Reeves
S85. Les Trous noirs, *par Jean-Pierre Luminet*
S86. Lumière et Matière, *par Richard Feynman*
S87. Le Sourire du flamant rose
par Stephen Jay Gould
S88. L'Homme et le Climat, *par Jacques Labeyrie*
S89. Invitation à la science de l'écologie
par Paul Colinvaux
S90. Les Technologies de l'intelligence
par Pierre Lévy
S91. Le Hasard au quotidien, *par José Rose*
S92. Une histoire de la science grecque
par Geoffrey E. R. Lloyd
S93. La Science sauvage, *ouvrage collectif*
S94. Qu'est-ce que la vie ?, *par Erwin Schrödinger*
S95. Les Origines de la physique moderne
par I. Bernard Cohen
S96. Une histoire de l'écologie, *par Jean-Paul Deléage*
S97. L'Univers ambidextre, *par Martin Gardner*
S98. La Souris truquée, *par William Broad et Nicholas Wade*
S99. A tort et à raison, *par Henri Atlan*
S100. Poussières d'étoiles, *par Hubert Reeves*
S101. Fabrice ou l'École des mathématiques
par Stella Baruk
S102. Les Sciences de la forme aujourd'hui, *ouvrage collectif*
S103. L'Empire des techniques, *ouvrage collectif*
S104. Invitation aux mathématiques, *par Michael Guillen*